比较文学与世界文学 研究丛书

主编 曹顺庆

二编 第**24**册

英语世界的晚清民国报纸研究（上）

何 蕾 著

花木兰文化事业有限公司

国家图书馆出版品预行编目资料

英语世界的晚清民国报纸研究（上）／何蕾 著 -- 初版 -- 新
北市：花木兰文化事业有限公司，2023〔民112〕
目 4+194 面；19×26 公分
（比较文学与世界文学研究丛书 二编 第 24 册）
ISBN 978-626-344-335-8（精装）
1.CST：新闻业 2.CST：报纸 3.CST：比较研究
810.8 111022128

ISBN-978-626-344-335-8

9 786263 443358

比较文学与世界文学研究丛书
二编 第二四册 ISBN：978-626-344-335-8

英语世界的晚清民国报纸研究（上）

作　　者 何蕾
主　　编 曹顺庆
企　　划 四川大学双一流学科暨比较文学研究基地
总 编 辑 杜洁祥
副总编辑 杨嘉乐
编辑主任 许郁翎
编　　辑 张雅淋、潘玟静 美术编辑 陈逸婷
出　　版 花木兰文化事业有限公司
发 行 人 高小娟
联络地址 台湾235 新北市中和区中安街七二号十三楼
　　　　 电话：02-2923-1455 ／ 传真：02-2923-1452
网　　址 http://www.huamulan.tw 信箱 service@huamulans.com
印　　刷 普罗文化出版广告事业
初　　版 2023 年 3 月
定　　价 二编 28 册（精装）新台币 76,000 元 版权所有 请勿翻印

英语世界的晚清民国报纸研究(上)

何蕾 著

作者简介

何蕾，文学博士，毕业于四川大学文学与新闻学院，曾在新加坡南洋理工大学、爱尔兰都柏林城市大学交流学习。主要研究方向：比较文学、文艺与传媒。主要学术成果：合著《以中窥西——西方著名作家的现代阐释》，在 CSSCI 期刊《中外文化与文论》发表《变异的两种路径和结局："格义"与"反向格义"的启示》、在 *Comparative Literature and World literature* 发表 The Trend of Future World Literature—An Interview with Marshall Brown" in Comparative Literature and World literature、在国际会议上发表 Invisible Control: Critical Discourse Analysis of Reports in the New York Times on China and Japan over Disputed Islands 等。

提　　要

　　自 20 世纪 20 年代英语世界涉足晚清民国报纸研究至今约有百年，取得了较为丰富的研究成果，并呈现出明显的阶段性特点，大致可分为发轫期、探索发展期、深化期三阶段。但是，国内学界尚未足够重视英语世界晚清民国报纸的研究成果。鉴于此，本书以英语世界的晚清民国报纸研究为对象，以时间线为经，以专题式论述为纬，宏观理论与微观叙述并重，同时参照国内研究成果，一则勾勒出英语世界晚清民国时期报纸研究的概貌、现况及模式；二则展示英语世界的学术焦点、研究路径的创新之处及学术研究的局限性；三则从研究对象、研究方法、研究内容、研究结论等多个方面，对英语世界与国内学界的相关研究作比较研究，试图分析二者之间存在的差异，在中西方学者研究的差异中观窥背后之缘由，并论证晚清民国报纸在异质性的研究语境下所发生的变异，以期从此种差异性视阈话语中为今后晚清民国报纸的研究提供一定的启示与警醒。

比较文学的中国路径

曹顺庆

自德国作家歌德提出"世界文学"观念以来，比较文学已经走过近二百年。比较文学研究也历经欧洲阶段、美洲阶段而至亚洲阶段，并在每一阶段都形成了独具特色学科理论体系、研究方法、研究范围及研究对象。中国比较文学研究面对东西文明之间不断加深的交流和碰撞现况，立足中国之本，辩证吸纳四方之学，而有了如今欣欣向荣之景象，这套丛书可以说是应运而生。本丛书尝试以开放性、包容性分批出版中国比较文学学者研究成果，以观中国比较文学学术脉络、学术理念、学术话语、学术目标之概貌。

一、百年比较文学争讼之端——比较文学的定义

什么是比较文学？常识告诉我们：比较文学就是文学比较。然而当今中国比较文学教学实际情况却并非完全如此。长期以来，中国学术界对"什么是比较文学？"却一直说不清，道不明。这一最基本的问题，几乎成为学术界纠缠不清、莫衷一是的陷阱，存在着各种不同的看法。其中一些看法严重误导了广大学生！如果不辨析这些严重误导了广大学生的观点，是不负责任、问心有愧的。恰如《文心雕龙·序志》说"岂好辩哉，不得已也"，因此我不得不辩。

其中一个极为容易误导学生的说法，就是"比较文学不是文学比较"。目前，一些教科书郑重其事地指出：比较文学不是文学比较。认为把"比较"与"文学"联系在一起，很容易被人们理解为用比较的方法进行文学研究的意思。并进一步强调，比较文学并不等于文学比较，并非任何运用比较方法来进行的比较研究都是比较文学。这种误导学生的说法几乎成为一个定论，

一个基本常识，其实，这个看法是不完全准确的。

让我们来看看一些具体例证，请注意，我列举的例证，对事不对人，因而不提及具体的人名与书名，请大家理解。在 Y 教授主编的教材中，专门设有一节以"比较文学不是文学比较"为题的内容，其中指出"比较文学界面临的最大的困惑就是把'比较文学'误读为'文学比较'"，在高等院校进行比较文学课程教学时需要重点强调"比较文学不是文学比较"。W 教授主编的教材也称"比较文学不是文学的比较"，因为"不是所有用比较的方法来研究文学现象的都是比较文学"。L 教授在其所著教材专门谈到"比较文学不等于文学比较"，因为，"比较"已经远远超出了一般方法论的意义，而具有了跨国家与民族、跨学科的学科性质，认为将比较文学等同于文学比较是以偏概全的。"J 教授在其主编的教材中指出，"比较文学并不等于文学比较"，并以美国学派雷马克的比较文学定义为根据，论证比较文学的"比较"是有前提的，只有在地域观念上跨越打通国家的界限，在学科领域上跨越打通文学与其他学科的界限，进行的比较研究才是比较文学。在 W 教授主编的教材中，作者认为，"若把比较文学精神看作比较精神的话，就是犯了望文生义的错误，一百余年来，比较文学这个名称是名不副实的。"

从列举的以上教材我们可以看出，首先，它们在当下都仍然坚持"比较文学不是文学比较"这一并不完全符合整个比较文学学科发展事实的观点。如果认为一百余年来，比较文学这个名称是名不副实的，所有的比较文学都不是文学比较，那是大错特错！其次，值得注意的是，这些教材在相关叙述中各自的侧重点还并不相同，存在着不同程度、不同方面的分歧。这样一来，错误的观点下多样的谬误解释，加剧了学习者对比较文学学科性质的错误把握，使得学习者对比较文学的理解愈发困惑，十分不利于比较文学方法论的学习、也不利于比较文学学科的传承和发展。当今中国比较文学教材之所以普遍出现以上强作解释，不完全准确的教科书观点，根本原因还是没有仔细研究比较文学学科不同阶段之史实，甚至是根本不清楚比较文学不同阶段的学科史实的体现。

实际上，早期的比较文学"名"与"实"的确不相符合，这主要是指法国学派的学科理论，但是并不包括以后的美国学派及中国学派的学科理论，如果把所有阶段的学科理论一锅煮，是不妥当的。下面，我们就从比较文学学科发展的史实来论证这个问题。"比较文学不是文学比较""comparative literature is not literary comparison"，只是法国学派提出的比较文学口号，只是法国学派一派的主张，而不是整个比较文学学科的基本特征。我们不能够把这个阶段性的比较文学口号扩大化，甚至让其突破时空，用于描述比较文学所有的阶段和学派，更不能够使其"放之四海而皆准"。

法国学派提出"比较文学不是文学比较"，这个"比较"（comparison）是他们坚决反对的！为什么呢，因为他们要的不是文学"比较"（literary comparison），而是文学"关系"（literary relationship），具体而言，他们主张比较文学是实证的国际文学关系，是不同国家文学的影响关系，influences of different literatures，而不是文学比较。

法国学派为什么要反对"比较"（comparison），这与比较文学第一次危机密切相关。比较文学刚刚在欧洲兴起时，难免泥沙俱下，乱比的情形不断出现，暴露了多种隐患和弊端，于是，其合法性遭到了学者们的质疑：究竟比较文学的科学性何在？意大利著名美学大师克罗齐认为，"比较"（comparison）是各个学科都可以应用的方法，所以，"比较"不能成为独立学科的基石。学术界对于比较文学公然的质疑与挑战，引起了欧洲比较文学学者的震撼，到底比较文学如何"比较"才能够避免"乱比"？如何才是科学的比较？

难能可贵的是，法国学者对于比较文学学科的科学性进行了深刻的的反思和探索，并提出了具体的应对的方法：法国学派采取壮士断臂的方式，砍掉"比较"（comparison），提出比较文学不是文学比较（comparative literature is not literary comparison），或者说砍掉了没有影响关系的平行比较，总结出了只注重文学关系（literary relationship）的影响（influences）研究方法论。法国学派的创建者之一基亚指出，比较文学并不是比较。比较不过是一门名字没取好的学科所运用的一种方法……企图对它的性质下一个严格的定义可能是徒劳的。基亚认为：比较文学不是平行比较，而仅仅是文学关系史。以"文学关系"为比较文学研究的正宗。为什么法国学派要反对比较？或者说为什么法国学派要提出"比较文学不是文学比较"，因为法国学派认为"比较"（comparison）实际上是乱比的根源，或者说"比较"是没有可比性的。正如巴登斯佩哲指出："仅仅对两个不同的对象同时看上一眼就作比较，仅仅靠记忆和印象的拼凑，靠一些主观臆想把可能游移不定的东西扯在一起来找点类似点，这样的比较决不可能产生论证的明晰性"。所以必须抛弃"比较"。只承认基于科学的历史实证主义之上的文学影响关系研究（based on scientificity and positivism and literary influences.）。法国学派的代表学者卡雷指出：比较文学是实证性的关系研究："比较文学是文学史的一个分支：它研究拜伦与普希金、歌德与卡莱尔、瓦尔特·司各特与维尼之间，在属于一种以上文学背景的不同作品、不同构思以及不同作家的生平之间所曾存在过的跨国度的精神交往与实际联系。"正因为法国学者善于独辟蹊径，敢于提出"比较文学不是文学比较"，甚至完全抛弃比较（comparison），以防止"乱比"，才形成了一套建立在"科学"实证性为基础的、以影响关系为特征的"不比较"的比较文学学科理论体系，这终于挡住了克罗齐等人对比较文学"乱比"的批判，形成了以"科学"实证为特征的文学影响关系研究，确立了法国学派的学科理论和一整套方法论体系。当然，法国学派悍然砍掉比较研究，又不放弃"比较文学"这个名称，于是不可避免地出现了比较文学名不副实的尴尬现象，出现了打着比较文学名号，而又不比较的法国学派学科理论，这才是问题的关键。

当然，法国学派提出"比较文学不是文学比较"，只注重实证关系而不注重文学比较和文学审美，必然会引起比较文学的危机。这一危机终于由美国著名比较文学家韦勒克（René Wellek）在 1958 年国际比较文学协会第二次大会上明确揭示出来了。在这届年会上，韦勒克作了题为《比较文学的危机》的挑战性发言，对"不比较"的法国学派进行了猛烈批判，宣告了倡导平行比较和注重文学审美的比较文学美国学派的诞生。韦勒克作了题为《比较文学的危机》的挑战性发言，对当时一统天下的法国学派进行了猛烈批判，宣告了比较文学美国学派的诞生。韦勒克说："我认为，内容和方法之间的人为界线，渊源和影响的机械主义概念，以及尽管是十分慷慨的但仍属文化民族主义的动机，是比较文学研究中持久危机的症状。"韦勒克指出："比较也不能仅仅局限在历史上的事实联系中，正如最近语言学家的经验向文学研究者表明的那样，比较的价值既存在于事实联系的影响研究中，也存在于毫无历史关系的语言现象或类型的平等对比中。"很明显，韦勒克提出了比较文学就是要比较（comparison），就是要恢复巴登斯佩哲所讽刺和抛弃的"找点类似点"的平行比较研究。美国著名比较文学家雷马克（Henry Remak）在他的著名论文《比较文学的定义与功用》中深刻地分析了法国学派为什么放弃"比较"（comparison）的原因和本质。他分析说："法国比较文学否定'纯粹'的比较（comparison），它忠实于十九世纪实证主义学术研究的传统，即实证主义所坚持并热切期望的文学研究的'科学性'。按照这种观点,纯粹的类比不会得出任何结论,尤其是不能得出有更大意义的、系统的、概括性的结论。……既然值得尊重的科学必须致力于因果关系的探索,而比较文学必须具有科学性,因此,比较文学应该研究因果关系,即影响、交流、变更等。"雷马克进一步尖锐地指出,"比较文学"不是"影响文学"。只讲影响不要比较的"比较文学",当然是名不副实的。显然,法国学派抛弃了"比较"(comparison),但是仍然带着一顶"比较文学"的帽子,才造成了比较文学"名"与"实"不相符合,造成比较文学不比较的尴尬,这才是问题的关键。

美国学派最大的贡献,是恢复了被法国学派所抛弃的比较文学应有的本义——"比较"(The American school went back to the original sense of comparative literature ——"comparison"),美国学派提出了标志其学派学科理论体系的平行比较和跨学科比较:"比较文学是一国文学与另一国或多国文学的比较,是文学与人类其他表现领域的比较。"显然,自从美国学派倡导比较文学应当比较(comparison)以后,比较文学就不再有名与实不相符合的问题了,我们就不应当再继续笼统地说"比较文学不是文学比较"了,不应当再以"比较文学不是文学比较"来误导学生!更不可以说"一百余年来,比较文学这个名称是名不副实的。"不能够将雷马克的观点也强行解释为"比较文学不是比较"。因为在美国学派看来,比较文学就是要比较(comparison)。比较文学就是要恢复被巴登斯佩哲所讽刺和抛弃的"找点类似点"的平行比较研究。因为平行研究的可比性,正是类同性。正如韦勒克所说,"比较的价值既存在于事实联系的影响研究中,也存在于毫无历史关系的语言现象或类型的平等对比中。"恢复平行比较研究、跨学科研究,形成了以"找点类似点"的平行研究和跨学科研究为特征的比较文学美国学派学科理论和方法论体系。美国学派的学科理论以"类型学"、"比较诗学"、"跨学科比较"为主,并拓展原属于影响研究的"主题学"、"文类学"等领域,大大扩展比较文学研究领域。

二、比较文学的三个阶段

下面,我们从比较文学的三个学科理论阶段,进一步剖析比较文学不同阶段的学科理论特征。现代意义上的比较文学学科发展以"跨越"与"沟通"为目标,形成了类似"层叠"式、"涟漪"式的发展模式,经历了三个重要的学科理论阶段,即:

一、欧洲阶段，比较文学的成形期；二、美洲阶段，比较文学的转型期；三、亚洲阶段，比较文学的拓展期。我们将比较文学三个阶段的发展称之为"涟漪式"结构，实际上是揭示了比较文学学科理论的继承与创新的辩证关系：比较文学学科理论的发展，不是以新的理论否定和取代先前的理论，而是层叠式、累进式地形成"涟漪"式的包容性发展模式，逐步积累推进。比较文学学科理论发展呈现为层叠式、"涟漪"式、包容式的发展模式。我们把这个模式描绘如下：

法国学派主张比较文学是国际文学关系，是不同国家文学的影响关系。形成学科理论第一圈层：比较文学——影响研究；美国学派主张恢复平行比较，形成学科理论第二圈层：比较文学——影响研究＋平行研究＋跨学科研究；中国学派提出跨文明研究和变异研究，形成学科理论第三圈层：比较文学——影响研究＋平行研究＋跨学科研究＋跨文明研究＋变异研究。这三个圈层并不互相排斥和否定，而是继承和包容。我们将比较文学三个阶段的发展称之为层叠式、"涟漪"式、包容式结构，实际上是揭示了比较文学学科理论的继承与创新的辩证关系。

法国学派提出，可比性的第一个立足点是同源性，由关系构成的同源性。同源性主要是针对影响关系研究而言的。法国学派将同源性视作可比性的核心，认为影响研究的可比性是同源性。所谓同源性，指的是通过对不同国家、不同民族和不同语言的文学的文学关系研究，寻求一种有事实联系的同源关系，这种影响的同源关系可以通过直接、具体的材料得以证实。同源性往往建立在一条可追溯关系的三点一线的"影响路线"之上，这条路线由发送者、接受者和传递者三部分构成。如果没有相同的源流，也就不可能有影响关系，也就谈不上可比性，这就是"同源性"。以渊源学、流传学和媒介学作为研究的中心，依靠具体的事实材料在国别文学之间寻求主题、题材、文体、原型、思想渊源等方面的同源影响关系。注重事实性的关联和渊源性的影响，并采用严谨的实证方法，重视对史料的搜集和求证，具有重要的学术价值与学术意义，仍然具有广阔的研究前景。渊源学的例子：杨宪益，《西方十四行诗的渊源》。

比较文学学科理论的第二阶段在美洲，第二阶段是比较文学学科理论的转型期。从 20 世纪 60 年代以来，比较文学研究的主要阵地逐渐从法国转向美国，平行研究的可比性是什么？是类同性。类同性是指是没有文学影响关系的不同国家文学所表现出的相似和契合之处。以类同性为基本立足点的平行研究与影响研究一样都是超出国界的文学研究，但它不涉及影响关系研究的放送、流传、媒介等问题。平行研究强调不同国家的作家、作品、文学现象的类同比较，比较结果是总结出于文学作品的美学价值及文学发展具有规律性的东西。其比较必须具有可比性，这个可比性就是类同性。研究文学中类同的：风格、结构、内容、形式、流派、情节、技巧、手法、情调、形象、主题、文类、文学思潮、文学理论、文学规律。例如钱钟书《通感》认为，中国诗文有一种描写手法，古代批评家和修辞学家似乎都没有拈出。宋祁《玉楼春》词有句名句："红杏枝头春意闹。"这与西方的通感描写手法可以比较。

比较文学的又一次危机：比较文学的死亡

九十年代，欧美学者提出，比较文学作为一门学科已经死亡！最早是英国学者苏珊·巴斯奈特1993年她在《比较文学》一书中提出了比较文学的死亡论，认为比较文学作为一门学科，在某种意义上已经死亡。尔后，美国学者斯皮瓦克写了一部比较文学专著，书名就叫《一个学科的死亡》。为什么比较文学会死亡，斯皮瓦克的书中并没有明确回答！为什么西方学者会提出比较文学死亡论？全世界比较文学界都十分困惑。我们认为，20世纪90年代以来，欧美比较文学继"理论热"之后，又出现了大规模的"文化转向"。脱离了比较文学的基本立场。首先是不比较，即不讲比较文学的可比性问题。西方比较文学研究充斥大量的 Culture Studies（文化研究），已经不考虑比较的合理性，不考虑比较文学的可比性问题。第二是不文学，即不关心文学问题。西方学者热衷于文化研究，关注的已经不是文学性，而是精神分析、政治、性别、阶级、结构等等。最根本的原因，是比较文学学科长期囿于西方中心论，有意无意地回避东西方不同文明文学的比较问题，基本上忽略了学科理论的新生长点，比较文学学科理论缺乏创新，严重忽略了比较文学的差异性和变异性。

要克服比较文学的又一次危机，就必须打破西方中心论，克服比较文学学科理论一味求同的比较文学学科理论模式，提出适应当今全球化比较文学研究的新话语。中国学派，正是在此次危机中，提出了比较文学变异学研究，总结出了新的学科理论话语和一套新的方法论。

中国大陆第一部比较文学概论性著作是卢康华、孙景尧所著《比较文学导论》，该书指出："什么是比较文学？现在我们可以借用我国学者季羡林先生的解释来回答了:'顾名思义,比较文学就是把不同国家的文学拿出来比较,这可以说是狭义的比较文学。广义的比较文学是把文学同其他学科来比较,包括人文科学和社会科学'。"[1]这个定义可以说是美国雷马克定义的翻版。不过,该书又接着指出:"我们认为最精炼易记的还是我国学者钱钟书先生的说法:'比较文学作为一门专门学科,则专指跨越国界和语言界限的文学比较'。更具体地说,就是把不同国家不同语言的文学现象放在一起进行比较,研究他们在文艺理论、文学思潮,具体作家、作品之间的互相影响。"[2]这个定义似乎更接近法国学派的定义,没有强调平行比较与跨学科比较。紧接该书之后的教材是陈挺的《比较文学简编》,该书仍旧以"广义"与"狭义"来解释比较文学的定义,指出:"我们认为,通常说的比较文学是狭义的,即指超越国家、民族和语言界限的文学研究……广义的比较文学还可以包括文学与其他艺术(音乐、绘画等)与其他意识形态(历史、哲学、政治、宗教等)之间的相互关系的研究。"[3]中国比较文学早期对于比较文学的定义中凸显了很强的不确定性。

由乐黛云主编,高等教育出版社1988年的《中西比较文学教程》,则对比较文学定义有了较为深入的认识,该书在详细考查了中外不同的定义之后,该书指出:"比较文学不应受到语言、民族、国家、学科等限制,而要走向一种开放性,力图寻求世界文学发展的共同规律。"[4]"世界文学"概念的纳入极大拓宽了比较文学的内涵,为"跨文化"定义特征的提出做好了铺垫。

随着时间的推移,学界的认识逐步深化。1997年,陈惇、孙景尧、谢天振主编的《比较文学》提出了自己的定义:"把比较文学看作跨民族、跨语言、跨文化、跨学科的文学研究,更符合比较文学的实质,更能反映现阶段人们对于比较文学的认识。"[5]2000年北京师范大学出版社出版了《比较文学概论》修订本,提出:"什么是比较文学呢?比较文学是一种开放式的文学研究,它具有宏观的视野和国际的角度,以跨民族、跨语言、跨文化、跨学科界限的各种文学关系为研究对象,在理论和方法上,具有比较的自觉意识和兼容并包的特色。"[6]这是我们目前所看到的国内较有特色的一个定义。

---

1 卢康华、孙景尧著《比较文学导论》,黑龙江人民出版社1984,第15页。
2 卢康华、孙景尧著《比较文学导论》,黑龙江人民出版社1984年版。
3 陈挺《比较文学简编》,华东师范大学出版社1986年版。
4 乐黛云主编《中西比较文学教程》,高等教育出版社1988年版。
5 陈惇、孙景尧、谢天振主编《比较文学》,高等教育出版社1997年版。
6 陈惇、刘象愚《比较文学概论》,北京师范大学出版社2000年版。

具有代表性的比较文学定义是 2002 年出版的杨乃乔主编的《比较文学概论》一书，该书的定义如下："比较文学是以跨民族、跨语言、跨文化与跨学科为比较视域而展开的研究，在学科的成立上以研究主体的比较视域为安身立命的本体，因此强调研究主体的定位，同时比较文学把学科的研究客体定位于民族文学之间与文学及其他学科之间的三种关系：材料事实关系、美学价值关系与学科交叉关系，并在开放与多元的文学研究中追寻体系化的汇通。"[7]方汉文则认为："比较文学作为文学研究的一个分支学科，它以理解不同文化体系和不同学科间的同一性和差异性的辩证思维为主导，对那些跨越了民族、语言、文化体系和学科界限的文学现象进行比较研究，以寻求人类文学发生和发展的相似性和规律性。"[8]由此而引申出的"跨文化"成为中国比较文学学者对于比较文学定义所做出的历史性贡献。

我在《比较文学教程》中对比较文学定义表述如下："比较文学是以世界性眼光和胸怀来从事不同国家、不同文明和不同学科之间的跨越式文学比较研究。它主要研究各种跨越中文学的同源性、变异性、类同性、异质性和互补性，以影响研究、变异研究、平行研究、跨学科研究、总体文学研究为基本方法论，其目的在于以世界性眼光来总结文学规律和文学特性，加强世界文学的相互了解与整合，推动世界文学的发展。"[9]在这一定义中，我再次重申"跨国""跨学科""跨文明"三大特征，以"变异性""异质性"突破东西文明之间的"第三堵墙"。

"首在审己，亦必知人"。中国比较文学学者在前人定义的不断论争中反观自身，立足中国经验、学术传统，以中国学者之言为比较文学的危机处境贡献学科转机之道。

三、两岸共建比较文学话语——比较文学中国学派

中国学者对于比较文学定义的不断明确也促成了"比较文学中国学派"的生发。得益于两岸几代学者的垦拓耕耘，这一议题成为近五十年来中国比较文学发展中竖起的最鲜明、最具争议性的一杆大旗，同时也是中国比较文学学科理论研究最有创新性，最亮丽的一道风景线。

---

7 杨乃乔主编《比较文学概论》，北京大学出版社 2002 年版。

8 方汉文《比较文学基本原理》，苏州大学出版社 2002 年版。

9 曹顺庆《比较文学教程》，高等教育出版社 2006 年版。

比较文学"中国学派"这一概念所蕴含的理论的自觉意识最早出现的时间大约是 20 世纪 70 年代。当时的台湾由于派出学生留洋学习，接触到大量的比较文学学术动态，率先掀起了中外文学比较的热潮。1971 年 7 月在台湾淡江大学召开的第一届"国际比较文学会议"上，朱立元、颜元叔、叶维廉、胡辉恒等学者在会议期间提出了比较文学的"中国学派"这一学术构想。同时，李达三、陈鹏翔（陈慧桦）、古添洪等致力于比较文学中国学派早期的理论催生。如 1976 年，古添洪、陈慧桦出版了台湾比较文学论文集《比较文学的垦拓在台湾》。编者在该书的序言中明确提出："我们不妨大胆宣言说，这援用西方文学理论与方法并加以考验、调整以用之于中国文学的研究，是比较文学中的中国派"[10]。这是关于比较文学中国学派较早的说明性文字，尽管其中提到的研究方法过于强调西方理论的普世性，而遭到美国和中国大陆比较文学学者的批评和否定；但这毕竟是第一次从定义和研究方法上对中国学派的本质进行了系统论述，具有开拓和启明的作用。后来，陈鹏翔又在台湾《中外文学》杂志上连续发表相关文章，对自己提出的观点作了进一步的阐释和补充。

在"中国学派"刚刚起步之际，美国学者李达三起到了启蒙、催生的作用。李达三于 60 年代来华在台湾任教，为中国比较文学培养了一批朝气蓬勃的生力军。1977 年 10 月，李达三在《中外文学》6 卷 5 期上发表了一篇宣言式的文章《比较文学中国学派》，宣告了比较文学的中国学派的建立，并认为比较文学中国学派旨在"与比较文学中早已定于一尊的西方思想模式分庭抗礼。由于这些观念是源自对中国文学及比较文学有兴趣的学者，我们就将含有这些观念的学者统称为比较文学的'中国'学派。"并指出中国学派的三个目标：1、在自己本国的文学中，无论是理论方面或实践方面，找出特具"民族性"的东西，加以发扬光大，以充实世界文学；2、推展非西方国家"地区性"的文学运动，同时认为西方文学仅是众多文学表达方式之一而已；3、做一个非西方国家的发言人，同时并不自诩能代表所有其他非西方的国家。李达三后来又撰文对比较文学研究状况进行了分析研究，积极推动中国学派的理论建设。[11]

继中国台湾学者垦拓之功，在 20 世纪 70 年代末复苏的大陆比较文学研

10 古添洪、陈慧桦《比较文学的垦拓在台湾》，台湾东大图书公司 1976 年版。
11 李达三《比较文学研究之新方向》，台湾联经事业出版公司 1978 年版。

究亦积极参与了"比较文学中国学派"的理论建设和学科建设。

季羡林先生 1982 年在《比较文学译文集》的序言中指出:"以我们东方文学基础之雄厚,历史之悠久,我们中国文学在其中更占有独特的地位,只要我们肯努力学习,认真钻研,比较文学中国学派必然能建立起来,而且日益发扬光大"[12]。1983 年 6 月,在天津召开的新中国第一次比较文学学术会议上,朱维之先生作了题为《比较文学中国学派的回顾与展望》的报告,在报告中他旗帜鲜明地说:"比较文学中国学派的形成(不是建立)已经有了长远的源流,前人已经做出了很多成绩,颇具特色,而且兼有法、美、苏学派的特点。因此,中国学派绝不是欧美学派的尾巴或补充"[13]。1984 年,卢康华、孙景尧在《比较文学导论》中对如何建立比较文学中国学派提出了自己的看法,认为应当以马克思主义作为自己的理论基础,以我国的优秀传统与民族特色为立足点与出发点,汲取古今中外一切有用的营养,去努力发展中国的比较文学研究。同年在《中国比较文学》创刊号上,朱维之、方重、唐弢、杨周翰等人认为中国的比较文学研究应该保持不同于西方的民族特点和独立风貌。1985 年,黄宝生发表《建立比较文学的中国学派:读〈中国比较文学〉创刊号》,认为《中国比较文学》创刊号上多篇讨论比较文学中国学派的论文标志着大陆对比较文学中国学派的探讨进入了实际操作阶段。[14]1988 年,远浩一提出"比较文学是跨文化的文学研究"(载《中国比较文学》1988 年第 3期)。这是对比较文学中国学派在理论特征和方法论体系上的一次前瞻。同年,杨周翰先生发表题为"比较文学:界定'中国学派',危机与前提"(载《中国比较文学通讯》1988 年第 2 期),认为东方文学之间的比较研究应当成为"中国学派"的特色。这不仅打破比较文学中的欧洲中心论,而且也是东方比较学者责无旁贷的任务。此外,国内少数民族文学的比较研究,也应该成为"中国学派"的一个组成部分。所以,杨先生认为比较文学中的大量问题和学派问题并不矛盾,相反有助于理论的讨论。1990 年,远浩一发表"关于'中国学派'"(载《中国比较文学》1990 年第 1 期),进一步推进了"中国学派"的研究。此后直到 20 世纪 90 年代末,中国学者就比较文学中国学派的建立、理论与方法以及相应的学科理论等诸多问题进行了积极而富有成效的探讨。

---

12 张隆溪《比较文学译文集》,北京大学出版社 1984 年版。
13 朱维之《比较文学论文集》,南开大学出版社 1984 年版。
14 参见《世界文学》1985 年第 5 期。

刘介民、远浩一、孙景尧、谢天振、陈淳、刘象愚、杜卫等人都对这些问题付出过不少努力。《暨南学报》1991 年第 3 期发表了一组笔谈，大家就这个问题提出了意见，认为必须打破比较文学研究中长期存在的法美研究模式，建立比较文学中国学派的任务已经迫在眉睫。王富仁在《学术月刊》1991 年第 4 期上发表"论比较文学的中国学派问题"，论述中国学派兴起的必然性。而后，以谢天振等学者为代表的比较文学研究界展开了对"X+Y"模式的批判。比较文学在大陆复兴之后，一些研究者采取了"X+Y"式的比附研究的模式，在发现了"惊人的相似"之后便万事大吉，而不注意中西巨大的文化差异性，成为了浅度的比附性研究。这种情况的出现，不仅是中国学者对比较文学的理解上出了问题，也是由于法美学派研究理论中长期存在的研究模式的影响，一些学者并没有深思中国与西方文学背后巨大的文明差异性，因而形成"X+Y"的研究模式，这更促使一些学者思考比较文学中国学派的问题。

经过学者们的共同努力，比较文学中国学派一些初步的特征和方法论体系逐渐凸显出来。1995 年，我在《中国比较文学》第 1 期上发表《比较文学中国学派基本理论特征及其方法论体系初探》一文，对比较文学在中国复兴十余年来的发展成果作了总结，并在此基础上总结出中国学派的理论特征和方法论体系，对比较文学中国学派作了全方位的阐述。继该文之后，我又发表了《跨越第三堵'墙'创建比较文学中国学派理论体系》等系列论文，论述了以跨文化研究为核心的"中国学派"的基本理论特征及其方法论体系。这些学术论文发表之后在国内外比较文学界引起了较大的反响。台湾著名比较文学学者古添洪认为该文"体大思精，可谓已综合了台湾与大陆两地比较文学中国学派的策略与指归，实可作为'中国学派'在大陆再出发与实践的蓝图"[15]。

在我撰文提出比较文学中国学派的基本特征及方法论体系之后，关于中国学派的论争热潮日益高涨。反对者如前国际比较文学学会会长佛克马（Douwe Fokkema）1987 年在中国比较文学学会第二届学术讨论会上就从所谓的国际观点出发对比较文学中国学派的合法性提出了质疑，并坚定地反对建立比较文学中国学派。来自国际的观点并没有让中国学者失去建立比较文学中国学派的热忱。很快中国学者智量先生就在《文艺理论研究》1988 年第

---

15 古添洪《中国学派与台湾比较文学界的当前走向》，参见黄维梁编《中国比较文学理论的垦拓》167 页，北京大学出版社 1998 年版。

1 期上发表题为《比较文学在中国》一文，文中援引中国比较文学研究取得的成就，为中国学派辩护，认为中国比较文学研究成绩和特色显著，尤其在研究方法上足以与比较文学研究历史上的其他学派相提并论，建立中国学派只会是一个有益的举动。1991 年，孙景尧先生在《文学评论》第 2 期上发表《为"中国学派"一辩》，孙先生认为佛克马所谓的国际主义观点实质上是"欧洲中心主义"的观点，而"中国学派"的提出，正是为了清除东西方文学与比较文学学科史中形成的"欧洲中心主义"。在 1993 年美国印第安纳大学举行的全美比较文学会议上，李达三仍然坚定地认为建立中国学派是有益的。二十年之后，佛克马教授修正了自己的看法，在 2007 年 4 月的"跨文明对话——国际学术研讨会（成都）"上，佛克马教授公开表示欣赏建立比较文学中国学派的想法[16]。即使学派争议一派繁荣景象，但最终仍旧需要落点于学术创见与成果之上。

比较文学变异学便是中国学派的一个重要理论创获。2005 年，我正式在《比较文学学》[17]中提出比较文学变异学，提出比较文学研究应该从"求同"思维中走出来，从"变异"的角度出发，拓宽比较文学的研究。通过前述的法、美学派学科理论的梳理，我们也可以发现前期比较文学学科是缺乏"变异性"研究的。我便从建构中国比较文学学科理论话语体系入手，立足《周易》的"变异"思想，建构起"比较文学变异学"新话语，力图以中国学者的视角为全世界比较文学学科理论提供一个新视角、新方法和新理论。

比较文学变异学的提出根植于中国哲学的深层内涵，如《周易》之"易之三名"所构建的"变易、简易、不易"三位一体的思辨意蕴与意义生成系统。具体而言，"变易"乃四时更替、五行运转、气象畅通、生生不息；"不易"乃天上地下、君南臣北、纲举目张、尊卑有位；"简易"则是乾以易知、坤以简能、易则易知、简则易从。显然，在这个意义结构系统中，变易强调"变"，不易强调"不变"，简易强调变与不变之间的基本关联。万物有所变，有所不变，且变与不变之间存在简单易从之规律，这是一种思辨式的变异模式，这种变异思维的理论特征就是：天人合一、物我不分、对立转化、整体关联。这是中国古代哲学最重要的认识论，也是与西方哲学所不同的"变异"思想。

---

16 见《比较文学报》2007 年 5 月 30 日，总第 43 期。
17 曹顺庆《比较文学学》，四川大学出版社 2005 年版。

由哲学思想衍生于学科理论，比较文学变异学是"指对不同国家、不同文明的文学现象在影响交流中呈现出的变异状态的研究，以及对不同国家、不同文明的文学相互阐发中出现的变异状态的研究。通过研究文学现象在影响交流以及相互阐发中呈现的变异，探究比较文学变异的规律。"[18]变异学理论的重点在求"异"的可比性，研究范围包含跨国变异研究、跨语际变异研究、跨文化变异研究、跨文明变异研究、文学的他国化研究等方面。比较文学变异学所发现的文化创新规律、文学创新路径是基于中国所特有的术语、概念和言说体系之上探索出的"中国话语"，作为比较文学第三阶段中国学派的代表性理论已经受到了国际学界的广泛关注与高度评价，中国学术话语产生了世界性影响。

四、国际视野中的中国比较文学

文明之墙让中国比较文学学者所提出的标识性概念获得国际视野的接纳、理解、认同以及运用，经历了跨语言、跨文化、跨文明的多重关卡，国际视野下的中国比较文学书写亦经历了一个从"遍寻无迹""只言片语"而"专篇专论"，从最初的"话语乌托邦"至"阶段性贡献"的过程。

二十世纪六十年代以来港台学者致力于从课程教学、学术平台、人才培养，国内外学术合作等方面巩固比较文学这一新兴学科的建立基石，如淡江文理学院英文系开设的"比较文学"（1966），香港大学开设的"中西文学关系"（1966）等课程；台湾大学外文系主编出版之《中外文学》月刊、淡江大学出版之《淡江评论》季刊等比较文学研究专刊；后又有台湾比较文学学会（1973 年）、香港比较文学学会（1978）的成立。在这一系列的学术环境构建下，学者前贤以"中国学派"为中国比较文学话语核心在国际比较文学学科理论、方法论中持续探讨，率先启声。例如李达三在 1980 年香港举办的东西方比较文学学术研讨会成果中选取了七篇代表性文章，以 *Chinese-Western Comparative Literature: Theory and Strategy* 为题集结出版，[19]并在其结语中附上那篇"中国学派"宣言文章以申明中国比较文学建立之必要。

学科开山之际，艰难险阻之巨难以想象，但从国际学者相关言论中可见西方对于中国比较文学学科的发展抱有的希望渺小。厄尔·迈纳（Earl Miner）

---

18 曹顺庆主编《比较文学概论》，高等教育出版社 2015 年版。

19 *Chinese-Western Comparative Literature：Theory & Strategy*，Chinese Univ Pr.1980-6

在 1987 年发表的 *Some Theoretical and Methodological Topics for Comparative Literature* 一文中谈到当时西方的比较文学鲜有学者试图将非西方材料纳入西方的比较文学研究中。（until recently there has been little effort to incorporate non-Western evidence into Western com- parative study.）1992 年，斯坦福大学教授 David Palumbo-Liu 直接以《话语的乌托邦：论中国比较文学的不可能性》为题（*The Utopias of Discourse: On the Impossibility of Chinese Comparative Literature*）直言中国比较文学本质上是一项"乌托邦"工程。（My main goal will be to show how and why the task of Chinese comparative literature, particularly of pre-modern literature, is essentially a *utopian* project.）这些对于中国比较文学的诘难与质疑，今美国加州大学圣地亚哥分校文学系主任张英进教授在其 1998 编著的 *China in a polycentric world: essays in Chinese comparative literature* 前言中也不得不承认中国比较文学研究在国际学术界中仍然处于边缘地位（The fact is, however, that Chinese comparative literature remained marginal in academia, even though it has developed closely with the rest of literary studies in the United Stated and even though China has gained increasing importance in the geopolitical world order over the past decades.）。[20]但张英进教授也展望了下一个千年中国比较文学研究的蓝景。

新的千年新的气象，"世界文学""全球化"等概念的冲击下，让西方学者开始注意到东方，注意到中国。如普渡大学教授斯蒂文·托托西（Tötösy de Zepetnek, Steven）1999 年发长文 *From Comparative Literature Today Toward Comparative Cultural Studies* 阐明比较文学研究更应该注重文化的全球性、多元性、平等性而杜绝等级划分的参与。托托西教授注意到了在法德美所谓传统的比较文学研究重镇之外，例如中国、日本、巴西、阿根廷、墨西哥、西班牙、葡萄牙、意大利、希腊等地区，比较文学学科得到了出乎意料的发展（emerging and developing strongly）。在这篇文章中，托托西教授列举了世界各地比较文学研究成果的著作，其中中国地区便是北京大学乐黛云先生出版的代表作品。托托西教授精通多国语言，研究视野也常具跨越性，新世纪以来也致力于以跨越性的视野关注世界各地比较文学研究的动向。[21]

---

20 Moran T . Yingjin Zhang, Ed. China in a Polycentric World: Essays in Chinese Comparative Literature[J].现代中文文学学报,2000,4(1):161-165.

21 Tötösy de Zepetnek, Steven. "From Comparative Literature Today Toward Comparative Cultural Studies." CLCWeb: Comparative Literature and Culture 1.3 (1999):

以上这些国际上不同学者的声音一则质疑中国比较文学建设的可能性，一则观望着这一学科在非西方国家的复兴样态。争议的声音不仅在国际学界，国内学界对于这一新兴学科的全局框架中涉及的理论、方法以及学科本身的立足点，例如前文所说的比较文学的定义，中国学派等等都处于持久论辩的漩涡。我们也通晓如果一直处于争议的漩涡中，便会被漩涡所吞噬，只有将论辩化为成果，才能转漩涡为涟漪，一圈一圈向外辐射，国际学人也在等待中国学者自己的声音。

上海交通大学王宁教授作为中国比较文学学者的国际发声者自 20 世纪末至今已撰文百余篇，他直言，全球化给西方学者带来了学科死亡论，但是中国比较文学必将在这全球化语境中更为兴盛，中国的比较文学学者一定会对国际文学研究做出更大的贡献。新世纪以来中国学者也不断地将自身的学科思考成果呈现在世界之前。2000 年，北京大学周小仪教授发文（*Comparative Literature in China*）[22]率先从学科史角度构建了中国比较文学在两个时期（20 世纪 20 年代至 50 年代，70 年代至 90 年代）的发展概貌，此文关于中国比较文学的复兴崛起是源自中国文学现代性的产生这一观点对美国芝加哥大学教授苏源熙（Haun Saussy）影响较深。苏源熙在 2006 年的专著 *Comparative Literature in an Age of Globalization* 中对于中国比较文学的讨论篇幅极少，其中心便是重申比较文学与中国文学现代性的联系。这篇文章也被哈佛大学教授大卫·达姆罗什（David Damrosch）收录于《普林斯顿比较文学资料手册》（*The Princeton Sourcebook in Comparative Literature*，2009[23]）。类似的学科史介绍在英语世界与法语世界都接续出现，以上大致反映了中国学者对于中国比较文学研究的大概描述在西学界的接受情况。学科史的构架对于国际学术对中国比较文学发展脉络的把握很有必要，但是在此基础上的学科理论实践才是关系于中国比较文学学科国际性发展的根本方向。

我在 20 世纪 80 年代以来 40 余年间便一直思考比较文学研究的理论构建问题，从以西方理论阐释中国文学而造成的中国文艺理论"失语症"思考

---

22 Zhou, Xiaoyi and Q.S. Tong, "Comparative Literature in China", Comparative Literature and Comparative Cultural Studies, ed., Totosy de Zepetnek, West Lafayette, Indiana: Purdue University Press, 2003, 268-283.

23 Damrosch, David (EDT)*The Princeton Sourcebook in Comparative Literature*: Princeton University Press

属于中国比较文学自身的学科方法论，从跨异质文化中产生的"文学误读""文化过滤""文学他国化"提出"比较文学变异学"理论。历经 10 年的不断思考，2013 年，我的英文著作：*The Variation Theory of Comparative Literature*（《比较文学变异学》），由全球著名的出版社之一斯普林格（Springer）出版社出版，并在美国纽约、英国伦敦、德国海德堡出版同时发行。*The Variation Theory of Comparative Literature*（《比较文学变异学》）系统地梳理了比较文学法国学派与美国学派研究范式的特点及局限，首次以全球通用的英语语言提出了中国比较文学学科理论新话语："比较文学变异学"。这一新概念、新范畴和新表述，引导国际学术界展开了对变异学的专刊研究（如普渡大学创办刊物《比较文学与文化》2017 年 19 期）和讨论。

欧洲科学院院士、西班牙圣地亚哥联合大学让·莫内讲席教授、比较文学系教授塞萨尔·多明戈斯教授（Cesar Dominguez），及美国科学院院士、芝加哥大学比较文学教授苏源熙（Haun Saussy）等学者合著的比较文学专著（Introducing Comparative literature: New Trends and Applications[24]）高度评价了比较文学变异学。苏源熙引用了《比较文学变异学》（英文版）中的部分内容，阐明比较文学变异学是十分重要的成果。与比较文学法国学派和美国学派形成对比，曹顺庆教授倡导第三阶段理论，即，新奇的、科学的中国学派的模式，以及具有中国学派本身的研究方法的理论创新与中国学派"（《比较文学变异学》（英文版）第 43 页）。通过对"中西文化异质性的"跨文明研究"，曹顺庆教授的看法会更进一步的发展与进步（《比较文学变异学》（英文版）第 43 页），这对于中国文学理论的转化和西方文学理论的意义具有十分重要的价值。（"Another important contribution in the direction of an imparative comparative literature-at least as procedure-is Cao Shunqing's 2013 *The Variation Theory of Comparative Literature*. In contrast to the "French School" and "American School" of comparative Literature, Cao advocates a "third-phrase theory", namely, "a novel and scientific mode of the Chinese school," a "theoretical innovation and systematization of the Chinese school by relying on our *own* methods" (*Variation Theory* 43; emphasis added). From this etic beginning, his proposal moves forward emically by developing a "cross-civilizaional study on the heterogeneity between

---

24 Cesar Dominguez,Haun Saussy,Dario Villanueva Introducing Comparative literature: New Trends and Applications，Routledge,2015

Chinese and Western culture" (43), which results in both the foreignization of Chinese literary theories and the Signification of Western literary theories.）

　　法国索邦大学（Sorbonne University）比较文学系主任伯纳德·弗朗科（Bernard Franco）教授在他出版的专著（《比较文学：历史、范畴与方法》）*La littératurecomparée: Histoire, domaines, méthodes* 中以专节引述变异学理论，他认为曹顺庆教授提出了区别于影响研究与平行研究的"第三条路"，即"变异理论"，这对应于观点的转变，从"跨文化研究"到"跨文明研究"。变异理论基于不同文明的文学体系相互碰撞为形式的交流过程中以产生新的文学元素，曹顺庆将其定义为"研究不同国家的文学现象所经历的变化"。因此曹顺庆教授提出的变异学理论概述了一个新的方向，并展示了比较文学在不同语言和文化领域之间建立多种可能的桥梁。（Il évoque l'hypothèse d'une troisième voie, la « théorie de la variation », qui correspond à un déplacement du point de vue, de celui des « études interculturelles » vers celui des « études transcivilisationnelles . » Cao Shunqing la définit comme « l'étude des variations subies par des phénomènes littéraires issus de différents pays, avec ou sans contact factuel, en même temps que l'étude comparative de l'hétérogénéité et de la variabilité de différentes expressions littéraires dans le même domaine ».Cette hypothèse esquisse une nouvelle orientation et montre la multiplicité des passerelles possibles que la littérature comparée établit entre domaines linguistiques et culturels différents.）[25]。

　　美国哈佛大学（Harvard University）厄内斯特·伯恩鲍姆讲席教授、比较文学教授大卫·达姆罗什（David Damrosch）对该专著尤为关注。他认为《比较文学变异学》（英文版）以中国视角呈现了比较文学学科话语的全球传播的有益尝试。曹顺庆教授对变异的关注提供了较为适用的视角，一方面超越了亨廷顿式简单的文化冲突模式，另一方面也跨越了同质性的普遍化。[26]国际学界对于变异学理论的关注已经逐渐从其创新性价值探讨延伸至文学研究，例如斯蒂文·托托西近日在 *Cultura* 发表的（Peripheralities: "Minor" Literatures, Women's Literature, and Adrienne Orosz de Csicser's Novels）一文中便成功地将变异学理论运用于阿德里安·奥罗兹的小说研究中。

---

25 Bernard Franco La littératurecomparée: Histoire, domaines, méthodes，Armand Colin 2016.

26 David Damrosch Comparing the Literatures,Literary Studies in a Global Age,Princeton University Press,2020.

国际学界对于比较文学变异学的认可也证实了变异学作为一种普遍性理论提出的初衷，其合法性与适用性将在不同文化的学者实践中巩固、拓展与深化。它不仅仅是跨文明研究的方法，而是一种具有超越影响研究和平行研究，超越西方视角或东方视角的宏大视野、一种建立在文化异质性和变异性基础之上的融汇创生、一种追求世界文学和总体问题最终理想的哲学关怀。

以如此篇幅展现中国比较文学之况，是因为中国比较文学研究本就是在各种危机论、唱衰论的压力下，各种质疑论、概念论中艰难前行，不探源溯流难以体察今日中国比较文学研究成果之不易。文明的多样性发展离不开文明之间的交流互鉴。最具"跨文明"特征的比较文学学科更需要文明之间成果的共享、共识、共析与共赏，这是我们致力于比较文学研究领域的学术理想。

千里之行，不积跬步无以至，江海之阔，不积细流无以成！如此宏大的一套比较文学研究丛书得承花木兰总编辑杜洁祥先生之宏志，以及该公司同仁之辛劳，中国比较文学学者之鼎力相助，才可顺利集结出版，在此我要衷心向诸君表达感谢！中国比较文学研究仍有一条长远之途需跋涉，期以系列丛书一展全貌，愿读者诸君敬赐高见！

曹顺庆

二零二一年十月二十三日于成都锦丽园

目

次

绪　论

第一节　研究缘由

中国现代报纸的开端孕育于晚清民国时期。1840 年的鸦片战争，使清政府被迫打开国门，在长期的闭关锁国之后，最终被卷入了全球化的潮流。随着政治、军事、经济的巨变，层出不穷的新思潮、各有主张的团体，倾向鲜明地出现在这片神州大地上，一时间风云激荡。在这个时期出现的报纸，不仅记录着公众性的重大事件和个人化的生活日常，还深刻影响着国家的发展进程和民众的思想流变。

国内学界广泛认识到这一时期报纸的重要性，通常以此为对象展开传媒、历史等方面的研究[1]，但是截至目前，英语世界对晚清民国时期的报纸研究尚未得到国内学界的足够重视。国内学界对英语世界学者的成果未有系统的梳理与分析，这就容易使本来具有国际性因素的早期报业被单一化解读，使国内的相关研究受到阻滞。了解英语世界学者的研究，以其观点与思路补充、启发国内研究，以打破这种学术局限，既是本书的研究目的也是研究意义。

近年来，英语世界对晚清民国报纸的研究取得了丰硕的成果。由于社会语境与学术话语等方面的差异，中西学者对这一时期报纸的研究在研究方法、研

1　如：方汉奇《报史与报人》、王润泽《张季鸾与〈大公报〉》《北洋政府时期的新闻业及其现代化》、侯杰《〈大公报〉与近代中国社会》、张立勤《1927-1937 年民营报业经营研究——以〈申报〉〈新闻报〉为考察中心》、程曼丽《〈蜜蜂华报〉研究》等。

究对象、研究内容以及研究结论上存在着不同。本书试图通过对英语世界海量的研究成果的考察，使分属于中西文明体系的两大学术界达成对话，并在二者的对话中发现异同，寻获启示，这是本书的研究特点。

就国内学界而言，对晚清民国报纸的研究已有一定时间的积累，虽然涉及范围广泛，比如报业史、新闻思想、报纸排版、商业广告、报业经营等，而且对一些问题的研究也达到了相当的深度，但是与英语世界的研究相比，受历史条件、资料掌握、研究方法等方面的制约，中国学界在研究广度和深度上还存在可以加强的空间，比如在报纸的公共领域研究、报纸的政府控制、报纸与社会文化的互动、跨学科研究等领域。英语世界学者对该时期报纸的研究起步比较早（1922 年），而且擅长在研究中结合运用多种西方文学理论、方法，比如阐释学、现象学、接受批评、女性主义文学批评、符号学等，研究方向则侧重于报纸的公众舆论、民族主义、女性问题、文化研究等。

由此可见，中西方学者在研究立场、资料选取以及研究方法等方面的不同导致了二者的研究呈现差异，正是这些差异性的存在使对英语世界该时期报纸研究的关注更加迫切，但是目前来看，对这种差异性的挖掘以及对其深层缘由的探讨是国内学界所欠缺的。本书作为国内第一部系统地梳理、评析英语世界晚清民国报纸研究的论文，目的正在于填补国内学界对英语世界研究成果关注不足的这一空白，并在晚清民国时期的报纸研究领域，寻求国内学界与英语世界展开对话的可能。

此外，虽然国内学界对晚清民国报纸的研究已颇有成果，但是从整体上来看，国内学界的研究还存在一些不甚充分之处。

首先，国内学界缺乏对英语世界相关研究的系统梳理与参考，这就使国内研究缺少一种"他者"视野。中国现代报纸最早主要由来华的西方人创办，因此中国早期报纸在内容、排版和经营等方面都极大地受到西方世界的影响。"他者"视野的缺失，不仅可能会引起对报纸文本的误读，也可能导致一些研究盲区的产生。国内学界对英语世界晚清民国报纸研究的关注较少，仅有少量译本以及对一些零散的、概述性的成果简要提及。国内学者在研究中参考的还多是英语著作的中文译本，而非一手的英文原著。对中国学界而言，翻译不当造成的译本与原著之间的差别可能会危害到对英语世界研究的正确认知。而且，在已有译本中，英语世界相关专著、学位论文及期刊论文的数量很少，这极大限制了国内学界对英语世界研究成果的了解。

其次，国内学界的跨学科研究有待进一步提升。国内学界倾向于以单一路径研究某一问题，而多学科融合的研究则较为少见。相对而言，英语世界的学者擅长以学科交叉的方式进行研究，学术视野亦不受学科分野的限制。一方面，这与目前很多文学、新闻学、传播学理论都由西方创建相关，另一方面，这与西方高等教育重视对学生跨学科意识的培养也有关系。

再者，国内学界的研究成果虽多，但在某些主题上还有可以深入的空间。就研究深度而言，英语世界的成果很值得国内学界借鉴。国内学者在研究中多秉持中庸思维，虽然在平稳妥当方面有得，但在大胆创新方面有失，这就使得研究方法略显单调，观点也略为保守。英语世界的学者擅长运用各种新理论、新方法得出新观点、新结论。比如梅嘉乐（Barbara Mittler）通过文本细读得出了突破学界普遍共识的结论，她认为报纸本身并不具有大家公认的强大力量，报纸的力量来源于人们对其力量的想象；[2]在对报章文体的探讨中，梅嘉乐认为梁启超并没有创造出新文体，而仅仅只是对原有文体进行了完善。[3]费南山（Natascha Vittinghoff）也提出与多数学者不同的观点，认为1898年戊戌变法后，新闻市场的迅猛发展和政治媒体的主导地位，并不完全是因梁启超对媒体重要性的大力宣传所致，而是政体本身和新闻业发生了变化；[4]在对文人报人的认识上，费南山并不认为其是科举考试失利的"无赖文人"或"斯文败类"，而是有知识、有文化、有社会地位、有志于改革，并积极参与到现代化与全球化浪潮中的"弄潮儿"。[5]诸如此类的观点对中国学界而言极具创新性。虽然某些观点的论证过程或有纰漏，甚至结论也引起较大争议，但这种批判性的创新思维正是英语世界新观点、新理论和新方法层出不穷的重要原因。

不过，我们还应辨证地看待中西学界的差异——差异并非差距。国内学界在晚清民国报纸的研究领域已经取得了非常丰硕的成果，而且英语世界的研究也并非无可挑剔。在面对中西方研究差异时，中国学界应保持批判性借鉴的

2　Barbara Mittler, *A Newspaper for China? Power, Identity, and Change in Shanghai's News Media, 1872-1912*. Cambridge: Harvard University Press, 2004. p. 420.

3　Barbara Mittler, *A Newspaper for China? Power, Identity, and Change in Shanghai's News Media, 1872-1912*. Cambridge: Harvard University Press, 2004. p. 113.

4　Natascha Vittinghoff, "Unity VS. Uniformity: Liang Qichao and the Invention of a 'New Journalism' for China" in *Late Imperial China*, Vol.23, No.1, 2002. p. 91.

5　Natascha Vittinghoff, "Useful Knowledge and Appropriate Communication: The Field of Journalistic Production in Late Nineteenth Century China" in Rudolf G. Wagner, ed. *Joining the Global Public: Word, Image, and City in Early Chinese Newspapers, 1870-1910*. New York: State University of New York Press, 2008. p.50.

态度，坚守独立思考的立场，立足本土语境探寻我国新闻事业发展和报纸研究中所存在的不足及产生的根源，争取做到西为中用、扬长避短，以优化、丰富我国的报纸研究。同时，本书也希望能为英语世界学者提供有益的学术信息，使其能够更加全面地认识此期的中国报纸，以及中国学界的相关研究，促成二者的交流对话，推进这一领域的研究。

第二节　研究对象

本书题目为"英语世界的晚清民国报纸研究"。此处先对一些重要概念进行界定，以避免引起不必要的误解与争议。

首先是"英语世界"的定义。对于"英语世界"的界定，学界比较权威的是厦门大学教授黄鸣奋的定义："所谓'英语世界'现今包括三个层面，它们分别以英语为母语、通用语和外国语。以英语为母语的文化圈在发生学意义上仅限于英国；以英语为通行语的文化圈导源于英国的殖民活动，其他地理范围为英国的殖民地或前殖民地；以英语为外国语的文化圈是由于各英语国家的对外影响而形成的。"[6]截止目前，国内学界已有几十部关于"英语世界"的博士论文，大部分学者都采用了该定义，或在该定义的基础上对其进行了进一步的解释及延伸。笔者也认同黄鸣奋的观点，认为英语世界的研究不仅仅指英语的发源地英国以及英语的通用国美国、加拿大、澳大利亚等国家的研究成果，同样也包括其他国家的、将英语作为外国语的学者用英语撰写的书籍和论文。因此，无论是将英语作为母语、通用语还是外国语，凡是用英语撰写的一切相关研究成果，都是本书的研究对象。

其次是对报纸时间的界定。书名中的"晚清民国"时期起于 1840 年，止于 1949 年。一方面，由于这段时间本身的历史特殊性，另一方面，这一时期是中国现代报纸孕育与发展的最重要阶段。美国历史学家魏定熙（Timothy B. Weston）也认为："将 1850 至 1949 的整个世纪做一个不间断研究才有价值，即研究现代中文报刊历史的价值在于将其作为一个历史整体作研究，而不是按照政权更替的时间将其分成一个个片段去研究。"[7]

6　黄鸣奋《英语世界中国古典文学之传播》，学林出版社，1997 年，第 24 页。

7　（美）魏定熙《民国时期中文报纸的英文学术研究——对一个新兴领域的初步观察》，方洁译，载《国际新闻界》2009 年 04 期，第 25 页。

最后是书名中"报纸"的界定。本书所关注的英语世界的"报纸"研究是指英语世界对晚清民国时期在中国出版以及少量在境外由中国人主办的报纸（包括中文报纸和外文报纸）的研究。需特别说明的是，在早期的研究中（如于1928年发表的两篇题为《东方视角》的期刊论文），英语世界的学者未对报纸和期刊进行区分界定。这其实与当时中国的办报情况是相符的，因为清末民初许多报纸的排版装订、出版周期、发行模式等都与期刊相似。正如魏定熙在其论文中指出："坚持要将报纸和期刊清晰且完整的区别开来的想法是愚蠢的，显然，它们是两种联系非常紧密的出版物，经常会有人同时参与报纸和期刊的生产过程中，它们在受众和内容方面时常重合，在商业层面则联系频繁。"[8]因此，本书在以报纸研究为考察对象时，不可避免的会因英语世界的研究涉及一些期刊或杂志。不过，本书尽可能选取其中有关报纸的部分进行研究。另需指出的是，已被译为中文的相关著作及论文不是本书介绍与述评的重点，但是其作为英语世界的重要成果，在专题和比较论述中仍会有所涉及。

本书首先历时性地对英语世界不同阶段的研究特点进行概括与总结，并对具有代表性的专著、博士论文、期刊论文展开详细述评，以此勾勒出英语世界对晚清民国报纸的研究之全貌。第二章至第五章是共时性专题研究。这四章分别以英语世界极具代表性的研究主题为专题，将中西学界的差异性落实到具体的研究内容与观点之中。第二章探讨了报纸伴随工业技术发展及西学东渐，在中国产生和发展的过程，以及作为新传播方式和平台的存在价值。本章具体讨论了现代报纸是什么、报纸传入中国及本土化的过程、报纸的传播方式与途径、报纸与社会各群体的关系、报人群体的形成及报业职业化进程。第三章至第五章是对中国近现代报纸功能的讨论，如报纸对民族意识构建、市民社会生活、文化变迁转型的影响等。最后，本书对英语世界的研究方法与批评理论话语进行总结，并从比较视野对中西学界的异同展开论述，尝试得出一些对中西学界有益的启发与建议。

在晚清民国时期的报纸研究领域，中国学界和英语世界是两个不同文明的学术体系对同一研究对象的关注。本书的出发点是通过探讨国内学界与英语世界研究的差异性，发现双方对话的必要性以及对话的意义。

8 （美）魏定熙《民国时期中文报纸的英文学术研究——对一个新兴领域的初步观察》，方洁译，载《国际新闻界》2009年04期，第22页。

第三节 国内外研究现状

据笔者对"英语世界"（Ebesco, Jstor, Worldcat, Springer, Proquest 等数据库）及国内相关论文数据库（CNKI，万方，维普等）的搜索，国内外尚未有以"英语世界的晚清民国报纸研究"为研究对象的专著、学位论文与期刊论文。该领域的空白也使得本书的研究更加具有迫切性和必要性。目前国内外相关研究现状概况如下：

一、国内学界研究现状

国内学界与该课题相关的研究有：2006 年，张志强的《海外中国出版史研究概述》介绍了海外学者对中国出版史研究的三个阶段，列举了英语世界对此时期报纸研究的少量论文。2007 年，复旦大学博士生周婷婷等人发表《海德堡大学汉学系早期中文报纸研究概况》，该文简要介绍了海德堡大学成立的"中国公共领域的结构与发展小组（Structure and Development of the Chinese Public Sphere）"中的五位学者——瓦格纳（Rudolf G. Wagner）、梅嘉乐（Barbara Mittler）、费南山（Natascha Vittinghoff）、燕安黛（Andrea Janku）、叶凯蒂（Catherine Vance Yeh），他们对《申报》等早期中文报纸的研究专著和论文，较为全面地梳理了海德堡大学对这一课题的研究状况。2009 年，《国际新闻界》推出题为"海外学者看中国新闻史研究"的专题，这是目前国内学界对英语世界中国报纸研究比较集中的关注。在此专题中，《海外中国传媒研究的知识地图》是李金铨教授访谈记录的整理，李教授谈到了一些海外对早期中国报纸的研究情况，并对部分重要学者及其作品进行评价，但其文大部分的关注点是在传媒理论研究方面，与本书的研究交集不多。国内研究中与本书思路最为贴合的当属刘兰珍于 2012 年发表的《罗文达的近代中国新闻事业研究》，这篇文章对德国汉学家罗文达（Rudolf Löwenthal）的英文学术研究成果进行了概述，并分析了其研究的主要特点和贡献。2013 年，清华大学教授张美兰的《美国哈佛大学哈佛燕京图书馆馆藏晚清民国间新教传教士中文译著目录提要》（哈佛燕京图书馆书目丛刊第 16 种）中著录哈佛燕京图书馆藏晚清民国间新教传教士中文译著 786 种，并附霍顿图书馆、怀德纳图书馆等藏同类译著 58 种，包括著作、刊物、报纸、教科书、宣传单等各类出版物，内容除宣教外，还包括科学、经济、文化等方面，可以反映此期新教传教士在华译经传教及文化活动的主要面貌，该书是国内对英语世界晚清民国时期传教士报纸研究的重要成果。2015 年，石文婷、曹漪那发表的《英语世界的中国新闻学研究》一文，梳理了英语世界对中国新闻学研究的学术成果，这些成果中有相当一部分也属于本书的研究对象。同年，静恩英发表的《民国报纸研究综述》一文从十个方面概述了民国时期的报纸研究，其中第八个方面简单地梳理了国外学者对民国报纸的研究情况。2017 年，欧阳伊岚的硕士论文《德国海德堡大学中国新闻史研究成果评析》以燕安黛著作《只是空言：晚清中国的政治话语和上海报刊》（*Nur Leere Reden：Politischer Diskurs und die Shanghaier Presse im China des späten 19. Jahrhunderts*）为切入点，以文本解读的方法，具体分析了海德堡大学汉学系的中国新闻史系列研究成果，此文是国内关于英语世界中国早期报纸研究中较为重要的成果。2019 年，王毅、向芬发表了《时代记忆：一位美国学者的中国新闻史研究》以访谈的形式梳理了西方中国新闻史研究，尤其强调了民国时期新闻业职业化、在华西方记者以及口述史与新闻史研究的关系。

英语世界晚清民国时期报纸研究的部分成果已由国内学者中译出版，这些著作及论文的译本对丰富国内学界晚清民国的报纸研究有着重要意义。具体有：王海翻译了林语堂的《中国新闻舆论史》（*A History of the Press and Public Opinion in China*）与赵敏恒的《外人在华新闻事业》（*The Foreign Press in China*）、王海与王明亮合译了汪英宾的《中国本土报刊的兴起》（*The Rise of the Native Press in China*）、苏世军翻译了美国学者白瑞华（Roswell S. Britton）的《中国近代报刊史》（*The Chinese Periodical Press, 1800-1912*）、金莹翻译了美国学者贝奈特（Adrian Bennett）的《传教士新闻工作者在中国——林乐知和他的杂志（1860-1883）》（*Missionary Journalist in China: Young J. Allen and His Magazines, 1860-1883*）、王樊翻译了季家珍（Joan Judge）的《印刷与政治：〈时报〉与晚清中国的改革文化》（*Print and Politics: "Shibao" and the Culture of Reform in Late Qing China*）、王耀武与潘悦婷合译了季家珍专著《民国镜像：早期中国期刊中的性别、视觉和经验》（*Republican Lens: Gender, Visuality, and Experience in the Early Chinese Periodical Press*）、杨可翻译了季家珍的《历史宝筏：过去、西方与中国妇女问题》（*The Precious Raft of History: The Past, the West, and the Women Question in China*）、陈建明与王再兴合译了何凯立（Herbert Hoi-Lap Ho）的博士论文《基督教在华出版事业（1912-1949）》（*Protestant Missionary Publications in Modern China, 1912-1949: A Study of Their Programs*

Operations and Trends, 1979, University of Chicago)。瓦格纳的研究尤其受到国内学者的追捧，他的两篇学术论文皆被国内学者译为中文并发表：《〈申报〉的危机：1878-1879 年〈申报〉与郭嵩焘之间的冲突和国际环境》(The *Shenbao* in Crisis: The International Environment and the Conflict Between Guo Songtao and the *Shenbao*)于 1999 年由李必璋翻译，被收录在《中国近代城市发展与社会经济》中；《进入全球想象图景：上海的〈点石斋画报〉》(Joining the Global Imaginaire: The Shanghai Illustrated Newspaper *Dianshizhaihuabao*)于 2001 年由徐百柯翻译收录在《中国学术》中。这些译本代表了国内学者对英语世界中国早期报纸研究的关注。前期的译著大多是中国学者用英语撰写的作品，多是学者在美国留学时的毕业论文。后期的译著多是关于美国学者或在美国接受学术教育的学者的作品，可见中国学界对美国学术理论与作品的关注。但总体来说，国内学界对这一领域的研究较少，亟待更为系统、深入的梳理和探讨。

二、英语世界研究现状

英语世界与该课题相关的研究有：1937 年，德国汉学家、新闻家罗文达整理了《关于中国报学之西文文字索引》(Western Literature on Chinese Journalism: A Bibliography)。该目录索引收录了 681 篇研究中国新闻事业的外文文献，其中包括对英语世界文献的汇编，是这一方面最早的西文文献汇集。2004 年，美国俄勒冈大学历史系教授顾德曼的论文《新闻网络：中国报刊的权力、语言和跨民族维度，1850-1949》(Networks of News: Power, Language and Transnational Dimensions of the Chinese Press, 1850-1949)对"跨民族视角下的中文报刊，1850-1949"国际会议中发表的六篇论文进行了综述，从不同角度探讨了各地中文报纸之间与记者之间的语言联系和人际关系。德国海德堡大学教授梅嘉乐 2007 年发表的综述论文《在话语和社会现实之间：近期出版物中的早期中文报刊研究》(Between Discourse and Social Reality: The Early Chinese Press in Recent Publications)对该文发表前夕（2007 年）出版的三本专著进行了综述。后两篇论文都是对相关论文和专著的综述，涉及研究成果数量较少，涵盖时期也比较短。

美国科罗拉多大学历史学系副教授魏定熙（Timothy B. Weston）于 2009 年发表的《民国时期中文报纸的英文学术研究——对一个新兴领域的初步观察》(English-Language Scholarship on the Republican-Era Chinese Press: Some

Preliminary Observations on an Emerging Field）是笔者收集到的唯一一篇对英语世界民国时期报纸研究进行全面综述的论文。该论文已由中国人民大学的方洁翻译并刊载在《国际新闻界》中。魏定熙在文中仔细考察了从 20 世纪 70 年代以来至 2008 年英语世界学者对民国报纸的研究情况。魏定熙在文章中明确指出："许多来自不同学科的学者逐渐意识到这一领域存在很大的研究价值，研究民国的报纸对于了解民国时期的中国社会具有非常重要的作用。目前此类研究大多以论文成果体现，只有少量成果以著作形式呈现，至今还没有将民国报纸作为独立的研究主题（subject）进行综合分析的研究成果。"9虽然此文对英语世界民国时期报纸研究的外国专家、出版的书籍、发表的论文做了简单的梳理，是比较宝贵的综述类学术研究资料，但该论文没有涉及 70 年代以前英语世界的研究，没有关注到晚清时期的报纸研究，也没有涉及在华出版的外文报纸，更较少提及刊物及杂志。因此，从某种意义上而言，英语世界学者对于这一领域的关注比国内学界更为缺乏。

虽然国内学界和英语世界学者都尚未对英语世界的研究成果整体进行梳理、论述，但是英语世界学者对晚清民国时期报纸研究的丰硕成果不容忽视。英语世界从事晚清民国时期报纸研究的学者以美国、英国、加拿大、澳大利亚等英语国家的大学院校以及德国海德堡大学汉学研究中心的学者为主。需要特别指出的是，德国海德堡大学的汉学研究中心成立了"中国公共领域的结构与发展"研究小组，对中国早期报纸在公共领域、现代性、女性问题等领域都有深入的研究。

英语世界的研究者虽拥有不同的学科背景，如历史学、传播学、新闻学、社会学、文学、计算机科学等，但是据笔者考察，英语世界研究这一领域的学者大部分来自历史学和社会学领域，传媒和新闻学领域相对较少。反观国内的研究学者，他们不仅来自不同学科领域，而且多学科齐头并进，均衡发展。大多数英语世界的研究者都有过在中国的学习、生活的经历并精通中文，能够阅读晚清民国时期的报纸，对中国文化有比较深入的理解，并熟悉晚清民国时期的社会、政治等历史环境，这些条件为他们对该时期报纸的研究奠定了坚实的基础。其中比较具有代表性的学者是：美国的魏定熙（Timothy B. Weston）、叶凯蒂（Catherine Vance Yeh）、李欧梵（Leo Ou-fan Lee）、顾德曼（Bryna

---

9 （美）魏定熙《民国时期中文报纸的英文学术研究——对一个新兴领域的初步观察》，方洁译，载《国际新闻界》2009 年 04 期，第 22 页。

Goodman）、白瑞华（Roswell S. Britton）、阿里夫·德里克（Arif Dirlik）、斯蒂芬·麦金农（Stephen R. MacKinnon）、芮哲非（Christopher A. Reed）、高家龙（Sherman Cochran）、叶文心（Yeh Wen-hsin）、黎安友（Andrew J. Nathan），英国的沈艾娣（Henrietta Harrison）、柯律格（Craig Clunas）、戴雨果（Hugo De Burgh）、拉纳·米特（Rana Mitter）、柯文（Paul A. Cohen），加拿大的季家珍（Joan Judge）、齐慕实（Timothy Cheek）、米蕾拉·大卫（Mirela David）、裴士锋（Stephen R. Platt），德国的梅嘉乐（Barbara Mittler）、瓦格纳（Rudolf G. Wagner）、费南山（Natascha Vittinghoff）、金兰中（Nanny Kim）、燕安黛/杨营（Andrea Janku）、罗文达（Rudolf Löwenthal），意大利的蕾娜特·芬奇（Renata Vinci），法国的白吉尔（Marie-Claire Bergère）以及澳大利亚的穆德礼（Terry Narramore）[10]、菲茨杰拉德·约翰（Fitzgerald John）等。

　　从出版的情况来看，美国哈佛大学出版社（Harvard University Press）、美国斯坦福大学出版社（Stanford University Press）、英国剑桥大学出版社（Cambridge University Press）、英国劳特利奇出版社（Routledge）、荷兰博睿学术出版社（Brill）都出版了大量关于晚清民国时期中国报纸研究的专著。哈佛大学东亚研究中心主持出版的《哈佛东亚丛书》（*Harvard East Asian Monographs Series*）刊载了大量英语世界对这一时期报纸的研究成果。美国的《晚期中华帝国》（*Late Imperial China*）、《近代中国》（*Modern China*）、《20 世纪中国》（*Twentieth Century China*）、《现代亚洲研究》（*Modern Asian Studies*）等期刊刊登了大量关于这一时期报纸的研究论文。荷兰期刊《通报》（*T'oung Pao*）是第一份西方国际性汉学杂志，也是西方汉学界最权威的汉学杂志之一，该期刊刊载了相当一部分欧洲各国对中国这一时期报纸的研究成果。荷兰期刊《欧洲东亚研究》（*European Journal of East Asian Studies*）、加拿大的不列颠哥伦比亚大学出版社集刊《太平洋事务》（*Pacific Affairs*）、澳大利亚国立大学期刊《中国遗产季刊》（*China Heritage Quarterly*）等也刊登了众多海外学者关于中国早期报纸的研究。

　　英语世界学者对晚清民国时期的报纸研究起步较早，可追溯至 20 世纪 20年代。单一对象的研究是英语世界学者普遍采用的研究方法。大部分的学术研究成果仅针对某一特定报业人物、某一特定群体、某一特定的报纸、或者报纸的某一特性。英语世界学者对晚清报纸的关注很大程度上是因为报纸在当时

---

10 曾先后被译为“特里·纳里莫”和“T·纳拉莫尔”。

是一种全新的媒介，对媒介本体的研究成为英语世界晚清报纸研究的重点。而在民国时期，报纸数量激增，报纸在民众日常生活中所发挥的作用也愈发重要，因此学者的材料选取更加丰富，研究视角也更加广泛。

总体而言，英语世界对晚清民国时期报纸的关注主要集中在城市，而对非城市环境下的报纸研究极少，仅有两篇期刊论文：1997年，加拿大英属哥伦比亚大学教授齐慕实（Timothy Cheek）发表的论文《光荣的职业：服务于晋察冀边区中共宣传机构的知识分子，1937-1945》（The Honorable Vocation: Intellectual Service in the CCP Propaganda Institutions in Jin-Cha-Ji, 1937-1945），该文章对中国共产党领导的抗日根据地之一——晋察冀地区的报人知识分子如何展开新闻工作进行论述。2000年，美国哈佛大学历史系教授沈艾娣（Henrietta Harrison）发表的论文《中国农村的报纸与民族主义，1890-1929》（Newspapers and Nationalism in Rural China, 1890-1929）分析了报纸新闻通过何种方式送达给乡民、送达是否及时等等，指出现代报纸新闻和口头报道共同构建了农村的信息渠道，为农村民族主义的传播提供了有利条件。

上海作为当时中国新潮文化和出版的中心，在英语世界学者对城市报业的研究中，上海发行的报纸自然而然最受瞩目，这种关注点的集中具有一定的合理性。而香港、北京、广州、苏州、无锡、武汉、成都等地的报纸虽然也被涉及，但相对而言较为缺乏，并没有得到足够的重视。

在报纸的选择上，英语世界主要关注晚清民国时期的中文报纸，对外文报纸研究较少。英语世界学者倾向于以个体代类别，研究各种报类中影响最为深远的典型，如商报的代表《申报》、政治报的代表《时报》、小报的代表《游戏报》、画报的代表《点石斋画报》等等。其中对《申报》的关注最多，一方面是因为《申报》存在时间长、销量大、影响深远，另一方面也是由于海外学者对《申报》的整理收集较为全面，比如海德堡大学建立的"早期《申报》电子索引（1872-1898）"（Electric Index to the Early *Shenbao*）数据库[11]，主要包括这一时期《申报》的所有头条论说和《申报》摘录香港报纸特别是《循环日报》的内容（不包括《申报》翻印京报的内容），也有选择地收录了其他新闻报道、官方文件和少量诗词，支持中文搜索。这为英语世界学者的研究提供了诸多便利。当然，这也说明英语世界学者受限于数据库条件，对这一时期报纸的资料掌握和整体认识并不全面——由于没有建立更为丰富、完善的数据库，所以只

---

11 该数据库的网址为：http://www.sino.uni-heidelberg.de/database/shenbao/manual.htm。

能对一些具有代表性的重要报纸进行研究，而被迫忽视了其他材料。这也是英语世界研究可以提升的方面，英语世界学者已经对英美报纸进行了数字转换，拥有扩充中国报纸数据库的技术基础。英语世界今后可以在此基础上寻求与国内学界的广泛合作，共同丰富研究的资料基础。

一、研究专著。据统计，英语世界已出版了 40 部关于晚清民国时期报纸的研究论著。早在 1922 年，美国密苏里大学新闻学院学者裴德生（Don D. Patterson）就出版了英语世界第一部研究晚清民国报纸的专著——《中国新闻事业》（*The Journalism of China*），开启了英语世界系统性研究中国近代报纸的先河。1933 年，白瑞华（Roswell S. Britton）的《中国近代报刊史》（*The Chinese Periodical Press, 1800-1912*）成为英语世界第一本研究中国早期报刊史的著作，该书对英语世界的研究产生了重要影响，西方诸多学者至今仍在白瑞华建构的中国近代报刊史框架下展开研究。该书于 2013 年被苏世军译为中文并出版。该专著总体性地介绍了中国近代报刊诞生而本土报刊消亡的进程，书中的原始数据为后来学者研究中国早期报刊提供了客观真实的材料。此后 40 年，英语世界的研究专著较少，几乎没有出现具有影响力的著作。自 20 世纪 70 年代开始，研究专著逐渐增多，研究范围拓宽。1974 年，柯文（Paul A. Cohen）出版《在传统与现代性之间：王韬与晚清改革》（*Between Tradition and Modernity: Wang T'ao and Reform in Late Ch'ing China*），将晚清报人置身于改革浪潮中，探讨报纸与社会改革的交互影响。此后，以报人为"引子"探索报纸对中国社会的影响成为学者研究的兴趣点之一，如贝奈特（Adrian Bennett）《传教士新闻工作者在中国——林乐知和他的杂志（1860-1883）》（*Missionary Journalist in China: Young J. Allen and His Magazines, 1860-1883*）、奥布莱恩（Conor Cruise O'Brien）《早期革命中国的美国编辑：约翰·威廉姆斯·鲍威尔和中国每周/每月评论》（*American Editor in Early Revolutionary China: John Williams Powell and the China Weekly/Monthly*）等。进入 21 世纪，英语世界学者更注重研究晚清民国时期报纸的功能，突出报纸具有的政治、社会、文化功能。这一英语世界关注的报纸种类更加丰富，也关注到了印刷技术、资本为此期报业带来的新变化。比较有代表性的著作有：梅嘉乐于 2004 年出版的《一份为中国而生的报纸？上海新媒体力量、身份、改变，1872-1912》（*A Newspaper for China? Power, Identity, and Change in Shanghai's News Media, 1872-1912*）、芮哲非（Christopher A. Reed）于 2004 年出版的《谷腾堡在上海——中国印刷资本业的发展（1876-

1937)》（*Gutenberg in Shanghai: Chinese Print Capitalism, 1876-1937*）、叶凯蒂（Catherine Vance Yeh）于 2006 年出版的《上海·爱：名妓、知识分子和娱乐文化（1850-1910）》（*Shanghai Love: Courtesans, Intellectuals, and Entertainment Culture, 1850-1910*）、瓦格纳于 2008 年编著的《加入全球公共体：早期中国报纸中的文字、图像和城市，1870-1910》（*Joining the Global Public: Word, Image, and City in Early Chinese Newspaper, 1870-1910*）、王娟于 2012 年出版的《嬉笑怒骂：上海小报，1897-1911》（*Merry Laughter and Angry Curses: The Shanghai Tabloid Press, 1897-1911*）等。

　　二、博士学位论文。和英语世界晚清民国时期报纸研究的专著和期刊论文相比，博士学位论文数量略少。据查阅，英语世界有关晚清民国时期报纸研究的博士学位论文共有 8 篇。博士学位论文虽然数量不多，但是其研究视野与理论却受到了中西学界极大地关注，其中有 4 本在作者进一步的修改和补充下已经出版。1969 年，丁许丽霞完成了英语世界第一篇研究中国早期报纸的博士学位论文《1900 年到 1949 年间近现代中国政府的报刊控制》（Government Control of the Press in Modern China, 1900-1949, 1969, University of Texas at Austin），该文于 1974 年出版，其重点讨论了 1900 年到 1949 年间，中国境内政权和势力对报刊的控制。作者通过大量收集和参考资料，追溯了中国近代的出版法和各种规定，重现了多个重要的报刊审查个案并讨论了与之相关的各种问题，如当时中国的政治形势如何影响出版法规，这些法规如何实施，审查者是否忠于职守，政府如何获得对重要报刊的控制权等。1979 年何凯立（Herbert Hoi-Lap Ho）的博士论文《1912-1949 年间基督教在华出版事业：有关运作与趋势的研究》（Protestant Missionary Publications in Modern China,1912-1949： A Study of Their Programs Operations and Trends）主要介绍了现代中国的文化与社会背景、民国时期新教传教士的角色与活动、新教出版机构的历史和组织以及传教士报纸对中国新闻事业的影响等。该论文于 2004 年由陈建明、王再兴译为中文《基督教在华出版事业（1912-1949）》。穆德礼完成于 1989 年的博士论文《在上海制作新闻：〈申报〉和报纸新闻业的政治，1912-1937》（Making the News in Shanghai: *ShenBao* and the Politics of Newspaper Journalism, 1912-1937, 1989, University of Canberra）对商业报纸的政治性展开探讨，指出即便是租界内的商业报纸也极大地受到政治环境的影响。叶晓青完成于 1991 年的博士论文《上海大众文化，1884-1898》（Popular Culture in

Shanghai, 1884-1898, 1991, Australian National University）与后期出版的专著《〈点石斋画报〉：上海城市生活，1884-1898》（*The Dianshizhai Pictorial: Shanghai Urban Life, 1884-1898*）有诸多相似之处。季家珍于 1993 年完成博士学位论文《印刷与政治：〈时报〉与晚清中国公共领域的形成（1904-1911）》（Print and Politics: "*Shibao*"（The *Eastern Times*）and the Formation of the Public Sphere in Late Qing China, 1904-1911, 1993, Columbia University），其专著《印刷与政治：〈时报〉与晚清中国的改革文化》（Print and Politics: "*Shibao*" and the Culture of Reform in Late Qing China）在她博士论文的基础上修改而成，已于 2014 年由王樊一婧译成中文出版。20 世纪一共有三篇关于中国早期报纸的博士论文：Wu Guo 完成于 2006 年的《媒体，民族性和政权：郑观应和晚清上海城市文化》（Media, Nationhood, and State: Zheng Guanying and the Urban Cultural Sphere in Late Qing Shanghai, 2006, State University of New York at Albany）、玛丽安·杨（Marian H. Young）完成于 2008 年的《〈盛京时报〉：构建晚清时期公众舆论》（*ShengjingShibao*: Constructing Public Opinion in Late Qing China, 2008, University of Hawaii）、Gao Nuan 完成于 2012 年《构建中国公共领域：五四时期的三份大报副刊（1915-1926）》（Constructing China's Public Sphere: The 'Three Big Newspaper Supplements' of the May Fourth Era, 1915-1926", 2012, University of California, Irvine）。纵观这 8 篇文章，报纸的"政治性"是英语世界博士论文最重要的关注点，晚清民国时期报纸的"政治性"被上述诸文以各不相同的学术路径加以揭示，极大地丰富了对报纸政治性这一话题的研究。

三、期刊论文。英语世界晚清民国时期报纸研究的期刊论文发表时间较早，且成果丰硕。据查阅，英语世界晚清民国时期报纸研究的期刊论文 75 篇，其中英美德三国学者的研究占比约 80%。1928 年，T. H.、S. C. L. 和 E. G.（由于文章发表年代久远，无法获悉学者的具体名字）发表了《东方视角：中日报刊杂志的关注点》（In the Orient View: Topics Claiming Attention in the Magazine Press of China and Japan），是英语世界第一篇研究晚清民国时期报纸的论文。该文分别分析了当时的中日报刊，并关注到两国报刊关注点的不同之处。在西方人眼中，日本报刊主要关注点为：人口过多的问题、由法国提出的战争条约中的非法问题、对华政策（尤其是东北三省和蒙古地区）。相比于日本报刊，中国报刊主要关注国内时事政治，鲜少关注外国事务。同年，比约恩·斯坦赛克发表的《东方视角：中日报刊调查》（In the Orient View: A Survey of the

Periodical Press of China and Japan）更详细介绍了中日报刊关注点的区别。此后 10 年内，英语世界学者主要以晚清民国时期报刊的内容为研究对象，分析报刊的关注对象。如白瑞华的《中国新闻关注点》（Chinese News Interests），J. C. Sun 的《中国报刊的新趋势》（New Trends in the Chinese Press），罗文达的《天津媒体：一份技术调查》（The Tientsin Press: A Technical Survey）等。新中国成立后，共产党报纸开始走入英语世界学者的研究视野，如侯服五（Franklin W. Houn）《中国共产党报刊：结构与运行》（The Press in Communist China: Its Structure and Operation）和《中国共产党报刊的控制》（Chinese Communist Control of the Press）。20 世纪 70 年代至今，英语世界学者的期刊论文数量不断增加，其中较具代表性的有：夏洛特·彼罕（Charlotte L. Beahan）的《中国女性报刊中的女性主义和民族主义，1902-1911》（Feminism and Nationalism in the Chinese Women's Press, 1902-1911）、李欧梵（Leo Ou-fan Lee）和黎安友（Andrew J. Nathan）的《大众文化的起源：晚清及晚清之后的新闻与小说》（The Beginnings of Mass Culture Journalism and Fiction in the Late Ch'ing and Beyond）、芮哲非《重新收集资料：上海〈点石斋画报〉和历史记忆的位置，1884-1949》（Re/Collecting the Sources: Shanghai's *Dianshizhai Pictorial*" and Its Place in Historical Memories, 1884-1949）、费南山《读者、出版者和官员对公共声音的竞争与晚清现代新闻界的兴起（1860-1880）》（Readers, Publishers and Officials in the Contest for a Public Voice and the Rise of a Modern Press in Late Qing China, 1860-1880）等。总而言之，英语世界的期刊论文总量颇丰，其研究视角与方法在同期相关研究中较具开创性。

第四节 研究方法及研究创新

一、研究方法

本书以新闻学、媒介学、传播学、比较文学等专业理论和研究路径为主，通过对大量国内鲜有的一手外文文献的收集和整理，梳理并解读出英语世界晚清民国报纸研究的关注热点、理论建设、重点人物、创新发展，并运用比较研究尤其是跨文化研究的方法来探讨英语世界对晚清民国报纸的研究。具体如下：

一是文献研究法。文献研究法是本书的基础研究法。英语世界学者对晚清民国时期报纸的研究已有近百年的积累，其研究成果十分丰硕。收集、整理英语世界的相关文献是研究的第一要务和最基础的工作，也是本研究得以开展的前提。事实上，英文文献的收集、整理及阅读也正是本书的难点所在。由于国内英文数据库并不完备，很多专著或学位论文都只能通过国外数据库获取，这对笔者资料收集工作造成很大阻碍。另外，中英文文献的阅读难度也较大。一方面，英文文献不仅数量众多，而且有些早期的文献格式并不规范，甚至还有一些手写体材料，阅读起来极为费力。另一方面，要深刻理解英语世界的研究，就必须要对英语世界研究的晚清民国报纸进行必要的了解，但是由于此期报纸在排版、书写方式、文字表述上都与现代报纸有很大不同，笔者在阅读中文报纸上也颇费功夫。

二是专题研究法。本书从英语世界研究中提取了四个最具代表性的专题，以主题为中心，用以类相从的方式从各类研究论著中抽析出主要的研究理论与观点。在这一研究措施上，笔者选择对英语世界研究中重点关注的、国内尚未涉及或少有涉及、中西方差异较大的研究方向和研究成果进行专题论述，共时性地讨论中西方学者对同一主题的不同观点，这种专题式研究更易突出英语世界研究的"问题意识"与理论深度，也能使本书摆脱对原始资料的简单堆砌，进行深入到思想和学理层面的探讨。这对单纯的文献史学研究法是一种有益补充。

三是比较研究法。笔者借鉴了比较文学研究的方法，包括影响研究、平行研究和变异学研究等。本书重点在于探讨国内学界和英语世界学者关于晚清民国时期报纸研究的异同，尤其是英语世界学者在研究过程中在何种层面及多大程度上受制于本土文化的制约而产生的异质性，以及晚清民国时期报纸在西方异质文明研究范式中经历的变形与重塑。比较并不是对英语世界研究者的仰望，而是在对英语世界研究情况进行充分了解和分析后，对自身的回顾与反思，以便发现双方研究的特色与不足。实际上，由于研究资料的庞杂，国内学界和英语世界学者的研究同中有异、异中有同。系统性地对二者的研究对象、研究方法、研究内容、研究结论进行比较，不仅需要对双方的研究都非常了解，还需要较强的学术敏感性以发现双方差异之处，造成差异的原因以及研究差异性的深层意义。

四是跨学科交叉研究法。英语世界晚清民国的报纸研究涉及文学、传播学、新闻学、历史学、社会学、政治学等诸多领域，因此对英语世界的研究成果进行系统性、多层次的探究，必须要采用多学科交叉的研究方法。研究对象的性质决定研究方法的运用。笔者亦试图突破现有的学科壁垒，在研究中实现学科的交叉与融合，但是跨学科研究对研究者的学术素养要求较高，因此也是本书的难点之一。

二、研究创新

本书立足于英语世界，以"他者之镜"对国内晚清民国报纸研究进行"自我观照"，这是对该时期报纸研究的一个全新视角，对国内的相关学术研究具有一定的启示意义。

一是研究材料的创新。英语世界的学者在晚清民国报纸这一研究领域的研究成果已经具备了相当的规模。笔者对英语世界晚清民国时期报纸的研究成果进行了全面的收集和整理，在广泛收集、系统梳理的基础上，对英语世界有代表性的成果和重要学者进行了介绍与评述。这不仅为中国学界提供了丰富的、国内少见的外文材料，对一些长期以来被忽视或遗失的资料进行了挖掘和补充，而且还为国内学界提供了植根于异域文化背景的学术成果，为国内的晚清民国时期的报纸研究提供了全面而系统的参照。书中所涉及的大多数研究成果和学术观点都是首次被介绍到国内，弥补了国内晚清民国时期报纸研究外文文献不足的情况，具有较强的现实意义。

二是研究角度的创新。虽然国内晚清民国时期的报纸研究发展迅速，出现了一大批优秀的研究者和高质量的学术成果，但是英语世界的研究理论、研究方法、研究视角等可能还不为国内学界所熟悉，这些都能够为国内研究提供可借鉴之处。本书通过国内和英语世界对晚清民国时期报纸研究的比较，发现了国内学界存在的不足和盲点，促进国内该领域研究的进一步发展。不过同时也必须认识到英语世界的研究并非尽善尽美，英语世界学者以异域视角审视中国报纸，必然存在一定的局限性。因此，笔者试图为中西学界搭建平等对话的平台，既要发现英语世界的研究特色，借此对国内学界产生启发性的效果，也要发现其不足，以供国内学者反思、借鉴，推动国内研究出现新的增长点。在差异中对话，以寻求突破，为中西方学术界提供一些新的研究思路和启发。

三是研究方法的创新。笔者不仅历时性地全面梳理了英语世界的相关研究成果，同时也在共时性的层面，从不同的角度，对不同的研究主题进行了合理的归纳和详细的分析，突出了问题意识，阐释了英语世界学者对晚清民国时期报纸研究的认识与建构。历时性和共时性的结合有助于全面把握英语世界学者的研究面貌和动态。本书借鉴比较文学的研究范式，对国内学界和英语世界研究之异同及背后深层次的文化机制进行探究。笔者采用了不同的研究路径，如文献梳理、文本解读、统计分析、图像学分析、跨学科研究等，对英语世界的研究展开系统性的论述。同时，本书并不是对英语世界成果中的观点、结论的简单介绍，而是对这些成果进行了理论上的剥析，进一步明确了其运用的多种文学研究理论如阐释学、现象学、接受理论、女性批评主义、符号学等，这种学理上的疏通比单纯的成果介绍、观点罗列更具参考价值。

四是在立足"学界"学术研究的同时，本书也力求探寻"业界"的突破。本书是对英语世界晚清民国时期报纸研究成果的探讨，但也希望这样的探讨不仅仅只在学术研究内部产生影响，而是可以拓展到报业发展的实践方面。英语世界的学者在晚清民国时期报纸的研究过程中，必然会将自己对报业发展的思考融入其中，这样的思考是对其本国和中国报业发展进行双重观照之后的结果，具有一定的价值。笔者也试图在对英语世界研究成果的分析中，提炼总结出具有建设性、启发性的观点，以促进中国报业更加健康、快速地发展，使在与国际接轨的同时，最大限度地发挥出民族特色与优势，提升国家的软实力与文化影响力。由此，学术内部的探讨就可以越出书斋，摆脱空谈，对报纸行业起到一定的推动作用，即完成从"学界"到"业界"的延伸。由"学界"兼及"业界"，必将会给中国报业的理论和实践带来极大的丰富与提升。

第一章　英语世界的晚清民国报纸研究概览

英语世界对晚清民国报纸的研究从 20 世纪 20 年代至今的百年间已积攒了丰硕的研究成果。总观英语世界的研究，其内容涉及报纸本体研究，办报环境研究、报纸功能研究、报人研究等多个版块。笔者根据英语世界晚清民国时期报纸研究的阶段性特征，将英语世界的研究分为发轫期、探索发展期、深化期三个阶段，并将以此为标准，阶段性地介绍或评述该期的重要成果。

第一节　发轫期：20 世纪 20-40 年代

从对晚清民国时期报纸研究展开的时间来看，英语世界与国内学界几乎是同步的。20 世纪 20 年代英语世界开启了中国报纸的研究。据笔者查阅，从 1922 年美国记者、《密勒氏评论报》（*Millard's Review*）主笔裴德生（Don D. Patterson）出版第一本专著《中国新闻事业》（*The Journalism of China*）至新中国成立前，英语世界出版了关于中国报纸研究的 6 部著作和 6 篇期刊论文，这些成果以概括中国报业发展过程为主要特征，并没有专题性的论述。究其缘由，笔者认为可能是由于现代报纸作为一种新的传播媒介刚刚在全球范围内兴起，介绍总结报纸的起源、发展、功能成为学者的主要目标。

专著方面，在《中国新闻事业》之后，1924 年，留学美国的汪英宾

（Wang Yingbin）[1]以英文撰写的《中国本土报刊的兴起》（*The Rise of Native Press in China*）获得哥伦比亚大学新闻学院硕士学位。这篇论文首次系统地向西方介绍了中国新闻事业的概况，并于 1924 年 5 月在美国纽约出版，成为英语世界研究中国早期报纸的重要参考资料。1933 年，美国教授白瑞华（Roswell S. Britton）[2]出版了《中国近代报刊史》（*The Chinese Periodical Press, 1800-1912*），这是英语世界出版的第一部中国报业史的研究专著，也是英语世界截至目前为止少有的关于中国近代报业史的研究，具有里程碑的意义。该著作记录了 1800 年到 1912 年间中国近代报刊诞生、本土报刊消亡的过程。该书共 11 章，从本土报刊及西方报刊在中国的出现及比较、商业报、改革报的创办以及报刊发展与当局关系等多方面展开讨论。在作者看来，本土报刊对中国近代报刊的形成起到与西式报刊同样积极的作用。白瑞华在书中指出，不同的报刊代表着不同的政治体系、党派组织或私营企业的心声，中国报刊开始走向多元化、产业化和现代化的发展格局。1935 年，民国时期最有影响力的外国商人、记者、作家——美国人卡尔·克劳（Carl Crow）编辑出版了《中国报纸指南（包括香港）》（*Newspaper Directory of China [including Hongkong]*），该书梳理了 20 世纪初中国（包括香港地区）的报纸，这在信息并不发达、资料获取困难的当时实在是不小的工程。该书为中国报业历史提供了重要的原始材料，为后来的研究者提供了诸多可参考的线索。但是，由于克劳并不是学者出身，该书没有对每份报纸进行深入研究，理论上也毫无创新之处。1936 年，中国学者林语堂[3]用英文撰写并出版了专著《中国新闻舆论史》（*A History of the Press and Public Opinion in China*）。林语堂虽然是中国人，但是他接受了完整的西方教育，受到英语世界学术理论和文学氛围的熏陶。林语堂的这本《中国新闻舆论史》出版时间较早，且是在英语世界出版的第一部关于中国新闻舆论的史论研究，"建立了最早的舆论史学研究专著的框架结构和理论体系"[4]，之后英语世界

1　汪英宾（1897-1971）：1922 年赴美国密苏里新闻学院攻读新闻学，1923 年获得该校新闻学学士学位后，转赴哥伦比亚大学新闻学院攻读新闻学硕士学位，并于 1924年毕业。

2　白瑞华（1897-1951）：美国汉学家，曾就职于密苏里大学新闻学院，后赴中国帮助创建燕京大学新闻系，并担任第一任系主任。代表作：《中国近代报刊史》《中文新闻兴趣点》（Chinese News Interests）。

3　林语堂（1895-1976）：中国现代著名作家、学者、翻译家、语言学家。美国哈佛大学文学硕士，德国莱比锡大学语言学博士。

4　林语堂《中国新闻舆论史》，王海、何洪亮译，中国人民大学出版社，2008 年，第 7 页。

学者对中国新闻的研究多从此书取材、获取灵感和找寻挖掘研究资料。1940年，德国汉学家罗文达（Rudolf Löwenthal）著作的《中国宗教报刊》（The Religious Periodical Press in China）详细地调查了在中国出版的天主教、新教、中国的三大传统宗教佛教、道教和儒教以及其他教派如伊斯兰教、犹太教和俄罗斯东正教的报纸出版情况，并对这些宗教报纸在中国的传播效果以及报纸经营管理上的缺陷进行了分析，是英语世界最早的有关中国宗教报纸的研究。

论文方面，1928 年，T.H.、S.C.L.和 E.G.（由于文章发表年代久远，无法获悉学者的具体名字）发表了《东方视角：中日报刊杂志的关注点》（In the Orient View: Topics Claiming Attention in the Magazine Press of China and Japan）这是英语世界学者发表的第一篇关于中国报纸研究的论文。该论文分为两个部分：第一部分介绍西方人眼中的日本报纸；第二部分是关于中国报纸的研究，作者指出中国日报对外国事务关注度低，只对国内的政治局势感兴趣，佛教和民族主义在日报的广告中经常被提及，而在华的日本和英文报纸主要对重大历史事件关注度较高，比如日本大选。同年 5 月，比约恩·斯坦赛克（Bjørn Stensaker）发表了《东方视角：中日报刊调查》（In the Orient View: A Survey of the Periodical Press of China and Japan）。斯坦赛克将论文分为两个部分，第一部分论述了中国报纸关于国内事件报道的基本情况，第二部分主要介绍了在华日本报纸关于日本大选的相关报道。这两篇论文篇幅较短，以史料呈现为主，主要归纳总结了中国和日本报纸的新闻关注点，并没有清晰地呈现出学术观点。正如前文所述，早期报纸和期刊没有明确的界定，多数学者也未对报纸、期刊或杂志进行明确区分。因此，这两篇论文中所有的媒介都是混为一谈的。1934 年，美国汉学家白瑞华的论文《中文新闻兴趣点》（Chinese News Interests）是最早有关中国新闻主题研究的期刊论文。白瑞华在文中针对中文新闻兴趣点进行分析，指出 19 世纪前后新闻媒体出现了不同的兴趣点。白瑞华对早期报纸数量的统计与分析，为后来学者进一步研究相关课题提供了原始材料，但由于该论文发表的时间较早，其内容对于史学理论研究意义不大。1936 年，J.C. Sun（由于文章发表年代久远，无法获悉学者的具体名字）发表的论文《中国报刊的新趋势》（New Trends in the Chinese Press）通过对报刊的发行量、流通量的数据分析，指出报刊发展的现状并首次预判了中国报刊的发展趋势。1936 年，德国汉学家罗文达发表的《天津报刊：一份技术调查》（The Tientsin Press: A Technical Survey）采用实证调研的研究方法，以天津发行的日报为主要对象，对报纸的数量、出版年数、发行量、排版、新闻用纸等进行说明。研究资料显示，这是英语世界第一篇有关地方报纸的研究。1937 年，美国密苏里大学学者聂士芬（Vernon Nash）与德国学者罗文达共同发表的《中国新闻事业的责任要素》（Responsible Factors in Chinese Journalism）探讨了中西方新闻道德观的差异，分析了 30 年代中国报业发展困境及其原因，并指出中国新闻事业所应承担的责任。

　　整体来看，英语世界对中国早期报纸研究在起步的最初 30 年间，数量上并不丰富，而且也仅集中出现于 30 年代，在多半时间里仍旧处于学术的空白期。这一阶段的专著以报纸发展史为主要研究特征，论文也多是描述性、统计类的文章，部分文章的目的是介绍而不是研究。虽然研究的层面还有待深入，但是研究毕竟都需在了解的基础上进行，在这个研究领域的发轫期，这些成果聚焦中国早期报纸的特点及功能，侧重对当时中国报纸发展史的呈现，有着开辟之功，为之后研究的深入和拓展打下了基础。

第二节　探索发展期：20 世纪 50-80 年代

　　新中国成立之后，国外学者对中国晚清民国时期报纸的关注度逐渐上升，这一阶段的研究成果不仅在数量上呈明显的递增趋势，而且研究视角更加广阔，开始涉及到报纸的方方面面，而不再停留于对报业发展的归纳与总结上，实现研究宽度的拓展。

　　1949 年以前英语世界有关中国共产党报纸的研究非常少见。新中国成立后，英语世界开始涉足这一领域。1951 年，明尼苏达大学学生谢然之（Milton Shieh）[5]发表《苏联模式对中国媒体控制的影响》（Red China Patterns Controls of Press on Russian Model）。这篇文章发表在明尼苏达大学编纂的《新闻学季刊》（Journalism Quarterly）上，该期刊影响力巨大，以至于明尼苏达大学能与威斯康辛大学、伊利诺伊大学、斯坦福大学等高校比肩，著名的传媒研究专家李金铨教授认为明尼苏达大学"成为美国早期传播研究的四大学术重镇，也与该刊的出版不无关系"[6]。美国马萨诸塞大学的学者侯服五于 1956 年和 1958

5　谢然之（1913-2009），台湾著名报业家、新闻学者、教育家、外交家，有"台湾新闻教育之父"之称。

6　李金铨、刘兢《海外中国传媒研究的知识地图》，载《开放时代》2012 年 03 期，第 146 页。

年先后发表了《中国共产党报刊：结构与运行》（The Press in Communist China: Its Structure and Operation）和《中国共产党对报刊的控制》（Chinese Communist Control of the Press）。据笔者查阅的资料，这是英语世界关于共产党报纸的最早的研究，作者主要从中国共产党将报纸作为一种意识形态工具的角度进行论述，分析报纸在国家政权中所扮演的重要角色。

60、70 年代，与国内研究发展停滞的局面不同[7]，这 20 年间，英语世界出现了一些重要的研究成果。此期英语世界延续了上个十年对报纸意识形态功能的关注，尤其是政府控制以及报纸与革命的关系是学者们关注的焦点。美国威斯康辛大学东方语言系和历史系终身教授周策纵（Tse-tsung Chow）在 1960 年和 1963 年分别出版了《五四运动：现代中国思想革命》（The May Fourth Movement: Intellectual Revolution in Modern China）和《五四运动研究指南》（Research Guide to the May Fourth Movement），以五四时期的报纸为研究对象探讨了五四时期现代中国的思想革命。1969 年，美国学者丁许丽霞撰写博士论文《1900 年到 1949 年间近现代中国政府的报刊控制》（Government Control of the Press in Modern China, 1900-1949, 1969, University of Chicago），该学位论文于 1975 年由哈佛大学出版社出版，著作将 1900-1949 分为六个阶段，分别对不同阶段政府对报刊的控制进行详细分析。该著作是这一阶段影响力最大的研究成果，被后来的诸多学者参考引用。60 年代，沃尔夫冈·莫尔（毛富刚）（Wolfgang Mohr）在德国慕尼黑大学讲授中国近现代报刊课程，并出版了三卷本的《中国现代报刊》（Die Moderne Chinesische Tagespresse: Ihre Entwicklung in Tafeln und Dokumenten），为后来从事这方面研究的学者提供了史料参考。

这一阶段，英语世界的学者开始进行报人研究，但是仍然聚焦于报人与政治的关系。梁启超成为最受关注的人物。1971 年，香港科技大学教授、美国俄亥俄州立大学教授张灏（Chang Hao）发表期刊论文《梁启超与中国思想的过渡，1890-1907》（Liang Ch'i-ch'ao and Intellectual Transition in China, 1890-1907），1972 年，美国加利福尼亚大学洛杉矶分校历史系教授黄宗智（Philip C. Huang）出版著作《梁启超及现代中国自由主义》（Liang Ch'i-ch'ao and Modern

---

7　文革十年国内晚清民国报纸研究基本处于停滞状态，鲜少有代表性的研究成果出现在公众视野。这一时期国内学者对晚清民国报纸的研究主要以整理、收集相关报纸为主，对报纸的保存起到一定的作用。

Chinese Liberalism），他们同样都探讨了梁启超思想的具体内涵及"嬗变"特征。其他对中国报业发展有着重要意义的人物也受到一定程度的关注，如 1974 年，美国哈佛大学费正清东亚研究中心研究员柯文（Paul A. Cohen）出版的《在传统与现代性之间：王韬与晚清改革》（*Between Tradition and Modernity: Wang T'ao and Reform in Late Ch'ing China*），探究了中国独立创办报纸的第一人在晚清是如何通过创办报纸参与改革、引入现代思想，以此剖析晚清思潮、政局与社会的变迁。

该阶段英语世界出版了两本工具书，为后来学者的研究打下了坚实的基础。1965 年，美国哈佛大学出版社出版了弗兰克·金（Frank H. H. King）和普莱斯考特·克拉克（Prescott Clarke）编纂的《中国沿海报纸研究指南，1822-1911》（*A Research Guide to China-Coast Newspapers, 1822-1911*）。该书比较全面地介绍了晚清时期部分中国沿海城市报纸的发展情况，但没有涉及内地报纸的相关情况。瓦格纳指出，该书原始资料的获取途径仅限于欧洲的图书馆，由于资料获取方面的局限，上海、北京、哈尔滨、武汉、广东等地的馆藏并没有被列入其中。[8]1975 年，英国剑桥大学出版社出版了一本非常重要的工具书——《中国报刊在欧洲图书馆书目》（*A Bibliography of Chinese Newspapers and Periodicals in European Libraries*）。该书由英国伦敦大学亚非学院现代中国研究所编著，编辑委员会共由五位学者组成：莫里斯·弗里德曼（Maurice Freedman）、克里斯托弗·豪（Christopher Howe）、斯图尔特·施拉姆（Stuart R. Schram）、杜希德（Denis Twitchett）、伊懋可（Mark Elvin）。该书共 1025 页，主要罗列了民国时期以及从新中国成立到改革开放之前欧洲图书馆馆藏的中国报刊，是欧洲图书馆收藏的中文期刊和报纸目录的首次面世，已成为汉学家研究晚清民国报刊的基础指南书籍，为之后的研究奠定了基础。该工具书目录中大多数的报刊有中文、英文及对应拼音，并且目录中包含报刊的出版频率，馆藏具体报刊期数等。该书收录的报纸内容较为丰富，不仅包括受关注较多的报纸，连专业学科报纸（如税务、动物、水利、农业、医学）、大学学报、侨报等都有涉及。美国哈佛大学燕京图书馆馆长吴文津（Eugene Wu）高度赞扬了这本书对英语世界学者研究中国期刊和报纸的重要价值。他指出，这本书内容涵盖范围广，包括了欧洲 12 个国家 102 所图书馆约 6000 种 1970 年前出版

8　Rudolf G. Wagner, "Don't Mind the Gap! The Foreign-Language Press in Late-Qing and Republican China" in *China Heritage Quarterly*, Nos. 30/31, 2012. p. 1.

的中文报刊，书中对每种报刊所在图书馆馆藏信息罗列详细，附有详细的编辑
说明。在他看来，这本书中罗列的欧洲图书馆收藏的报纸种类甚至比美国还
多，美国没有的东亚及其他地区出版的中文报纸皆可在该书中找到，比如伦敦
大英博物馆馆藏的 1916-1919 年间出版的《成报》，有些报刊期数也比美国齐
全，比如 1928-1933 年间国民党中央委员会出版的《中央周报》。[9]但是，吴文
津也指出，该书对欧洲图书馆馆藏的报刊的收集整理并非十分完备，仍有部分
图书馆内的中文报刊被遗漏，这其中包括捷克科学院总图书馆、波兰华沙大学
东方研究院和波兰科学研究院里的中文报刊。[10]

　　80 年代，与国内学界的研究情况相比[11]，英语世界的研究成果在数量上并
不算多。1982 年，冉枚烁（Mary Backus Rankin）发表的《"公共舆论"和政治
权力：19 世纪晚期的〈清议报〉》（"Public Opinion" and Political Power: *Qingyi*
in Late Nineteenth Century China）延续了对报纸意识形态的关注。1983 年，美
国学者贝奈特的《传教士新闻工作者在中国——林乐知和他的杂志（1860-
1883）》是最早研究传教士在中国创办报纸的专著。1987 年，哈佛大学教授李
欧梵、哥伦比亚大学政治系教授黎安友发表的论文《大众文化的起源：晚清及
晚清之后的新闻与小说》（The Beginnings of Mass Culture: Journalism and Fiction
in the Late Ch'ing and Beyond）讨论了报纸受众如何走向大众，以及大众文化
与政治的互惠关系。这是英语世界第一篇关于文化研究的论文。后者同年发表
的《晚清媒体：角色、观众和影响》（The Late Ch'ing Press: Role, Audience, and
Impact）是对晚清媒体角色及受众的进一步阐述。同年，美国亚利桑那大学人
文学院资深教授麦金农（Stephen R. MacKinnon）和亚利桑那大学计算机科学
与工程学院研究教授奥里斯·弗里森（Oris Friesen）[12]共同主编了《中国报道：
20 世纪 30、40 年代美国新闻口述史》（*China Reporting: An Oral History of
American Journalism in the 1930s and 1940s*），该书详尽的记录了 20 世纪 30、

9　Eugene Wu, "A Bibliography of Chinese Newspapers and Periodicals in European
　　Libraries（book review）" in *The China Quarterly*, Vol.68, 1976. p. 867.

10　Eugene Wu, "A Bibliography of Chinese Newspapers and Periodicals in European
　　Libraries（book review）". ibid. p. 868.

11　80 年代国内晚清民国时期报纸的研究数量大幅增长，研究报纸的种类也较之前增多。

12　奥里斯·弗里森（Oris Friesen）：奥里斯分别于 1964 年、1966 年和 1982 年在亚
　　利桑那大学取得理学学士、文学硕士和哲学博士学位，后担任该校计算机科学与
　　工程学院教授，长期从事计算机科学和数据库的研究，他对该专著的出版提供大
　　量技术支持。

40 年代，尤其是二战期间的美国记者在中国新闻报道的回忆，对之前英语世界较多关注中国报人的新闻实践是极大的补充。麦金龙夫妇于 1988 年撰写并出版的《史沫特莱：一个美国激进分子的生平和时代》（*Agnes Smedley: The Life and Times of an American Radical*）收录了诸多珍贵的书信与日记，记录了美国著名新闻工作者史沫特莱（Agnes Smedley）在华的新闻经历，体现了时代命运与个人命运的紧密关联。1989 年，澳大利亚塔斯马尼亚大学国际关系学院教授穆德礼的博士论文《在上海制作新闻：〈申报〉和报纸新闻业的政治，1912-1937》（Making the News in Shanghai: *ShenBao* and the Politics of Newspaper Journalism, 1912-1937, 1989, University of Canberra）对商报的政治性进行了讨论，指出即使是外国人在租界创办的商业报纸也无可避免地受到中国政治环境的影响，突破了过去主要关注政治报纸的政治特征，而忽视商业报纸政治特征的局限。

　　整体来看，新中国成立之后的四十年间，英语世界晚清民国时期的报纸研究在探索中逐步发展，不仅在数量上得到了极大的扩充，研究的宽度也得到了拓展。中国政治环境方面出现的新局面，使英语世界学者关注到了报纸的政治功能，在研究中，报纸开始频繁与政治主题相联系，并与民众思想、大众文化挂钩，报纸成为研究近现代中国多次改革、革命的有效途径。随着研究的拓展，上一阶段的发展史梳理不能继续为英语世界学者提供足够的资料，因此，信息容量更大的工具书应运而生，为之后的研究提供了方便。这一阶段的研究突破了之前英语世界对晚清民国报纸综述性研究的局限，极大地拓展了研究视野，为之后百家争鸣的学术研究生态奠定了良好的基础。笔者选取了此阶段最重要的一本专著和一本博士论文展开评述，以此进一步凸显该阶段英语世界研究的方法、内容及特点。

一、丁许丽霞 *Government Control of the Press in Modern China, 1900-1949* 研究述评

　　丁许丽霞（Lee-hsia Hsu Ting）分别于 1948 年在美国曼荷莲学院（Mount Holyoke College）和 1964 年在德克萨斯大学奥斯丁分校（University of Texas at Austin）获得英国文学和图书馆学硕士学位，并于 1969 年在美国芝加哥大学（University of Chicago）获得图书馆学博士学位。目前，她是美国北伊利诺伊大学（Northern Illinois University）的副教授。她专注于研究图书馆情报学。

代表作有：《中国民间叙事书目》（*Chinese Folk Narratives: A Bibliographical Guide*）等。

（一）《1900 年到 1949 年间近现代中国政府的报刊控制》之体例及内容

《1900 年到 1949 年间近现代中国政府的报刊控制》（以下简称《报刊控制》）一文是丁许丽霞 1969 年在芝加哥大学获得图书馆学博士学位时的学位论文，于 1974 年由哈佛大学东亚研究中心出版。美国培养体系下训练的学术素养以及多年的新闻从业经验，使丁许丽霞的这本专著成为 70 年代前后美国对中国报刊研究的代表，该书也成为日后美国研究中国报纸的高引文，如帕尔默、麦金龙等人的研究就大量参阅了该论文中的材料及观点。

1. 近代新闻审查制源起

第一章"近现代中国的出版法规"总论性地介绍了中国政府对出版界的审核历史。丁许丽霞将中国的新闻审查追溯到八世纪的唐朝，并对唐之后的宋、明、清都做了新闻审核史的梳理。她认为，1193 年就有关于政府控制报纸的最早记录，比如泄露政府或军事机密、散播谣言和下秽文学作品等，都在被禁之列。[13]丁许丽霞认为，在中国古代的出版法中，有一点值得特别关注，即对"妖书"与"妖言"的禁止，因为这一传统一直延续到近代，比如《苏报》案"。早在唐代就有禁止巫觋等利用或欺骗无辜民众，制造和散播谣言的条规。在《唐律疏议》"盗贼"条中，唐朝首次颁布了对巫觋与方士利用和欺骗无辜民众的禁令，并制定了对相关文字的杜撰者和传播者的惩罚。[14]虽然唐朝的这些法规看起来与印刷作品无甚直接关联，但是唐朝之后的朝代都沿用了这些法令来管控书籍出版。直到清朝康熙皇帝时期，唐朝开创的法令才有了本质改变。康熙皇帝额外增加了三条规定，用以专门禁止色情和"危险"作品。雍正皇帝又增加了第四条以禁止人们通过演讲、歌唱或写作来散布邪念谣言，传播下流文学，或获取机密信息。这条法令后来虽经改动，但直到 20 世纪初都一直有效。[15]

13　Lee-hsia Hsu Ting, *Government Control of the Press in Modern China 1900-1949*. Cambridge: Harvard University Press, 1974. p. 8.

14　Lee-hsia Hsu Ting, *Government Control of the Press in Modern China 1900-1949*. ibid. p. 8.

15　Lee-hsia Hsu Ting, *Government Control of the Press in Modern China 1900-1949*. ibid. p. 8.

在第二章中，丁许丽霞分别从四个角度来考察 1900 年到 1911 年的新闻审查：海外的维新派和革命派报纸，中国境内的革命报纸，革命手册以及政府控制报刊的方法和成效。首先，丁许丽霞从《新民丛报》《民报》等开始详细介绍了各大由中国知识分子在日本创办的报纸。谈到梁启超的《新民丛报》时，丁许丽霞说到，"梁启超为了传播其思想，在横滨创办了《新民丛报》。他欲通过对各国文明体系的研究来创造一种新文化。这一当时被称为'报纸'的新'杂志'，强调新闻报道、对中国的时事评论、撰写有关'新知识'的文章，尤其是对西方政治思想的关注"。[16]其次，丁许丽霞着重讨论了"《苏报》案"。她指出，《苏报》案开庭时，清政府非常担心章太炎和邹容在租界法庭不能被严惩而导致上海成为革命温床。再者，作者指出除了报纸和杂志，中国出现了很多革命手册。革命手册常常在军队和学校中大量流传，甚至没有接受过教育的乡民，也被这种革命的思想所影响，想尽办法从上海获取这些革命手册。最后，丁许丽霞从自上而下的政府控制和自下而上的报纸反控制两方面来剖析清末政府对报纸的控制及成效。清政府除了使用常见惩罚手段如暂停或关闭报纸、逮捕编辑或对其进行罚款、没收涉事者财产外，还在 1906 年和 1908 年相继颁布了出版法和办报法，但这些条例都没得到有效执行。此外，清政府还通过用官位贿赂报人、政府办报等行为来进行市场竞争，并通过买光对手报纸和严查海关走私等方式打压、限制革命报纸的发展。

2. 新闻审查为报界带来的苦痛

第三章进入民国初期（1912-1927）后，丁许丽霞以"苦痛"作为这一时期的标志，可见她对此期报刊的发展情况较为悲观。丁许丽霞认为，袁世凯在其势力范围内严厉打压对政府有敌对嫌疑的报纸、书籍，甚至勾结殖民势力，共同铲除敌对报刊。为了操纵公众舆论，袁世凯不仅对当时最具名望的思想家和报人如梁启超、章炳麟等威逼利诱，还不惜重金收买大量记者为自己服务。同许多中外学者一样，丁许丽霞认为 1915 年开始是中国报纸获得巨大发展的时期。1915 年袁世凯接受日本"二十一条"后，报刊成为中国知识分子宣传革命思想的主要途径。袁世凯死后，政府控制能力的削弱为新思想的发展提供了机会。关于报人与军阀的腐败问题，丁许丽霞认为军阀的愚蠢、低效与频繁的政权更替为报纸的发展提供了前所未有的自由。一些被关停的报纸大都因

---

16 Lee-hsia Hsu Ting, *Government Control of the Press in Modern China 1900-1949*. ibid. pp. 27-28.

为当局或官员认为遭到了人身攻击，而非源于政见或意识形态的分歧。这一时期办报甚至不需要获得政府许可，因此军阀时期是 20 世纪中国最自由的办报时期。[17]20 世纪初的知识分子大多受西方文化、历史、政治思想的影响，呼吁给予报界言论自由。陈独秀甚至提出，报纸应该享有高于法律的绝对自由。丁许丽霞认为报人对办报自由的争取并非就是正义之士的正义之举，这其中牵涉到多方利益纠纷和个人恩怨。非黑即白的正邪之分在军阀时期的报界是不存在的。1925 年后，上海成为了报纸自由活动的中心。最后丁许丽霞指出，这一时期是中国历史上最屈辱的时期，但也是近现代中国史上最重要的时期。

3. 意识形态主导审查制

第四章和第五章关注的时段是 1927 年至 1937 年间国民党统治时期。丁许丽霞主要讨论了国民党政府如何对共产党进行打压以及如何实现政府对新闻报纸的控制。丁许丽霞认为，国民党统治初期，最紧要的任务便是清除共产党势力，其手段之一是禁止和打压共产主义和左翼文学。国民政府对共产主义文学的镇压，往往配合着对共产党军队的军事活动。在此阶段，为了打击共产党活动，国民政府不仅颁布了一系列新闻审核法令，还派检查员在电报站监视，以防国民政府的消息外泄。1934 年，国民政府在上海成立了"图书杂志审查委员会"并颁布了一系列规定，将报纸、期刊和书籍等出版物全部纳入审查范围。此外，国民政府还通过海关和邮局来阻止"反动"言论的传播。对情节严重的犯罪者，政府会勒令其暂时或永久性地停止出版。除了高压手段，为了让报纸更好地为国民党服务，政府还通过各种手段利诱报人，比如提供政府职位等。有的出版者为了生存，不得不通过改组以及雇佣政府官员作编辑等方式，向政府妥协。[18]相较于军阀时期，不难看出，这一时期报刊和书籍的生存环境都相当恶劣。

国民政府的控制手段中，最令民众愤怒的便是镇压抗日文学。这一时期，爱国学生的游行经常被警察和军队镇压，校园被搜捕，许多禁书被没收。在讨论此时中国的外国报刊时，丁许丽霞将其与中国报刊对比，指出在中国的外国报刊享有比本国报刊更多的自由与特权。最后，丁许丽霞将 1927 至 1937 年间国民政府对报刊的控制成效归纳如下：第一，对共产主义作品的打压不仅没有

---

17 Lee-hsia Hsu Ting, *Government Control of the Press in Modern China 1900-1949*. ibid. p. 57.
18 Lee-hsia Hsu Ting, *Government Control of the Press in Modern China 1900-1949*. ibid. p. 98.

真正消灭它们，反而使它们更难被击倒；第二，审查制度使杂志数量剧增；第三，由审查书刊带来的最糟糕的后果是：间接摧毁了国民政府。[19]丁许丽霞指出，很难公允地评价战前国民政府的统治，因为许多历史真相还不得而知。与军阀统治时期相比，这一时期有几点不同：第一，在军阀时期，记者常因攻击个人而被捕，而在国民政府时期，意识形态分歧是记者下狱的主要原因；第二，国民政府的审查制度更巧妙也更有效；第三，租界内的外国势力对中国报刊产生的影响越来越小。[20]

4. 审查中求生

第六章将 1937 年至 1945 年的新闻审查大致分为日本沦陷区和敌后方两部分来考察。在沦陷区内，日本对中国报纸的控制非常严格。此期作为出版中心的上海，情况则略复杂。1937 年上海沦陷后，国民党的新闻审查机关被关闭，许多报纸也被迫停刊。1938 年上海租界的中国报纸并未受到大损害，但 1939 年后情况有所改变：报界爱国主义人士开始收到匿名恐吓信；日本反对英美等国帮助中国，并禁止任何有抗日倾向或能激发抗日情绪的文字出现。1940 年后，上海的情况进一步恶化，记者、卖报人、读报人都会受到危及生命的威胁，就连同情中国的外国报纸也难逃毒手。1941 年，日本海军接管了上海租界后，所有的反日和反汪报纸都被清洗殆尽。在敌后方，国统区的新闻审查也很严厉。国民政府将军事、政治、外交和经济的所有新闻全部垄断，任何对政府或战事不利的消息都被封锁。国民党的中央新闻机构不再报道事实真相，转而沦为国民党的宣传机关。在国民政府的层层审查下，作为共产党机关报的《新华日报》遭遇了种种困难。在所有被审查的书刊中，左翼人士和自由党派的杂志损失最为惨重。国民政府的审核标准在各地都不尽相同。丁许丽霞认为，重庆的审查标准在所有地方中是最宽松的，因为国民党认为重庆是当时世界关注的中心之一，政府的脸面功夫在首都是不得不做的。总的来说，中日战争爆发后是审查相对宽松的时期，许多以前被禁的书刊又重新出现。不过 1941 年国共关系恶化后，曾经被禁的书也再次被禁。作者最后指出，国民政府的审查带来的影响是多方面的，比如作家研究方向的转变、国民党大失人心等。

---

19 Lee-hsia Hsu Ting, *Government Control of the Press in Modern China 1900-1949*. ibid. pp. 121-123.

20 Lee-hsia Hsu Ting, *Government Control of the Press in Modern China 1900-1949*. ibid. p. 124.

丁许丽霞把第七章战后时期的新闻审查分为共产党革命区和国民党统治区两部分来讨论。共产党在革命地区通过地方党组织基本达到了对报纸的完全控制。共产党在 1948 年进入大城市以前主要在文盲率较高的乡村活动。丁许丽霞指出，共产党办报的目的并非教化民众或引导公众舆论，而是指导共产党员如何开展工作，因此这类报纸没有普通的新闻价值。丁许丽霞认为同一时期国统区内，国民党为了和其他党派控制下的报刊竞争，常用手段有七。其一，以对方的报刊为模板，创办名字相似的报刊，以此迷惑手段来获得更多的读者。其二，政府对报刊进行委婉的贿赂，比如给合作的报刊提供低息贷款等。1946 年底纸张的价钱迅速攀升，使得许多报刊被迫缩版或停办。此时愿与国民党合作的报刊就能轻易获得贷款和对外贸易上的特权，不过也有人认为这是国民政府故意提高纸价来搞垮对手的伎俩。其三，政府购入出版社股权并由此获得控制权。其四，在报道国外新闻时过滤掉对己不利的新闻。其五，打击刊载对政府军事行动进行批评或有碍国民党获得美国支援的刊物。其六，拒绝或延迟给报刊办理注册手续，以此威胁和取消一些报刊的合法地位。其七，在事后没收"不法"报刊和书籍，或打电话、写信甚至武力恐吓反对派刊物。[21]

最后，在全书结语部分，丁许丽霞指出，从清末到 1949 年新中国成立期间，清政府、军阀和国民党都不曾真心拥护自由与民主。"在这五十年内中国的诸多政权，从绝不假意追求自由与民主的满清政府，到表面上追求民主而实地里拥护独裁的国民党政府，都意识到印刷文字的力量并且不允许对政府和政府官员作任何批评。"[22]此期虽然政权更替频繁，但中国的出版法规在复杂和严厉程度上呈现的发展趋势是一致的。出版法的目的无非是打压政治对手以及惩罚参与创作或传播"不良"读物的个人。[23]不管一个社会的秩序是由政治、宗教还是经济主导，出版物都会使这个秩序更稳固或更脆弱。如果某种社会秩序害怕被改变，那么出版审查就必然会出现。

（二）《报刊控制》之"他者"评介及特点

《报刊控制》一书结构清晰，内容丰富，资料详实，颇受学者赞扬，但也

---

21 Lee-hsia Hsu Ting, *Government Control of the Press in Modern China 1900-1949*. ibid. 167-174.

22 Lee-hsia Hsu Ting, *Government Control of the Press in Modern China 1900-1949*. ibid. p. 187.

23 Lee-hsia Hsu Ting, *Government Control of the Press in Modern China 1900-1949*. ibid. p. 187.

有需要进一步斟酌的地方，其中以中国台湾学者蔡武雄（David Tsai）[24]在 1975 年和美国学者查尔斯·海福特（Charles W. Hayford）[25]在 1977 年发表的书评为主要代表。蔡武雄称丁许丽霞这本书填补了被学术界忽视的领域，是具有开创性的研究成果，有利于理解民国时期学者所面临的政治问题。蔡武雄极力称赞丁许丽霞研究的全面性，认为她在难以获取政府控制新闻信息的情况下，仍然收集了大量的证据证明国民党的各种罪行，甚至提供个案的不同版本，为后之学者进一步研究提供材料。[26]

海福特在 1977 年发表的《报刊控制》书评中，盛赞了该书研究全面、深入、信息量巨大等优点，但同时也指出丁许丽霞在运用西方的民主、自由等概念作为价值判断导向时略显激进，如"一个自由的报界对国家的健康成长来说是必须的"等说法。海福特认为，当时中国的"公众"、"公众舆论"、"报界"等概念尚在形成之中，所以在研究中国报刊时应密切结合当时的社会环境，谨慎套用西方概念来解释近现代中国的新闻史。[27]映对着英语世界的评析，我们本土学者也许无法跳出固有思维，得出作者强用民主、自由的不妥。但通过比较研究，打破旧有的模式和结构，并得以反观己身之特点和不足，这也是比较的价值所在。

在笔者看来，《报刊控制》的作者丁许丽霞虽出生于中国，但该书作为她在美博士学位论文，面向的读者首先是美国人，而非了解中国实情的中国人。因此，其书中若干基础性的背景知识介绍，对熟悉中国历史的学者来说，并无太大价值。不过，这种情况在国外的汉学研究中实属常见，而且一些欧美学者在自己的研究被译成中文时对此感触颇深："翻译是一门艺术而非科学，其间涉及的远不止于字面上的转换。翻译英文写作的中国研究著作尤其如此，因为欧美该类作品的目标读者与中国的殊异。譬如，在面向美国读者的中国史著作中，作者通常必须解释一些对成长于中国的人来说不言自明的术语和文化行

24 蔡武雄（David Tsai）：台湾学者，先后在美国康奈尔大学、芝加哥大学、普林斯顿大学、台湾大同大学任教，专注于亚洲文化研究。

25 查尔斯·海福特（Charles W. Hayford）：美国著名汉学家，任教于美国哈佛大学、欧柏林学院和香港中文大学等，中国问题研究专家。代表作：《近现代中国的扫盲运动》（*Literacy Movements in Modern China*）等。

26 David Tsai, "Government Control of the Press in Modern China, 1900-1949（book review）" in *The Library Quarterly*, Vol.45, 1975. p. 448.

27 Charles W. Hayford, "Government Control of the Press in Modern China, 1900-1949（book review）" in *The China Quarterly*, Vol.72, 1977. p. 847.

为。"[28]《报刊控制》一书中确有不少篇幅是在为外国读者介绍中国读者耳熟能详的"故事"。不过，既然此书的目标读者是西方人，那么它能较直接地反映 20 世纪 70 年代西方人对中国的想象以及关注点，从而有助于我们理解西方对中国报刊和政治的解读思维。西方不少人文类研究尤其是对近现代的研究，大都以满足现实政治、经济、外交等需求为出发点，如成书于 1946 年的著名人类学著作《菊与刀》（*The Chrysanthemum and the Sword*）。其作者鲁斯·本尼迪克特（Ruth Benedict）在 1944 年接受美国政府委托后，运用文化人类学的方法，对战时在美国拘禁的日本人进行了调查。《菊与刀》便是被整理出版的调查报告。本尼迪克特在正文前非常明确地阐述了其研究目的——"在日本发动的总体战中，我们必须了解的，不仅是东京当权者们的动机和目的，不仅是日本的漫长历史，也不仅是经济、军事上的统计资料……我们必须了解日本人的思维和感情的习惯，以及这些习惯所形成的模式。还必须弄清这些行动、意志背后的制约力"。[29]虽然《报刊控制》没有如《菊与刀》般直接和迫切的现实需求，但是作者强烈的政治诉求与现实关怀充盈于字里行间。

《报刊控制》重点讨论了 1900 年到 1949 年，从清末到中华人民共和国成立间曾存在于中国境内的各政权和势力对报刊的控制。中国现代意义的报刊正是诞生于这种以打压政治对手为主调的高压环境中。可以说，"报刊控制"这一主题从一开始便被赋予了政治敏感性。《报刊控制》在研究手法上大致采用了两个视角，即来自于统治势力的自上而下的控制手段及实施过程，以及自下而上的反控制行为及结果。两个视角的结合则表现为控制成效。一方面，这种"上""下"交融的视角使其研究主题立体化地呈现出多种维度；另一方面，"上"、"下"的交接与纠缠却也导致作者的叙述甚至思维略显凌乱。

从全书的写作逻辑看，丁许丽霞通过收集大量报纸、杂志以及相关专著，追溯了中国近代的出版法和各种规定，重现了多个重要的报刊审查个案并讨论了与之相关的各种问题，如当时中国的政治形势如何影响出版法规，这些法规如何实施，审查者是否忠于职守，政府如何获得对重要报刊的控制权等。就全书的研究理论而言，丁许丽霞"不自觉"地遵循了极具时代特色，抑或不完整不成熟的西方民主主义的价值标准，即"自由至上"。比如在讨论"《苏报》

28　（美）柏文莉《权力关系——宋代中国的家族、地位与国家》，刘云军译，江苏人民出版社，2016 年，前言，第 1 页。

29　（美）鲁思·本尼迪克特《菊与刀》，吕万和、熊达云、王智新译，商务印书馆，1996 年，第 3 页。

案"时，丁许丽霞对此案的影响多从清政府的失败以及民主革命受益的角度考虑，而未能将其置于报刊发展史中来客观对待。蒋含平就认为，在"《苏报》案"中，"对于言论自由阙而不论"。[30]对章太炎等人而言，《苏报》是"一个难得的公开宣传革命的言论机关"；"'苏报案'更多的是一个进行积极政治煽动的机会，而不是一个简单的言论案"。[31]正是因为"报刊的这种强烈的政治工具性特点，阻碍了报人对于报业自身发展的思辨。西方近代报业那种在政治民主的思想和制度建设中逐渐确立自身地位的过程，我们的报业发展中似乎很难见到"。[32]丁许丽霞在处理类似话题时，大都带有较强的主观判断，即凡是有助于民主革命的存在都是正确的。又如，在讨论南京国民政府时期的新闻审查制度时，丁许丽霞欲以乱象丛生的报刊史证明报界自由对国家民主建设的重要性，而杨柳在《论南京国民政府的新闻审查制度（1927-1937）》一文中，认为此期国民政府的新闻审查制度有理论依据与现实必要性。杨柳提出，建立审查制度的法制行为相较于以前"以个人意志或集团意志为主要依据的新闻审查"和"暴力控制"是一种进步，"体现了新闻审查的现代法治进程，也顺应了现代社会对法制的要求"。遗憾的是，国民政府在新闻审查过程中"人治"重于"法治"，[33]"最终导致新闻审查制度失去其保护新闻自由的本质，转而沦为南京国民政府党争的工具"。[34]

　　中国现代报纸承继了古代报纸的"政治性"与有限"言论自由"的传统。它既是政府控制舆论、巩固统治的有效工具，又是民众干预政治、疏解政治情怀、达成政治理想的重要渠道。中国报纸与生俱来的政治性来自于数千年的文教与政治传统，并非仅来自于近代西方国家包括苏联等的影响。政府在舆论控制方面的角色，也不能以近代西方民主理论尽释为民主与自由的对立面。在中国古代，"谣言"、"妖言"、"谶言"等可视为报纸宣传功能源头的舆论类别，也是传统惯用的政治手段。受中国教育长大的丁许丽霞，以不完整的西式民主理论去谴责近现代乱世中国政府控制报刊的行为，使得其部分结论有关切则乱的嫌疑，实不如一些西方学者"无情"的研究更客观，更值得中国学界反思。

---

30 蒋含平《"苏报案"的辨正与思考》，载《新闻与传播研究》2006年03期，第23页。
31 蒋含平《"苏报案"的辨正与思考》，载《新闻与传播研究》2006年03期，第24页。
32 蒋含平《"苏报案"的辨正与思考》，载《新闻与传播研究》2006年03期，第25页。
33 杨柳《论南京国民政府的新闻审查制度（1927-1937）》，硕士学位论文，吉林大学，2012年，第37页。
34 杨柳《论南京国民政府的新闻审查制度（1927-1937）》，硕士学位论文，吉林大学，2012年，第53-54页。

二、穆德礼 Making the News in Shanghai: ShenBao and the Politics of Newspaper Journalism, 1912-1937 研究述评

穆德礼（Terry Narramore），澳大利亚塔斯马尼亚大学国际关系学院教授，兼任政治和国际关系的荣誉协调员，其研究领域有：国际关系、政治学、比较政府和政治、公共政策、亚太地区的政府与政治、传播和媒体、新闻学等。穆德礼研究涉猎范围广泛，其代表作有：《自治的幻想？民国时期的新闻、商业与政权》（Illusions of Autonomy? Journalism, Commerce and the State in Republican China）、《中国新闻业的职业化历程——观念转换与商业化过程》《国民党与报界：〈申报〉个案研究（1927-1934）》等。

（一）《在上海制作新闻：〈申报〉和报纸新闻业的政治，1912-1937》之体例及内容

穆德礼于 1989 年完成的博士论文《在上海制作新闻：〈申报〉和报纸新闻业的政治，1912-1937》（以下简称《在上海制作新闻》）通过对《申报》的个案研究分析了 1912 至 1937 年间上海商业报纸的政治性。与其他只关注商业报纸商业内容的研究者不同，作者关注的是商业报纸中的政治性。《在上海制作新闻》一文不仅揭示了报纸在回避政治活动过程中所体现的政治特征，而且还认为经济、技术和组织等制约因素对上海报业的政治特征有重要影响。穆德礼分析了当时上海所处的特殊政治历史环境，指出上海一方面面临着严重依赖外国资源的压力，另一方面又面临着人们日益高涨的反帝国主义、民族主义情绪。[35]在此种充满矛盾的环境中，作者将时代背景与报纸内容的发展变化相结合，以《申报》为例再现了这类商业报纸的"政治"发展历程。

在引言中，穆德礼开篇就指出，"上海的新闻业不是独立的，而与当时的政治息息相关"。[36]《申报》的新闻发展史是一个复杂的过程，而不仅仅只是独立声音的表达。早期受到英国法律的限制，在资金、技术等方面对英国的依赖以及记者在新闻生产中的附属地位促使了早期《申报》只传递经济信息而不涉及政治信息。后期史量才在新闻实践中逐渐意识到自己所肩负的经济和政治责任，开始发挥其在公众舆论的影响力，联合其他有权势的资本家共同反对国民党的对日政策，给国民党政府施加压力。作者认为"《申报》作为这些事业

---

35 Terry Narramore, "Making the News in Shanghai: *ShenBao* and the Politics of Newspaper Journalism, 1912-1937", Ph. D, University of Canberra, 1989. Abstract.

36 Terry Narramore, "Making the News in Shanghai: *ShenBao* and the Politics of Newspaper Journalism, 1912-1937". ibid. p. 2.

的喉舌，史量才和他所结交的资本家在某种程度上努力构建上海政府权威之外的另一种声音"。[37]

穆德礼将该文分两部分展开。第一部分（第一章至四章）主要从报纸的受众、发展历史、制约因素及记者尝试等方面分析上海报纸的发展。第一章作者主要从报纸受众和报人角度阐述新闻业的发展。穆德礼指出，受众的发展变化与社会识字率的增加没有直接关系[38]，早期报纸的读者仍然集中在城镇的男性，局限于有知识的政治、经济和文化精英。民国之后，报纸才真正开始迅速流行，中产阶级被纳入受众群体。在对记者生存状况的探讨中，穆德礼指出，虽然报纸在中国政治和社会中扮演了越来越重要的角色，但记者的职业发展前景却并不乐观。一方面，中国不具备践行新闻理念的客观条件，另一方面，记者需要精通多种写作形式。民国之前的"记者"与现代意义的"记者"并不相同，这时的大多数"记者"承担着收集新闻和创作小说的双重职能，因此作者在研究中多用"作家"指代"记者"。

第二章作者探讨了此期商业报纸在上海报业的主导地位，以及商业报纸的经营策略及发展困境。商业报纸的成功影响了此期报纸的所有制模式：其一，报纸所有者受到娱乐报的启发，偏好更容易被大众接受的新闻模式；其二，日报通常由富裕的商人创办。作者从生产和销售环节探讨商业报纸追求商业利益的核心本质，指出《申报》和《新闻报》从一开始就将经济效益放在首位。在生产过程中，上海报纸基本依赖外国，如广告收入来自外国公司，纸张与印刷设备主要以进口为主，新闻来源也主要依靠外国通讯社。在销售环节，由于邮局和工会都能在一定程度上影响报纸的销量，所以《申报》曾尝试建立自己的递送公司，将报纸快速传送到读者手中，借此增加其市场竞争力。但是，《申报》和《新闻报》的经营者发现，销量的增加并不能实现收支平衡。因此，他们又采取控制销量、增加广告以及增刊的方式解决财政问题。

第三章作者通过分析记者追求"去政治化"职业发展的失败经历，指出其失败的根源在于记者不考虑中国实际社会背景，盲目追求美国新闻模式，一边倡导"客观"、"公正"的新闻理念，一边与北洋军阀保持密切联系。民国成立初期（1912-1916），报纸在一定程度上享有新闻自由，新政府也将记者视为政

37 Terry Narramore, "Making the News in Shanghai: *ShenBao* and the Politics of Newspaper Journalism, 1912-1937". ibid. p. 8.
38 Terry Narramore, "Making the News in Shanghai: *ShenBao* and the Politics of Newspaper Journalism, 1912-1937". ibid. p. 22.

治格局中具有影响力的因素。穆德礼以黄远生、邵飘萍、徐宝璜等人为例探讨了当时新闻记者职业化的发展现状。黄远生让新闻脱去了政治的外衣，在某种程度上建立了"硬事实"学派，开启了新闻业职业化发展的第一阶段，使记者从政党斗争中解脱出来。然后，在穆德礼看来，黄远生的新闻某种程度上虽然确实遵循了现代新闻业只报道客观事实的准则，但是其个人主观评价和观点仍然交织在他的报道中，这与当时北京的政治环境密切相关。[39]虽然"去政治化"的尝试并不成功，但新闻业职业化在学术和理论层面却取得了长足的进步。

第四章作者以1931年为界对抗日战争全面爆发前十年的记者职业发展情况分两个阶段进行论述。作者将1927-1930这4年概括为"不确定的年代"，因为这一时期中国出现国共两党共存的复杂结构，这为政治上建立统一战线制造了很多不确定因素。作者指出，要梳理这一时期大型商业报记者的政治观点比较困难，因为大部分记者支持以北伐为代表的国民革命军，但是又不赞同国民党的政治主张。随着北伐推进到上海，记者不仅因战事而难以正常展开新闻报道，而且当权者的镇压使记者的生存都遭到威胁。尽管局势艰难，上海仍有小部分记者试图报道新闻，比如白金雄在"4·12"肃清共产党运动之前，还尝试到两个岗哨处挖掘新闻。从1931年至1937年，穆德礼认为这一阶段的中国新闻报道中爱国主义超越了商业利益。1931年底，社会评论家们从资本家所有制和对情色新闻报道的热衷两方面谴责上海报纸未能履行社会职能。作者认为国民党教育局对小报的审查带有政治目的，而非单纯地清理粗俗样本，因为国民党认为小报新闻的危险不在于其道德影响而在于其不可管控的政治影响。[40]1935年后，左翼记者转入地下并取得共产党的支持。1937年，随着日军不断南下，所有关于职业新闻的理论都被抛诸脑后，记者分为两拨，一部分人站在爱国抗日战线上，一部分人选择与日军为伍，成为汪精卫政府的傀儡。

第二部分（第五章至八章），作者通过对中国历史上几个重要事件的分析，勾勒出1912-1937年间《申报》的政治历史。第五章作者首先介绍了史量才从事报业的经历。史早年接受传统教育，后选择更加实用的新学。他初入报业即

---

39 Terry Narramore, "Making the News in Shanghai: *ShenBao* and the Politics of Newspaper Journalism, 1912-1937". ibid. pp. 140-141.

40 Terry Narramore, "Making the News in Shanghai: *ShenBao* and the Politics of Newspaper Journalism, 1912-1937". ibid. pp. 219-220.

以《时报》业余专栏作家为起点，在张謇收购《申报》后即担任该报总经理。1915 年与其前东家席子佩的诉讼失败后，史量才意识到租界之外的报纸必须站在"正确"权威的一边，才有可能获得发展。接着，穆德礼通过比较《申报》对五四运动和五卅运动的不同态度，指出《申报》经营主要以商业利益为前提。作者指出，五四运动中《申报》做出了聪明的选择，而五卅运动他们的选择则是毁灭性的。[41]五四运动中，《申报》选择对抗日本，刊登学生游行示威活动以及要求凡尔赛中国代表拒签协议的报道，并称北京政府处理该事件的方式是"自杀政策"。而在五卅运动中，上海的大型日报只对少量细节进行报道，且没有进行评论，《申报》不愿意得罪英国，甚至刊登有利于英国的新闻，成为上海报纸中最保守的代表。

第六章作者以 1928 年为界将 1927-1929 分为两个阶段来分析《申报》对待上海国民革命军的立场。在 1927 至 1928 年间，"统一战线"中国民党右翼（西山派）和共产党、国民党左派之间的矛盾激化。孙传芳、国民革命军、总工会都试图控制《申报》以满足自己的需求，但是《申报》并没有成为其中某一派的党羽，而是周旋于他们之间，试图轮流迎合每一派势力。在 1928-1929 年间，《申报》一改之前的含糊态度，明确提出支持北伐。1928 年济南事件后，《申报》发表宣言彻底支持北伐。然而，据穆德礼观察，在北伐继续北上张学良改旗易帜后，《申报》与国民革命军的关系开始出现裂痕。起因是上海报纸与交通部出现矛盾，报纸支持北伐，希望交通部在某些方面给予支持，但是南京政府却没有给报纸过多优惠。随后史量才收购《新闻报》遭受各方势力的压迫，事后《申报》不再支持国民革命军。

第七章作者以 1932 年为界将 1931-1934 年分为两个阶段，前一阶段《申报》通过其在东北危机和上海战争中的鲜明立场表达了其爱国主义的政治性，后一阶段《申报》通过其文学作品隐晦地表达其政治立场。九一八事件后，《申报》在栏目中刊登了许多本报通讯记者收集的现场报道，并发表社论《假好人》批评国民政府眼睁睁看着国土被侵无动于衷，反而欺负"姐妹"。[42]《申报》希望国民政府减少军队开支并且对教育进行改革。作者认为，在上海战争中，史量才和《申报》承担了上海守卫者的角色。蒋介石为应对上海危机，一方面对

---

41 Terry Narramore, "Making the News in Shanghai: *ShenBao* and the Politics of Newspaper Journalism, 1912-1937". ibid. p. 258.

42 Terry Narramore, "Making the News in Shanghai: *ShenBao* and the Politics of Newspaper Journalism, 1912-1937". ibid. p. 323.

外寻求国际外交组织帮助，另一方面对内又召开国难会议。《申报》识破国民党的真实面目，使其无功而返。在 1933 年至 1934 年期间，《申报》成为上海左翼分子批判蒋介石政府对共产主义和反日运动镇压的场所，并成为民权保障同盟会的宣传平台。穆德礼指出，在这种严厉的镇压下，政治斗争转向文化讨论，文学中的形象、比喻、寓言是少数能够批判政府而不受到惩罚的武器。穆德礼最后指出，史量才被刺杀说明了《申报》政治激进主义的软弱性，他去世后，《申报》又回到以前沉默的状态，这也意味着上海批判性报纸的终结。[43]

在第八章"后记"中，作者指出，史量才被刺杀后，几乎所有的《申报》改革以及文化、教育改革尝试都停止了，只有"流动图书馆"还在继续运行。在穆德礼看来，这是国民政府的巨大胜利，因为国内最有影响力的报纸不再是政府的批判家。[44]

（二）《在上海制作新闻》之评介及特点

穆德礼的这篇博士论文不仅对《申报》中政治倾向的演变进行了专门研究，同时也是上海商业报纸发展的历史剪影。该篇论文主要有以下几个方面的特征：

首先，对历史背景的研究颇为充分。穆德礼突破了大多数外国学者研究此期报纸重文本的研究方法，在研究中对此期社会背景分析详尽，为读者理解这一时期的历史变革提供了丰富资料。穆德礼研究的时间阶段是 1912 年至 1937 年，这一时期正是中国社会发生巨变的年代。1912 年民国成立，1937 年抗日战争全面爆发，这期间的 25 年中国政局动荡，历经辛亥革命、袁世凯称帝、军阀割据、五卅运动、北伐战争、国共两党十年内战和抗日战争等。这些历史背景给作者研究报纸中的政治特性提供了条件，也有助于读者理解作者的观点。从这点看，穆德礼对此期复杂的社会背景进行介绍和研究十分必要，因为特殊的社会背景才会铸就特殊的报业发展路径，才可以合理地展现《申报》作为商业报的政治特征。穆德礼会如此重视在广泛的历史背景下研究此期报纸，也许与其历史学出身的学术背景有关。从某种意义上说，这部博士论文也是《申报》或者说上海商报的发展史研究。

---

43 Terry Narramore, "Making the News in Shanghai: *ShenBao* and the Politics of Newspaper Journalism, 1912-1937". ibid. p. 354.

44 Terry Narramore, "Making the News in Shanghai: *ShenBao* and the Politics of Newspaper Journalism, 1912-1937". ibid. p. 356.

其次，研究角度新颖。穆德礼以 1912 至 1937 年为时间轴，对此期上海商业报纸《申报》中的政治特征展开研究，突破了传统仅对《申报》的商业性展开研究的思维，开辟了新的研究视角。以往学者研究商业报纸主要集中于报纸中的商业特性及社会影响，而作者却研究商业报纸中的政治元素，揭示商业报纸的政治特性。《申报》在创办之初就是以营利为目的的商业性报纸，一直试图保持"不偏不倚"的民间报纸立场，"对于国家大问题，不敢贸然发言，对于社会上寻常细故，亦不敢发一妄语，发一过量辞。关于个人行动，如未查确，不敢贸然发一言，二十年如一日"。[45]这样一份极力在政治上保持中立，强调"去政治化"的报纸，究竟受到什么因素的影响而形成其政治特征，而其政治特性在不同的历史阶段又是如何演变的，确实值得深究。穆德礼的论文不仅对上海报业的政治性研究有一定的启示，而且也有助于读者更广泛地理解这一时期的中国政治。

再次，研究方法多样。穆德礼在文中采用个案研究法，仅仅针对一种报纸（即《申报》）中的一个问题（政治问题）进行阐述，是当时学界的创新，也为后之学者开辟了新的方向，提供了新的启示。在一个动荡复杂的社会背景中，以最具代表性的事物为研究对象，更能在乱象中寻求历史真相，以小窥大，可达见微知著之效。这篇论文的研究还受到了大众传媒政治经济学（political economy of mass-communication）的启发，其价值在于试图阐释塑造媒体历史发展的物质制约。这种研究方法得益于艾伦·李（Alan J. Lee）[46]，他在研究英国流行报纸起源中就采用了这种方法。大众传媒政治经济学的研究方法重点关注报纸的"生产"过程而不是"消费"过程，例如作者第一部分主要论述上海报业的各种构成要素，包括报业发展的历史背景、读者群体、报业所有制模式、经济和技术的发展以及记者职业发展等。此外，作者在论文中善用比较的方法，主要针对同一事物或关系在不同阶段的变化展开论述。在研究上海资本家和国民政府关系时，作者也采用了类似的研究手法。作者指出，美国学者易劳逸（Lloyd Eastman）[47]和柯博文（Parks M. Coble）[48]都认为早期国民政府

---

45 李龙牧《中国新闻事业史稿》，上海古籍出版社，1985 年，第 146 页。

46 李龙牧《中国新闻事业史稿》，上海古籍出版社，1985 年，第 146 页。

47 易劳逸（Lloyd Eastman）：美国学者，伊利诺大学历史系教授，中国现代问题研究专家，尤其对国民党统治中国的历史有独到的研究。

48 柯博文（Parks M. Coble）：美国历史学家，内布拉斯加大学林肯分校历史系教授，专注于研究中国历史。

的力量超过了资本家的影响，后者指出，"这两个团体之间的关系是，政府努力在政治上削弱城市资本家的势力，并榨取现代经济部门的利润"。[49]但在后期两者关系的研究中，穆德礼指出，日本进军上海后，史量才联合资本家的行为使政府权威在与资本家的较量中失去了有利地位。[50]由此可见，这种纵向比较的研究方法可以使读者更加清晰地看到政府与资本家较量过程中的动态变化。

此外，作者还采用了历史性写作手法，结构严谨。作者从不同的时间段分析每一阶段报纸所体现的政治特征及其受何种社会因素的影响。通过穆德礼的论述，读者可以清晰地了解不同时间阶段报纸的发展情况。晚清民国是中国历史上非常重要且特殊的时期，将历史学的研究方法用于报纸研究中，更有利于读者了解此期上海报业发展变化的来龙去脉。在第一部分，作者首先介绍了1911年以前上海报纸的读者、作者和商人的背景，勾勒出上海报纸受众的一般特征，随后总体论述了1912年至1937年间限制上海新闻业发展的经济和组织因素，最后分两个阶段论述了报人为促进中国记者职业化而做出的一些重要却不太成功的尝试。在第二部分，作者以史量才和《申报》为主线，分析了三个不同阶段即袁世凯军阀统治时期、北伐战争时期和九一八战争爆发到抗日战争爆发前这一时期《申报》所体现的不同的政治特性，以及《申报》对这些历史事件的不同反应。作者行文结构安排合理，重点突出，展现了不同阶段鲜明的政治特征。

笔者认为该论文的特别贡献之一是，把所有文中出现的组织机构、人名的中英文对照表作为附录供其他学者参考，这为西方学者的研究提供了诸多便捷，也足见作者深厚的中文功底。该文脚注部分内容丰富，补充知识详尽，尤其对文中出现的中国人的介绍，有助于西方学者的理解和研究。

穆德礼的这篇论文虽有诸多可取之处，但也存在些许值得进一步考量和揣度的地方。其一，《申报》的政治倾向研究可进一步完善。该论文第二部分主要研究了《申报》的政治倾向变化，但是作者仅仅研究了1912年到1937年间《申报》表现的政治倾向，忽视了1912年以前《申报》政治倾向的渐进动态变化过程。虽然在本书第一部分的第一节对1912年之前的上海报业发展有

---

49 Parks M. Coble, *The Shanghai Capitalists and the Nationalist Government, 1927-1937*. Cambridge: Harvard University Asian Center, 1986. p. 3.

50 Terry Narramore, "Making the News in Shanghai: *ShenBao* and the Politics of Newspaper Journalism, 1912-1937". ibid. p. 9.

简单的介绍，但是该部分并没有特别突出《申报》的政治倾向研究。从 19 世纪 80 年代中法战争爆发开始，《申报》的新闻报道就开始发生微妙的变化，对战事进行了深层次的报道，支持主战派的意见，赞扬黑旗军的英勇，此时报纸中的政治色彩已初见端倪。此后《申报》对甲午战争、戊戌变法和辛亥革命爆发之前的各地起义运动的报道也记录了其政治倾向的变化。穆德礼在研究过程中忽视了《申报》政治倾向前期变化的过程，直接进入辛亥革命之后的研究，不利于呈现其变化过程的全貌。此外，在第二部分的论述中，作者研究的时间线并不完整，忽视了对 1926、1930 年的研究。或许这两个年份并无特殊政治事件发生，不能体现《申报》政治特征的变化，但就整篇文章的完整性而言，应注意研究时间的延续性。

其二，研究材料需要进一步完善。从穆德礼的参考文献可见，论文中采用的几乎都是二手材料，而一手材料相对缺乏。全文基本上都取材于他人研究，作者自身对一手报纸的阅读较少，而且文中直接引用报纸内容也较少。作者在其他学者的研究基础上得出的结论，难以避免个体研究的倾向性而脱离真实历史，因此导致其研究的客观性和准确性大打折扣。此外，穆德礼在第一部分的背景介绍中，还可增加其他上海商业报纸的研究，勾勒出上海商业报纸发展的全景。仅仅以对一份报纸的研究而对整个上海商报的政治特征下论断，未免有以偏概全之嫌。

其三，文中有的论述前后矛盾，同时有的论述又前后重复。例如作者在文中前面部分提及史量才这样的民族资产阶级具有政治影响力，但是其政治影响力也具有一定的局限性和软弱性，[51]其后又声称史量才具有强大的政治影响力，以至成为一种让国民政府不可忽视的力量，将史量才描述成"上海的守卫者"[52]，似乎有前后矛盾之嫌。另外，在第一部分上海报纸的背景介绍中，作者以《申报》为例对某些现象进行阐述，这与第二部分对《申报》的个案研究有诸多重复之处。比如作者在分析上海报纸对五四运动和五卅运动的不同态度时就以《申报》为例展开研究，与第二部分分析《申报》对两次运动的态度时前后重复，这样的写作方式容易造成读者思维混乱。

---

51 Terry Narramore, "Making the News in Shanghai: *ShenBao* and the Politics of Newspaper Journalism, 1912-1937". ibid. p. 108.

52 Terry Narramore, "Making the News in Shanghai: *ShenBao* and the Politics of Newspaper Journalism, 1912-1937". ibid. p. 333.

第三节　深化期：20 世纪 90 年代至今

　　20 世纪 90 年代至今，英语世界学者掀起了晚清民国报纸研究的热潮，呈现出百花齐放、百家争鸣的景象。这一阶段，关注早期中国报纸的汉学家数量急剧增加，学术研究在上一个阶段成果的基础之上进一步加深，宽度和广度也大幅度提升，大量的专著、博士论文和期刊论文相继出现，并有相关的学术会议召开。粗略估算，大约百分之八十的成果都是在这一时期产生的。

　　这一阶段的研究成果有三次比较集中的出现：其一为 2002 年 10 月，顾德曼教授（Bryna Goodman）在美国俄勒冈大学举办的"跨民族视角下的中文报刊，1850-1949"（Transnational Dimensions of the Chinese Press, 1850-1949）学术研讨会。据本书查阅的资料，此次研讨会有 6 篇论文[53]收录在《中国评论》（China Review）为此次会议设置的"特刊：跨民族主义和中国报刊"（Special Issue: Transnationalism and the Chinese Press）中。学者们从不同的视角关注了报刊的跨民族性与报刊生产、发行、流通的关系，殖民、半殖民地以及移民城市的传媒文化，媒体在民众身份与想象共同体中所扮演的角色，以及报刊作为新的公共领域在晚清民国时期的作用。其二为 2005 年，科罗拉多大学副教授魏定熙（Timothy B. Weston）和美国杜克大学副教授周成荫（Eileen Cheng-yin Chow）在美国哈佛大学费正清中心举办的主题为"研究日常媒介：以 1911 年至 1949 年的民国报纸为研究主题与材料来源"（Studying the Daily Medium: Newspaper as Subject and Source in Republican China, 1911-1949）的学术研讨会，该研讨会上有 3 篇论文[54]刊载于《20 世纪中国》（Twentieth Century China）。

---

53 分别是：德里克的《20 世纪中国的跨民族主义、报业与民族假象》（Transnationalism, the Press, and the National Imaginary in Twentieth Century China）、顾德曼《上海报业文化的跨国性与区域性》（Semi-Colonialism, Transnational Networks and News Flows in Early Republican Shanghai）、费南山的《"英国蛮夷"与"中国辫"？19 世纪香港和上海跨民族环境中的跨语言实践》（"British Barbarians" and "Chinese Pigtails"? Translingual Practice in a Transnational Environment in Nineteenth Century）、冼玉仪的《天下之外：〈中外新闻七日报〉（香港 1871-1872）与跨民族中国共同体的建构》（Beyond 'Tianxia': The Zhongwai Xinwen Qiribao [Hong Kong 1871-1872] and the Construction of a Transnational Chinese Community）、徐元音的《1882-1934 年广东台山县的侨刊和跨民族共同体》（Qiaokan and the Transnational Community of Taishan County, Guangdong, 1882-1943）、徐小群的《世界主义、民族主义、跨民族网络：〈晨报副镌〉，1921-1928》（Cosmopolitanism, Nationalism, and Transnational Networks: The Chenbao Fujuan, 1921-1928）。

54 分别是：魏定熙的《留心报业经济：20 世纪 20 年代中国的新闻学理论和实践》

其三为 2006 年，魏定熙、周成荫、叶文心（Yeh Wen-hsin）和美国加州大学洛杉矶分校社会系的成露西（Lucie Cheng）在台北世新大学（Shih Hsin University）召开的题为"以 1911 年至 1949 年的民国报纸为研究主题与材料来源"（Newspaper as Subject and Source in Republican China, 1911-1949）的学术研讨会，该研讨会是 2005 年哈佛大学研讨会的延续，进一步强调了重视民国时期报纸的价值。魏定熙指出，"之所以给研讨会做这样的命名，是希望能借此吸引人们去关注民国时期的报纸，民国时期报纸值得学者的关注不仅是因为它们提供了大量丰富和多种多样的社会信息，而且它们自身构建了一种亟待重视的生产文化的社会机构和场所"。[55]虽然此次会议举办地位于中国台北，但该会议聚集了大量英语世界学者，因此，其研究成果也是本研究的重要材料来源。

这一阶段英语世界的研究者主要从报人研究、报纸的公共领域研究、报纸的政治、民族、女性、文化研究以及报业职业化研究等角度展开。

从报人研究的角度出发，英语世界上个阶段主要关注中国著名报人梁启超，这一阶段在此基础上延伸至其他著名报人如范长江、邹韬奋等。1991 年，美国卡尔敦大学教授洪长泰（Chang-Tai Hung）发表《纸弹：战时的范长江和新新闻学》（Paper Bullets: Fan Changjiang and New Journalism in Wartime China），该文从范长江的《中国的西北角》出发，对范长江的新闻写作特点、记者新身份的认识以及记者所应发挥的社会作用展开论述。洪长泰给予范长江很高的评价，他认为范长江在写作方法、促进新闻行业职业化、批判监督政府行为等方面具有积极正面的影响；其真实、生动的战地报道，有效鼓舞了民众的爱国热情，在民族危难面前，范长江把民族存亡放至首要位置，呼吁人民团结抗敌，充分发挥了报纸的舆论功能。1992 年，美国伯克利加州大学历史系客座教授叶文心发表的《进步新闻业与上海小市民：邹韬奋和〈生活〉周刊，1926-1945》（Progressive Journalism and Shanghai's Petty Urbanites: Zou Taofen and the

---

（Minding the Newspaper Business: The Theory and Practice of Journalism in 1920s China）、顾德曼的《向公共呼吁：中国报纸对情感的呈现与裁决》（Appealing to the Public: Newspaper Presentation and Adjudication of Emotion）、柯必德的《宿命鸳鸯：1931 年苏州"自杀潮"的报纸报道》（Fate-Bound Mandarin Ducks: Newspaper Coverage of the 'Fashion' for Suicide in 1931 Suzhou）。

55 （美）魏定熙《民国时期中文报纸的英文学术研究——对一个新兴领域的初步观察》，方洁译，载《国际新闻界》2009 年 04 期，第 25 页。

Shenghuo Enterprise, 1926-1945）分析了邹韬奋如何将城市小市民纳入读者群体，扩大报纸的影响范围，将自己的家国民族情怀融入到办报行为中。在此阶段，英语世界的研究也绝不仅限于中国报人，更多在华外国报人走入了英语世界研究者的视野。1995 年，哈佛大学费正清研究中心研究员彼得·兰德（Peter Rand）出版《走进中国——美国记者的冒险与磨难》（*China Hands: The Adventure and Ordeals of the American Journalists Who Joined Forces with the Great Chinese Revolution*），以传记的手法，将本世纪上半叶美国记者在中国的活动，按照编年体的方式进行了全面、系统地描述，包括史沫特莱、斯诺夫妇（Edgar Snow, Helen Foster Snow）等。美国学者奥布莱恩（Neil O'Brien）2003 年出版的《早期中国革命的美国编辑：约翰·威廉姆斯·鲍威尔和中国每周/每月评论》（*American Editor in Early Revolutionary China: John Williams Powell and the China Weekly/Monthly Review*）和英国新闻工作者保罗·弗伦奇（Paul French）2007 年出版的《卡尔·克劳，坚强的老中国通：一个美国人在上海的生活、岁月与冒险》（*Carl Crow, A Tough Old China Hand: The Life, Times, and Adventures of an American in Shanghai*）皆是英语世界学者对民国时期活跃在中国的外国记者，尤其是美国记者的研究。此外，英语世界也对传教士这一特殊报人群体产生浓厚兴趣。2007 年，英国诺丁汉特伦特大学高级讲师张涛的专著《现代中国报刊的起源——晚清时期新教传教士对中国印刷事业的影响》（*The Origins of the Modern Chinese Press: The Influence of the Protestant Missionary Press in Late Qing China*）、期刊论文《新教传教士出版物与中国精英新闻的诞生》（Protestant Missionary Publishing and the Birth of Chinese Elite Journalism）以及 2009 年，美国密苏里大学新闻学院教授张咏（Zhang Volz Yong）与香港城市大学媒体与传播学系讲座教授、美国明尼苏达大学新闻与大众传播学院教授李金铨发表的期刊论文《从福音到新闻——中国新教传教士印刷物的福音教义与世俗化，1870s-1900s》（From Gospel to News: Evangelicalism and Secularization of the Protestant Missionary Press in China, 1870s-1900s）都关注了传教士报人在中国的新闻实践及其对中国新闻事业的巨大影响。

这一阶段的报人研究内容丰富，不仅扩充了中国报人的研究个例（范长江、邹韬奋），还把国外报人（约翰·威廉姆斯·鲍威尔、卡尔·克劳）、报人群体（美国记者、传教士、女性报人）纳入研究视野。虽然不是对报纸文本本身的研究，也不是对报纸思想的挖掘，但是这样的研究角度同样必不可少——以报人为中心的研究或许可以提供更为细节的背景信息，这一研究角度无疑是对报纸研究的拓展与推进。

受哈贝马斯公共领域理论的影响，英语世界学者在此期发表了大量有关中国早期报纸公共领域的研究。1993 年，加拿大约克大学教授季家珍的博士论文《印刷与政治：〈时报〉与晚清中国公共领域的形成（1904-1911）》（Print and Politics: "*Shibao*" [The *Eastern Times*] and the Formation of the Public Sphere in Late Qing China, 1904-1911, 1993, Columbia University）考察了改革报《时报》与公共领域的关系、统治者与被统治者的关系、社会的重构、公共性原则的延展以及公共领域的制度化。这一阶段，德国海德堡大学专门成立了"中国公共领域结构与发展"研究小组，并出版了一系列的成果：2001 年，瓦格纳发表的《中国早期报纸与中国公共领域》（The Early Chinese Newspapers and The Chinese Public Sphere）通过探讨中国早期报纸与公共领域的关系，进而对国家与公共领域之间的关系、国家在公共领域中的作用以及对受政治影响的以"东方主义"、"帝国主义"或"殖民主义"为主导的相关领域的学术研究现状提出了批评。瓦格纳通过分析中国现代化前后公共领域呈现的不同特征，指出现代化后的中国公共领域具备国际化特征。2003 年，燕安黛的博士论文《只是空言：晚清中国的政治话语和上海报刊》考察了晚清时期报刊带给政治讨论领域的结构转型。2004 年，梅嘉乐的《一份为中国而生的报纸？上海新闻媒体的力量、认同和变迁，1872-1912》（A Newspaper for China? Power, Identity, and Change in Shanghai's News Media, 1872-1912）通过文本细读的方式对《申报》为适应中国从形式、内容、体裁等做出的改变进行了论述，并对《申报》在其所构建的公共领域中的权利进行了探讨。2008 年，瓦格纳编著的《加入全球公共体：早期中国报纸中的文字、图像和城市，1870-1910》（Joining the Global Public: Word, Image, and City in Early Chinese Newspaper, 1870-1910）通过对《申报》《循环日报》《汇报》《游戏报》《点石斋画报》等不同类型报纸的分析，探讨了社会各阶层在早期中文报纸所构建的公共领域中发挥了怎样的作用。

英语世界学者关于晚清民国时期报纸的公共领域研究在专门的学术团体的引领下，得到了重点的关注，而且这一方面的研究仍不断有新的成果出现，是较为活跃的研究角度之一。英语世界学者对公共领域这一概念的研究与运用无疑为国内学者打开了一种新的研究致思，极大地丰富了英语世界的研究成果，但是其论述的合理性还有待进一步考证。以研究公共领域著称的海德堡学派为例，他们在研究中国晚清报纸时不免陷入"封闭式的研究模式"中，即用史料去迎合预先形成的理论框架。我国香港学者李金铨就在其文章《过度阐释"公共领域"》中指出，"在海德堡学者的眼中，只要进入他们研究的范围，无论《申报》还是流气的市井小报，从 1870 年代开始便已经引领中国的现代性，也是公共领域的化身"。[56]

报纸自诞生之日起，就与政治有脱不开的关系。英语世界学者对报纸的政治研究也是渊源有自。这一阶段，政治研究方面的主要成果有：1990 年，美国德州农工大学副教授、宾西法利亚大学东方学博士斯特纳汉·帕特丽夏（Stranahan Patricia）出版的专著《塑造媒介：中国共产党和〈解放日报〉》（*Moulding the Medium: Chinese Communist Party and the Liberation Daily*）考察了从 1941 年 5 月至 1947 年 3 月中国共产党的第一份官方报纸《解放日报》在接受和执行党的目标方面的作用。同年美国康涅迪克州立大学历史系教授沙培德（Peter Zarrow）的《无政府主义和中国政治文化》（*Anarchism and Chinese Political Culture*）对清末居住在东京和巴黎的中国知识分子出版的无政府主义期刊及其对中国政治文化的影响进行了分析。1994 年，康绿岛（Lutao Sophia Kang Wang）发表的《独立报刊及独裁政府：以民国时期的〈大公报〉为例》（The Independent Press and Authoritarian Regimes: The Case of the *Dagongbao* in Republican China）论述了《大公报》如何在严格的政府审查下，仍努力追求客观事情的过程。季家珍分别于 1994、1995 年发表的《晚清公共舆论与新政治主张，1904-1911》（Public Opinion and the New Politics of Contestation in the Late Qing, 1904-1911）和《报纸的党派功能——梁启超、〈时报〉以及晚清政治改革的分歧》（The Factional Function of Print: Liang Qichao, *Shibao*, and the Fissures in the Late Qing Reform Movement），以及于 1997 年出版的专著《印刷与政治：〈时报〉与晚清中国的改革文化》（*Print and Politics: "Shibao" and the Culture of Reform in Late Qing China*）都从政治的角度对《时报》展开研究，探讨了其对晚清时期政治文化的影响。1996 年，澳大利亚拉筹伯大学亚洲研究院教授菲茨杰拉德·约翰（Fitzgerald John）发表的《偏执党派报纸的起源：中国国民革命时期的印刷新闻业》（The Origins of the Illiberal Party Newspaper:

---

56 李金铨《过度阐释"公共领域"》，载《二十一世纪》2008 年 12 月，总第 110 期，第 123 页。

Print Journalism in China's Nationalist Revolution）对党派报纸的起源、发展与政治的关系进行了阐述。1998 年，瓦格纳在《〈申报〉的危机：1878-1879 年〈申报〉与郭嵩焘之间的冲突和国际环境》（The *Shenbao* in Crisis: The International Environment and the Conflict Between Guo Songtao and the *Shenbao*）一文中，以郭嵩焘事件为例对《申报》展开分析，指出《申报》最终得以存活，其原因既不是清政府势力的逐渐衰弱，也不是因为法外治权的保护，而是由于《申报》的文化接受度。[57]2004 年，魏定熙出版的《权力源自地位：北京大学、知识分子与中国政治文化，1898-1929》（*The Power of Position: Beijing University, Intellectuals and the Chinese Political Culture, 1898-1929*）中以《北京大学日刊》为线索，讨论了北京大学知识分子群体与政治的关系。

　　这一阶段英语世界学者对报纸的政治研究一方面延续了前两阶段的传统，对报纸与党派的关系进行了持续关注；另一方面，也从单纯的对报纸的意识形态功能的探讨转向为一种更广泛的思想、文化讨论。这其实也表明，在当今学术环境下，单一主题的研究正在向多主题融合的方向发展。就实际情况来看，有关报纸意识形态方面的讨论一直是英语世界较为关注的核心问题之一，并且，英语世界学者对民族、女性、文化、职业化等专题的研究，也难免涉及报纸与政治关系的讨论。

　　这一阶段有关报纸与民族主义关系的研究增多。2000 年，牛津大学历史学家、政治学家拉纳·米特（Rana Mitter）的专著《东北神话：现代中国的民族主义、抵抗与合作》（*The Manchurian Myth: Nationalism, Resistance and Collaboration in Modern China*）探讨了报纸如何帮助民众树立民族意识并积极参与民族运动。2007 年，美国阿姆赫斯特马萨诸塞大学裴士锋（Stephen R. Platt）的《湖南人与现代中国》（*Provincial Patriots: The Hunanese and Modern China*）以湖南的地方报纸为研究中心，说明地方根源与民族果实的关系，丰富了英语世界对中国民族概念的探讨。2008 年，美国亚利桑那大学人文学院资深教授麦金农（Stephen R. MacKinnon）的《武汉，1938：战争、难民与现代中国的形成》（*Wuhan, 1938: War, Refugees, and Making of Modern China*）多视角、全方位地考察了武汉沦陷的过程以及武汉保卫战的经历，分析了民众的民族意识在武汉保卫战中所发挥的作用，该书指出聚集在武汉的难民对社会文化产

57　Rudolf G. Wagner, "The *Shenbao* in Crisis: The International Environment and the Conflict Between Guo Songtao and the *Shenbao*" in *Late Imperial China*, Vol.20, No.1, 1999. p. 132.

生了深刻的影响，其中对政治多样化和出版自由的容忍是作者关注的重要变化内容。2010年，英国伦敦大学皇家霍洛威学院历史系高级讲师蔡维屏（Weipin Tsai）出版的专著《阅读〈申报〉：中国民族主义、消费主义、个人主义（1919-1937）》（*Reading Shenbao: Nationalism, Consumerism and Individuality in China, 1919-1937*）主要通过报纸广告文本的分析对民族主义在报纸中的表达进行了论述，并结合个人主义、消费主义对报纸进行了统筹研究。2014年，美国弗吉尼亚州克利斯多夫·纽波特大学学者徐小群（Xu Xiaoqun）出版的专著《现代中国世界大同主义、民族主义、个人主义：〈晨报〉副刊和新文化时代，1918-1928》（*Cosmopolitanism, Nationalism, and Individualism in Modern China: The Chenbao Fukan and the New Culture Era, 1918-1928*）着重通过对《晨报》副刊创办的历史背景分析及文本解读论述了报纸与民族主义的关系。前文中提及的2004年召开的"跨民族视角下的中文报刊，1850-1949"国际会议中的文章也是有关民族主义论述的重要材料。这些研究材料涉及"跨民族"特性与民族主义的关系、民族主义与报纸的关系、报纸中的民族主义特征、华侨报纸中的民族主义、城市民族主义和农村民族主义的传播等。

以西方现代的观点来看，民族是一种想象的共同体，民族概念的成形以及民族意识的树立都经历了生成的过程。报纸作为能够长时间存在、不断更新并能够深入社会各阶层民众生活的媒介，广泛参与着民族的建构。晚清民国时期集中着对现代中国最具影响力的数次变革，从这一角度开展研究无疑具有独特的价值。

这一阶段关于报纸与女性的研究成果也较为突出，其中具有代表性的研究成果有：2005年，美国学者顾德曼发表的期刊论文《新女性自杀：媒体、文化记忆与新民国》（The New Woman Commits Suicide: The Press, Cultural Memory, and the New Republic）考察了报纸如何通过新女性自杀事件的报道呈现女性意识的觉醒。在该文中，顾德曼通过对商业媒体时代"新女性"自杀事件的分析，揭露出在特殊的历史环境下女性自杀事件背后各种不同动力因素的相互关系，对当时的社会建构和意识形态变迁作出解释，并强调"公共舆论"在社会价值和利益中的裁决者地位。顾德曼从女性自杀这一独特视角出发，将传媒、文化和时代背景相结合，阐述了报纸所代表的"公共舆论"在社会文化建构中的重要作用，极大地丰富了英语世界对此期报纸的女性问题研究。2007年，美国密苏里大学新闻学院教授张咏发表的期刊论文《通过写作走向公共领域：中国女性记者以及性别化的新闻空间，1890s-1920s》（Going Public Through Writing: Women Journalists and Gendered Journalistic Space in China, 1890s-1920s）探讨了中国早期女记者进入报业的渊源、职业发展以及生存境遇等，从女性的先锋——女报人的研究视角出发，探讨她们在夹缝中求生存的历史境遇，以小见大，反映出普通女性如何逐渐从"门内"走向"门外"的艰辛历程。2008 年，由美国莱斯大学教授钱南秀（Nanxiu Qian）与司马富（Richard J. Smith）、加拿大麦吉尔大学副教授方秀洁（Grace S. Fong）共同编纂出版的《不同的话语世界：晚清和早期民国性别与体裁的转换》（*Different Worlds of Discourse: Transformations of Gender and Genre in Late Qing and Early Republican China*）中第三部分 "新印刷媒体中性别和体裁的产生"（The Production of Gender and Genres in New Print Media）里有 5 篇文章专门针对该时期报纸中的女性展开研究，其中以瓦格纳的《女性在申报馆，1872-90》（Women in Shenbaoguan Publications, 1872-90）为代表，该论文主要分析了申报馆文学作品中的女性形象、女性作家作品和申报馆如何吸引女性读者，并对申报馆重视女性问题的缘由进行了详细分析。此文为我们详细地分析了申报馆对女性问题的重视，是研究晚清和民国初年女性问题的重要参考材料。瓦格纳不拘泥于学界普遍认同的观点，敢于提出自己的主张。比如他不认同一些学者主张的美查只对企业经营管理的事情感兴趣，印刷内容管理的事情都交给中国员工，他认为这个观点是没有历史证据支撑的。相反，瓦格纳认为美查对申报馆出版的作品内容感兴趣。因为美查精通中文，书面和口头表达都很好，可以直接将很多想法呈现在申报馆的作品中。2010 年，美国路易斯维尔大学东亚历史系副教授马育新（Ma Yuxin）的专著《中国女性记者和女性主义，1898-1937》（*Women Journalists and Feminism in China, 1898-1937*）对这四十年间中国所创办的女性报刊及女性记者进行了介绍，着重分析了女报人对中国社会发展的历史意义。加拿大学者季家珍分别于 2010 年和 2015 年出版的专著《历史宝筏：过去、西方与中国妇女问题》（*The Precious Raft of History: The Past, the West, and the Women Question in China*）和《民国镜像：早期中国期刊中的性别、视觉和经验》（*Republican Lens: Gender, Visuality, and Experience in the Early Chinese Periodical Press*）皆探讨了民国报刊中的女性形象及思想。

女性问题既涉及报纸的出版、编辑、作者，也涉及报纸文本的内容，更连接着报纸的读者，女性研究可以与其他主题充分结合，但本身也拥有鲜明的研究特征,因此笔者将其单独作为一类。晚清民国时期,不同社会阶层的女性开始构建社会舆情的传播平台,她们通过书写,进入公共领域发声、展现自身的思想乃至身体,她们的读者也是广大女性。这一显著的转变引起了英语世界学者的兴趣,成为西方"女性主义批评"和其他理论的实践场地。

英语世界的研究者从文化研究的路径出发,对晚清民国报纸中城市文化特征、名妓形象勾勒、市民形象描述、商业话语构建以及消费文化的盛行(尤其以广告为例)等进行了深入探讨。哈佛大学教授李欧梵于1999年出版的专著《上海摩登:一种新都市文化在中国(1930-1945)》(*Shanghai Modern: The Flowering of a New Urban Culture in China, 1930-1945*)以上海为研究中心,借助上海报纸这一当时社会的新兴媒介论述了上海都市文化的构建及其体现的中国现代性。2003 年,澳大利亚麦克理大学中文系高级讲师叶晓青(Ye Xiaoqing)出版的《〈点石斋画报〉:上海城市生活,1884-1898》(*The Dianshizhai Pictorial: Shanghai Urban Life, 1884-1898*)以受众较大的《点石斋画报》为例,通过画报报道及图画呈现展示了上海城市与文化的"新"变化,成为研究作为城市新兴印刷文化——画报的入门读本,也是研究 19 世纪城市新文化的最重要的参考文献。2004 年,美国俄勒冈大学美术史教授梁庄爱伦(Ellen Johnston Laing)出版的《销售快乐:上海 20 世纪早期月份牌和视觉文化》(*Selling Happiness: Calendar Posters and Visual Culture in Early-Twentieth-Century Shanghai*)从消费文化的角度分析了早期上海印刷物的视觉文化特征。2006 年,美国波士顿大学历史系教授叶凯蒂(Catherine Vance Yeh)出版的《上海·爱:名妓、知识分子和娱乐文化(1850-1910)》(*Shanghai Love: Courtesans, Intellectuals, and Entertainment Culture, 1850-1910*)通过报纸考察了清朝末年上海娱乐业的兴起,并对推动娱乐业兴起的两大主体名妓和知识分子及其相互关系进行了论述,该书认为名妓推动了都市文化和现代性的产生,他们不是男人眼中"被动的接受者",而是"行动者",而城市知识分子,参与制造了名妓这一身份及地位的改变。2013 年,美国普渡大学历史系副教授王娟(Wang Juan)[58]出版的《嬉笑怒骂:上海小报,1897-1911》(*Merry Laughter and Angry Curses: The Shanghai Tabloid Press, 1897-1911*)描述了小报社区所构建的娱乐文化,以及以嬉笑怒骂为美学特征的娱乐文学在塑造公众的反叛情绪中发挥的作用。

---

58 本文未能找到作者名字的汉字写法,邮件与该作者沟通也未能得到回复。加拿大卜正民教授在与笔者的邮件交流中推测是"王娟"。

中国现代报纸的兴起与乡土中国的剧变几乎同时，报纸的创办与城市、商业经济的关系密不可分，因此报纸的关注点也多集中于城市、消费、娱乐。真正意义上的大众报纸的出现代表着大众文化的悄然崛起，英语世界的学者也由此获得了文化研究的新视野。在这一阶段，英语世界的研究往往聚焦于上海，以画报、小报等报纸为切入点，探讨当时的文化现象，以及背后深层次的文化内涵。当然，由于英语世界学者获取资料的范围还有待拓展，一些其他的新兴城市容易遭到忽视，这是其研究的不足之处。

英语世界以报业职业化这一角度进行的研究有：澳大利亚学者穆德礼于1992 年发表的期刊论文《中国新闻业的职业化历程——观念转换与商业化过程》、1993 年发表《国民党与报界：〈申报〉个案研究（1927-1934）》通过对此期报纸商业性和政治性的双重分析勾勒出民国新闻业职业化发展的曲折道路。美国学者麦金分别于 1995 年和 1997 年发表的《报界自由与 20 世纪 30 年代的中国革命》（Press Freedom and the Chinese Revolution in the 1930s）和《民国时期中国媒体的历史》（Toward a History of the Chinese Press in the Republican Period）从 20 世纪 30 年代中国报纸的生存环境着眼，定义此期是政府控制相对较松的时段，认为报界对"自由之风"的追求为报纸的发展带来了一个黄金时期。前者对中西方报纸的"共生关系"展开详细论述，后者将中国与欧洲出版史进行比较。麦金农在文中写到，"中外报刊间的影响是相互的。它是一种共生关系。在中国的西方记者严重依赖中国记者。他们将中国记者视为新闻素材来源与供职员工。……也就是说，中国记者塑造了大环境，并时常为在中国做报道的西方记者提供关键素材。……从另外一个角度看，这种关系也是共生的。和现在一样，西方报刊对中国知识分子和政治家的访谈与报道，以及对他们作品的翻译，都使这些人提升了在母国的影响力"。[59]中西方报刊在这种互相影响的共生关系中，实难辨清谁对谁的影响更大。不过，两篇文章也都指出即使是在最自由的时期，中国报纸与政治的密切关系仍然十分显著。报纸能否长久生存，不仅取决于商业运作是否成功，更取决于政治赞助人的历史命运。2001 年，美国弗吉尼亚州克利斯多夫·纽波特大学学者徐小群出版的专著《民国时期的国家与社会：自由职业团体在上海的兴起，1912-1937》（*Chinese Professionals and the Republican State: The Rise of Professional Associations in*

---

59 Stephen R. Mackinnon, "Press Freedom and the Chinese Revolution in the 1930s" in Jeremy D. Popkin, ed. *Media and Revolution*. Kentucky: The University Press of Kentucky, 1995. pp. 181-182.

Shanghai, 1912-1937）探讨了一个现代资产阶级自由职业精英群体的形成，记者这一新型职业的生存与发展境遇成为了关注重点。作者从新闻业职业化的障碍、新闻从业者的努力以及言论自由与职业发展的关系三方面对新闻业职业化在中国的发展展开讨论。2003 年，英国威斯敏斯特大学新闻学教授戴雨果（Hugo De Burgh）发表的期刊论文《中国的记者：从过去中寻找灵感》（The Journalist in China: Looking to the Past for Inspiration）对早期中国现代新闻业的发展史进行了梳理，并对中英两国的新闻理念进行了比较，认为中国文人评价事实的新闻实践与西方新闻观大有不同。魏定熙于 2006 年发表的期刊论文《留心报业经济：20 世纪 20 年代中国的新闻学理论和实践》（Minding the Newspaper Business: The Theory and Practice of Journalism in 1920s China）通过对中国新闻历史的观察，发现 20 世纪 20 年代在中国报业史上具有重大意义的转折地位，中国报业一改 1911 年革命时期的鼓吹式报道，开始走上商业化、职业化道路，并从专业角度探讨知识分子创设的新闻理论与记者新闻实践的差异。他于 2010 年发表的另一篇文章《一战时期的中国、新闻业和自由国际主义》（China, Professional Journalism, and Liberal Internationalism in the Era of the First World War）探讨了中国新闻业的兴起、新闻职业化的运动，尤其讨论了美日对中国新闻业的影响。

　　英语世界学者重点关注了报纸在此期的职业化发展，尤其强调中国报业发展受美国新闻理论的巨大影响，并对"自由"、"客观"等西方新闻精神在中国的实践展开了大讨论。中国报业呈现的阶段性特点、中国报业的起源和未来的发展也得到了英语世界学者应有的关注。但是"民国时期新闻业如何发展为中产阶级的职业，新闻记者的职业团体状况怎样，新闻记者的培训方式如何，是在工作中还是正规的学术环境中，新闻学学术领域如何发展，谁是该领域的知识分子领袖，有多少新闻工作者有海外培训经历？"[60]上述问题都有待英语世界学者的进一步探究。

　　英语世界学者还关注到这一时期报纸作为社会情感表达的途径，形成了一系列的现代理念和价值观。2005 年，美国纽约大学历史系与东亚研究院副教授瑞贝卡·卡尔（Rebecca E. Karl）发表的论文《20 世纪 20 年代中国的新闻业、社会价值和日常哲学》（Journalism, Social Value, and a Philosophy of the

---

60　（美）魏定熙《民国时期中文报纸的英文学术研究——对一个新兴领域的初步观察》，方洁译，载《国际新闻界》2009 年 04 期，第 27 页。

Everyday in 1920s China）主要论述了 20 世纪 20 年代，作为一种商品形式的新闻业促使一些日常生活哲学的概念开始出现，而这些哲学概念又回归到社会价值的激烈争论中，并且从社会价值中得到体现。作者以"马汪事件"为例，认为其正好为讨论"新思想，旧道德"这一新社会问题提供了绝佳的机会。这一事件成为了一个现代私人生活的历史结构问题，凸显了新闻事件和日常事件之间的关系。2006 年，俄勒冈大学历史系教授顾德曼的《向公共呼吁：中国报纸对情感的呈现与裁决》（Appealing to the Public: Newspaper Presentation and Adjudication of Emotion）和美国西北大学教授柯必德（Peter J. Carroll）的《宿命鸳鸯：1931 年苏州"自杀潮"的报纸报道》（Fate-Bound Mandarin Ducks: Newspaper Coverage of the 'Fashion' for Suicide in 1931 Suzhou）都研究了报纸如何切入"爱"与"死亡"这种最私密的主题，新闻报道如何影响个人行为和社会风向。2007 年，哥伦比亚大学东亚语言与文化系副教授林郁沁（Eugenia Lean）的专著《公共激情：施剑翘案的审判和大众认同在现代中国的出现》（*Public Passions: The Trial of Shi Jianqiao and the Rise of Popular Sympathy in Modern China*）展示了人们如何利用报纸向公众表达情感以及报纸在构建公众认同中所发挥的关键作用。

在这些研究中，报纸已经不再成为研究的主体，而是成为研究某种社会现象的载体。报纸也不再是单一的信息来源，而是形成了一个活跃的公共空间，社会各个阶层相互论争，并形成新的社会理念与价值观。

整体来看，最近的三十年来，英语世界晚清民国时期的报纸研究在之前的研究基础上，进一步拓展着研究宽度，同时也在不断加深着研究深度。这一阶段涵盖了英语世界晚清民国时期报纸研究总量的约百分之八十的研究成果，可以说是研究的深化期或繁荣期。在这一阶段，英语世界学者之间的交流变得频繁，学术研究进入了全球化，这本身也证明了晚清民国报纸在英语世界学者眼中的重要性以及这一研究领域的吸引力。从研究主题来看，相对于第一阶段的发展史梳理、介绍性呈现和第二阶段主要对报纸与政治相互关系的关注，这一阶段的研究面貌更加多样。报纸研究有了新的外延，从单纯的报纸文本及历史政治载体，向报人、报纸的公共领域、民族、女性、文化、职业化等方向延展，每一个方向都聚集着相当规模的学者或学术团体，代表着英语世界晚清民国时期报纸研究的学术活力。今后，这一领域也必将出现更新的研究角度和更加深入的研究成果。鉴于此阶段研究成果丰富而繁杂，笔者选取了此阶段最具代表性的两本专著和一本博士论文展开评述，以此进一步凸显该阶段英语世界研究的方法、内容及特点。

一、季家珍 Print and Politics: "*Shibao*"（The *Eastern Times*）and the Formation of the Public Sphere in Late Qing China, 1904-1911 研究述评

季家珍（Joan Judge），加拿大约克大学（York University）历史系教授，专注于研究中国近代文化史、报刊史、妇女史等。季家珍于 1993 年获得美国哥伦比亚大学历史学博士学位后曾在美国多所知名高校任教，也多次前往中国访学。季家珍的代表作品有：《历史宝筏：过去、西方与中国妇女问题》(*The Precious Raft of History: The Past, the West, and the Women Question in China*)、《印刷与政治：〈时报〉与晚清中国的改革文化》(*Print and Politics: "Shibao" and the Culture of Reform in Late Qing China*)、《民国镜像：早期中国期刊中的性别、视觉和经验》(*Republican Lens: Gender, Visuality, and Experience in the Early Chinese Periodical Press*)、《晚清公共舆论与新政治主张，1904-1911》(*Public Opinion and the New Politics of Contestation in the Late Qing, 1904-1911*)等。

（一）《印刷与政治：〈时报〉与晚清中国公共领域的形成（1904-1911)》之体例及内容

季家珍完成于 1993 年的博士论文《印刷与政治：〈时报〉与晚清中国公共领域的形成（1904-1911)》（以下简称《印刷与政治》）通过对《时报》的个案研究，分析了 1904 年（《时报》创刊）至 1911 年（辛亥革命）间中国报纸所建构的公共领域及其对中国政治改革的影响。季家珍认为德国社会学家哈贝马斯的公共领域理论在新闻界具有重要地位，因此她以哈贝马斯的理论为研究基础，以晚清报纸为研究对象，探讨了 20 世纪初中国出现的民主自由制度，并试图勾勒中国此期公共领域概貌。

在前言中，季家珍简单介绍了她以中国政治与改革为切入点研究中国早期报纸的缘由，并对其使用的研究理论进行简单介绍。20 世纪末英语世界学者高度关注社会主义国家的民主问题。季家珍认为，多数英语世界学者认为中国市民阶层的软弱是阻碍中国民主政治发展的主要障碍。[61]也正因此，中国民

---

61 Joan Judge, "Print and Politics: 'Shibao'（The *Eastern Times*）and the Formation of the Public Sphere in Late Qing China, 1904-1911", Ph. D, Columbia University, 1993. p. v.

间社会研究逐渐走进英语世界清末民初学界的研究视野，其中以美国史学家为突出代表，如冉枚烁（Mary Backus Rankin）、罗威廉（William Row）、全戴维（David Strand）等。季家珍指出这些史学家都以哈贝马斯的"公共领域"的理论为研究基础，但是同期的中国学者却没有关注到"公共领域"理论在新闻界的价值。

论文分为六部分，共九章。第一部分由第一、二章构成，主要对《时报》进行了简单介绍，并对当时的社会背景进行了分析。在第一章中，作者对革命派在探索增强市民话语力量上展开了研究。在季家珍看来，中国社会被分成两个群体——"官"与"民"，即统治者与被统治者的关系。在这种关系下市民在公共事务中参与度不高，为改变这一局面，"宪政改革派试图减少朝廷权力和扩大民众政治参与"[62]，《时报》应运而生。为了发挥市民话语力量，改革派从政治话语和社会话语中寻求力量源泉。季家珍指出，改革派的政治和社会话语都具有外来成分，他们将新的政治主张与中国传统旧文化价值观融合在一起，这使得改革派话语实现了各种因素的平衡。[63]面对清政府的专制统治，革命派采取了两种应对措施：一是扩大公开原则，二是促进公共领域制度化。而后者在季家珍看来，是"在传统权力结构之外建立一个新的政治行动的舞台，在那里可以培养政治势力，捍卫国家权利，并不顾朝廷阻挠推进宪法方案。"[64]

第二章作者主要探讨了晚清报纸的发展与公共领域的关系。季家珍将晚清新媒体的发展分为两个阶段。在第一阶段中，报纸呈现了两个鲜明特征：一是此期报纸由外国人和外国利益主导；二是此期报纸具有非政治倾向。在第二阶段中，这些报纸的最大特征是极具民族主义特色，即他们是革命的产物。此期报纸无论是数量还是地域都出现了戏剧性扩张，同时越来越多的报纸不再由外国主导。季家珍认为《时报》是改革派报纸的继承者，《时报》的记者主要是具有批判意识的新精英，他们接受过优秀的传统教育，是世家大族的后代，但是却"拒绝走官僚道路"，他们是传统与现代的"过渡人"。在作者看来，《时报》对读者的影响推动了晚清公共领域的形成与发展，《时报》通过不断

---

62 Joan Judge, "Print and Politics: 'Shibao' （The Eastern Times） and the Formation of the Public Sphere in Late Qing China, 1904-1911". ibid. p. 1.

63 Joan Judge, "Print and Politics: 'Shibao' （The Eastern Times） and the Formation of the Public Sphere in Late Qing China, 1904-1911". ibid. pp. 3-4.

64 Joan Judge, "Print and Politics: 'Shibao' （The Eastern Times） and the Formation of the Public Sphere in Late Qing China, 1904-1911". ibid. p. 6.

发展读者群体，使他们产生民族意识并愿意参与到政治建设进程中来。

第二部分由第三章和四章构成，从宪政话语出发对传统官员与市民的关系进行了分析，描述了两者关系的理想状态。在第三章中，作者围绕"民权"和"民主"两大主题阐释了现代宪政话语体系下社会管理者与被管理者两大群体之间的关系。早在 20 世纪初革命派就创造了现代宪政话语，其中"民权"是该话语体系中的核心概念。在季家珍看来，改革派仅仅认识到民权的扩张是限制皇权的手段，但是没有将民权扩张与推翻清政府联系起来，仍保持原有的权力结构。[65]季家珍认为，要避免国家陷入无政府状态和专制独裁局面，最好的方式就是赋予人民基本宪法权利，但是晚清中国市民的权利观念薄弱，权利认识不足。季家珍对宪政制度化的重要性展开研究，指出"宪政改革派试图通过法治和使新兴的不断扩大的政治公共领域制度化对清政府进行检查和监督"[66]。改革派认识到，政治言论自由有助于发展具有活力和纪律性的社会公共舆论。改革派从国家制度层面和地方制度建设层面分别采取不同的措施促进言论自由。在国家制度层面，建立国民议会；在地方制度建设层面，地方自治成为地方公共领域制度化建设的选择。

在第四章中，季家珍对中国民本思想进行了详细研究。孟子的思想为《时报》记者提供了大量的理论渊源。季家珍指出，记者们运用中国传统思想，不仅是为了促进他们的现代政治观，更是为了确定他们认可的支撑新政治的道德准则。季家珍主张公共舆论不仅是现代宪政话语体系中的重要内容，也与古代宪政话语体系有着千丝万缕的联系。在国家建设与发展中，普通市民发挥着重要的基础性作用，他们甚至是立国之基。但是季家珍以其独特的视角关注到中国市民的奴根性，认为他们难以在公共舆论中发挥重要作用，因此，重塑社会与国家的关系，改造"新国民"就成为公共领域建设的重要内容。

第三部分由第五章和第六章构成。在本部分中，季家珍主要从"国民"与"国家"角度出发，对国民与国家之间的关系重新进行界定，打破传统认知，重构了君民关系。季家珍在研究中首先对君民之间的传统依赖关系提出批评，并指出《时报》记者也在不遗余力地推动这种关系的重构。季家珍主张从国民教育和公共道德方面锻造新国民，因而教育制度的改革成为改革派关注的重

---

65 Joan Judge, "Print and Politics: 'Shibao'（The *Eastern Times*）and the Formation of the Public Sphere in Late Qing China, 1904-1911". ibid. p. 74.

66 Joan Judge, "Print and Politics: 'Shibao'（The *Eastern Times*）and the Formation of the Public Sphere in Late Qing China, 1904-1911". ibid. p. 97.

点。最后，作者从市民政治参与制度化层面指出市民在国家基层建设中的作用主要通过政治参与和地方政府自治两种方式来实现。

第四部分由第七章和第八章构成，主要讨论了公共原则如何对政治和普通民众产生影响。在第七章中，作者主要对舆论建构出的新空间展开探讨。在作者看来，舆论既扮演了历史推进器的角色，又作为新的政治法庭出现在社会中。报纸编辑代表的模式即大众代表模式，他们作为新的舆论传播者，他们肩负着以下责任：谴责官方代表模式的无效性、对精英群体能力缺陷提出批评以及精准客观地进行报道。但是季家珍也指出，《时报》记者考虑到20世纪初中国社会舆论的现状，他们不得不超越报道客观事实的限制，借助媒体的力量来唤醒公众的意识与行动。除了记者，官方代表也采用了这种舆论方式。在季家珍看来，舆论的作用不可阻挡，并具有不可替代的重要作用，因为它迟早会征服或推翻各种专制制度。舆论是历史发展的推动器，也是政治结构改变的主要助力。季家珍认为，在反对专制主义的原则下，在政治统治合理化为终极目标的前提下，这种不可抑制的力量将推动中国从封闭的王朝统治世界走向开放的公共政治领域。[67]

在第八章中，季家珍主要分析了《时报》如何对普通百姓产生影响。首先，季家珍认为，改革派面临的最大困难不是西方的坚船利炮或先进技术，也不是制度重构和宪法的制定，而是普通百姓。[68]作者揭露了持久的精英主义给普通百姓带来的影响主要是父权制和愚民政策对百姓的负面影响，而这种影响阻碍了百姓参与政治改革。其次，季家珍分析了改革者为化解这一局面而采取的行动，如设计文化译介与协商的策略，以期将百姓纳入改革的进程中来。最后，作者将报人界定为百姓诉苦的新渠道。在报纸和报人建构的新空间里，百姓的诉求得以表达。

第五部分为第九章。在本章中，季家珍从制度化层面对公共领域展开研究，指出制度化的具体措施就是改革派不断探索建立官方的"实践基础"。改革派政治视野的广度不断扩张，他们将离散的、多层次的问题联系起来，逐步建立抗清政治舞台。改革派对晚清政府的官制改革颇为不满与失望，他们要求将统治者与被统治者联系起来，确保公民参与政治。组织宪政会议是改革派采

---

67 Joan Judge, "Print and Politics: 'Shibao'（The *Eastern Times*）and the Formation of the Public Sphere in Late Qing China, 1904-1911". ibid. p. 275.

68 Joan Judge, "Print and Politics: 'Shibao'（The *Eastern Times*）and the Formation of the Public Sphere in Late Qing China, 1904-1911". ibid. pp. 289-290.

取的第一项行动。1907 年的苏州—杭州—宁波铁路危机为议会的建立提供了契机。季家珍通过研究发现，随着铁路维权运动的发展，改革派越来越清晰地认识到，他们实行宪政改革和恢复民族权利的两个目标是密不可分的。[69]此时，在《时报》的倡导下，省议会应运而生。但是这些机构在社会中起到的作用有限，最终也不得不接受辛亥革命的妥协。季家珍认为改革派的各种运动为中国社会带来了诸多积极影响，比如"晚清改革派改变权力运行原则的努力绝非失败"，"人民力量空前地被动员起来，社会中出现了各种反对铁路集权的运动，国民议会迅速召开"。[70]

在第六部分结语中，季家珍指出，晚清的灭亡并没有使民国时期的公共政治进入新纪元。在季家珍看来，改革派在 20 世纪初在促成更具对抗性的政治模式方面发挥了重要作用，但是改革派在中国民主政治建设中发挥的作用有限。她将这种局限性归因于中国历史上没有这种先例。[71]清末公共领域在 20 世纪初得到了极大扩展，因为以前被禁止和未开发的地区——从朝廷的"稀薄高地"到"与世隔绝"的乡村深处——成为了公共领域的新阵地，而新闻界在其中起到了不可忽视的重要作用。

（二）《印刷与政治》之评介与特点

季家珍的这篇博士论文以《时报》为例，从公共领域视角解读晚清报纸的发展与变化，呈现出报纸在政治空间领域的作用。该文主要有以下几点值得关注：

首先，研究视野新颖。季家珍从公共领域视角出发建构了《时报》的政治格局，锻造出了新的空间领域，而这一空间的发展又进一步拓展了晚清民国报纸研究的范畴。季家珍将《时报》作为研究晚清社会的重要材料，是因为《时报》被视作彼时各种社会话语和行为的缩影。《时报》揭示了新文化方式的协商路径与传统政治实践的转型。季家珍从政治公共领域的视角考察《时报》，能够帮助我们对 20 世纪初的中国有一个更客观的认知，而这一阶段曾经往往被武断地视为王朝的衰落、1911 年辛亥革命的先声，或者是观念的过渡时期。

---

69 Joan Judge, "Print and Politics: 'Shibao'（The Eastern Times）and the Formation of the Public Sphere in Late Qing China, 1904-1911". ibid. p. 351.

70 Joan Judge, "Print and Politics: 'Shibao'（The Eastern Times）and the Formation of the Public Sphere in Late Qing China, 1904-1911". ibid. p. 372.

71 Joan Judge, "Print and Politics: 'Shibao'（The Eastern Times）and the Formation of the Public Sphere in Late Qing China, 1904-1911". ibid. p. 374-375.

季家珍的研究为我们提供了认识此期的一个新视角。她将清朝统治的最后几年视作特殊历史时期，使我们发掘有关这一阶段社会、政治、文化形态的新问题，为我们反思 20 世纪初中国的社会发展开辟了新路径。

其次，研究方法独特。季家珍的研究深受当代西方史学研究的影响，其研究视野对中国学者产生了重要影响，为国内学界提供了新的研究致思。季家珍在文中广泛运用新文化史的研究方法，使得其文在英语世界众多上海史著作中独具特色，并为后来的学者提供了很好的研究基础。不同于传统史学和新史学研究方法，作者在研究中不再局限于宏观概念，而是深入强调普通民众的日常生活和社会发展的具体事实。该文可谓小切口大纵深的史学研究佳作。作者以《时报》为研究基点，融入文化史、政治史和社会史，为读者呈现了晚清上海报纸与报人发展的全貌，呈现出报人在锻造新国民方面的重要作用、报人与晚清社会各阶层的关系及立宪派报人游走于中西方文化之间的动态关系，这对从事相关研究的学者来说具有重要价值。季家珍采用新文化史的研究方法，在研究主题上摒弃了或政治或经济等单一元素，寻求各因素之间的互动过程，使政治与社会、文化相融合，凸显出《时报》在中国公共领域建构中的独特作用。这也使得本书成为令人耳目一新的史学佳作，对英语世界和国内研究都产生了不小的影响。

最后，大胆的理论建构。本书另一特点是季家珍运用"中间地带"（intermediate zones）的理论为"公共领域"理论增添新的研究思维。自从 20 世纪 90 年代哈贝马斯提出"公共领域"概念后，在学术界引起广泛讨论，关于该理论的研究也不断发展变化。西方史学研究者将该理论运用到对中国历史的研究中，如罗威廉、冉枚烁、全戴维、魏斐德、黄宗智等。这些学者在研究中对中国是否存在"公共领域"各执己见。其中，黄宗智提出"第三领域"的观点，避开"公共领域"适用性问题的纠缠，而季家珍建构出"中间地带"来研究晚清中国社会，这与黄宗智的选择颇为相似。季家珍不再止步于对宏观理论的讨论与应用，而是回归到问题本身，从对具体对象的研究中演绎出新的理论。在季家珍的研究中，"中间地带"主要出现在社会不同阶层、中西方文化、传统与现代、保守与激进、君与民之间等。

尽管季家珍的这篇论文有颇多优点，但仍有少许可商榷之处。首先，季家珍在文中缺乏对必要概念的界定。虽然她采用新文化史的研究方法，不从宏观概念出发，但是对重要概念和理论界定的缺乏容易引起读者误解，尤其对不具备相关学术背景的学者来说更是困难。季家珍在该文中运用"公共领域"和"中间地带"理论时应先对其背景及理论进行补充和阐释。又如，她在文中提出了成为新政论空间的"新型出版业"，但是并未对"新型出版业"进行概念界定与内涵阐释，同时也缺乏详细的建构过程与逻辑分析，仅仅提出最终结果，因而削弱了其说服力。其次，该文虽研究视野新颖，但是其研究主题缺乏广阔的社会历史背景为其做支撑。且该文仅依据《时报》一种报纸就提出报纸构建的"公共领域"这一概念，略显武断与狭隘。从理论创新来看，季家珍的"中间地带"仍在哈贝马斯和社会文化史学的框架内，并未完全脱离旧的研究体系。尽管季家珍的博士论文有如上缺陷，但瑕不掩瑜，其文的学术价值依旧值得国内学界正视。

二、梅嘉乐 *A Newspaper for China? Power, Identity, and Change in Shanghai's News Media, 1872-1912* 研究述评

梅嘉乐（Barbara Mittler），德国汉学家，德国海德堡大学"全球背景下的亚洲和欧洲：文化流动中的不对称变化"研究英才小组（Cluster of Excellence）主任，海德堡大学亚洲文化研究中心副主任，海德堡大学汉文研究教授。自2008 年以来，梅嘉乐与加拿大约克大学教授季家珍致力于海德堡研究架构的合作，还组建了一个涉及妇女杂志（女性杂志数据库）的独立数据库，数据库涉及娱乐杂志、文学杂志，中国早期期刊也纳入其中。梅嘉乐著作等身，其代表作有：《20 世纪中国女性与报刊出版：中国女性自己的空间？》（*Women and the Periodical Press in China's Long Twentieth Century: A Space of Their Own?*）、《从都市报纸看上海人形象和声音》（*Voice and Image of the Chinese Shanghailander as Seen from the City's Newspaper*）、《旧词新义：中国妇女杂志中的"新女性"与"新男性"》（*Portrait of a Trope: New Women and New Men in Chinese Women's Magazines*）等。梅嘉乐丰富的学术经历和独特的他者视角向我们展示了一个开放多元的英语世界汉学研究体系，建构了跨文化研究视域下中国文化研究的新气象。

（一）《一份为中国而生的报纸？上海新闻媒体的力量、认同和变迁，1872-1912》之体例及内容

《一份为中国而生的报纸？上海新闻媒体的力量、认同和变迁，1872-1912》（以下简称《一份为中国而生的报纸？》）于 2004 年由哈佛大学亚洲中

心出版，并由哈佛大学出版社发行，是梅嘉乐特许任教资格[72]（Habilitation Thesis）论文。全书框架结构大致为：致谢、缩写、前言、主体部分、结语、附录、参考书目（包括引用文献、《申报》文章引用列表、索引）。其中主体部分共六章，分为两部分，分别从"创造媒体"和"阅读媒体"全方位阐述上海新闻媒体的力量、认同和变迁。作者使用现象学（phenomenological approach）的研究方法，把"报纸作为文本组织客体而非事实的集合"[73]，分析媒体如何在中国发挥作用，以及为什么变得强大。

前言部分主要讨论了 1872-1912 年中国公共领域的形成和发展，从国内外不同的视角对新兴事物"报纸"进行了定义，并讨论了报纸的力量。她认为，当时的报纸处于"独立者"地位，是社会管控的空白部分，宛如"法外之地"，即使在国家对公共领域管控严格的时代，报纸依旧保持着其独立性，并成为众多中国文人志士发表言论、传达思想的首选阵地，报纸是产生大众舆论最重要的方式。

梅嘉乐在其中分析了新闻媒体的影响力。首先，于中国官员和朝廷而言，这股力量的影响主要体现在报纸与他们的相互关系上。一方面，朝廷和政府官员畏惧媒体的力量，惧怕报纸煽动革命。另一方面，政府官员不仅通过阅读报纸了解外国事物，增长见识，更重要的是，也利用报纸达到自己的目的。第二，媒体的力量也对外国产生一定程度的影响，这从外国对中国报纸的模糊态度上可见。一方面，外国认为报纸发源于他们，自然希望这种媒介的力量能够对中国产生深远影响。但另一方面，他们又担忧中国记者和编辑利用报纸的力量反抗他们。纵观报纸的力量，暂且不论其是否进化成民族主义或促成中国民族主义的产生与发展，或者是否形成一股强有力的社会革命力量，毋庸置疑，它已经形成了一股"无形的力量"[74]。

在第一章中，作者从外国报纸如何实现本土化入手，探讨中国新闻发生的转变。梅嘉乐首先从报纸的外部特征入手，探寻报纸版式和形式上的改变。其次，体裁变异也是推动外国报纸本土化的方式。运用中国文学风格创造出一种新的报章写作风格，即晚清时期普遍流行的一种新的"新闻报纸散文"，也被

---

72 特许任教资格：学者在欧洲及亚洲的一些国家可以取得的最高学术资格。在设有该资格的国家，只有获得该资格方能被视为具有指导博士生的能力。

73 Barbara Mittler, *A Newspaper for China? Power, Identity, and Change in Shanghai's News Media, 1872-1912.* Cambridge: Harvard University Press, 2004. pp. 413-414.

74 Barbara Mittler, *A Newspaper for China? Power, Identity, and Change in Shanghai's News Media, 1872-1912.* ibid. p. 39.

称为"新闻体"。她指出:"使用中国形式而非外国形式书写报纸是另外一种让中国人接受外来报纸的方式:写作方式的熟悉赋予文本某种程度的可预期,让人感知正在阅读的内容,这对于介绍一些外来事物是非常重要的。"[75]从论述方式而言,《申报》社论在字数、行数、排比等方面与八股文略有不同,但究其本质与核心结构,二者相差无几。而所谓的"新评论"实则仍然采用传统的写作方式,本质上是"旧瓶装新酒"。梅嘉乐还对梁启超写作新风格的特征与《申报》的写作风格进行对比。通过对梁启超和《申报》文章中语气词、比喻、引言、韵律变化等特征的分析,作者认为,《申报》作家采用这些写作方式甚至比梁启超还早。[76]在他看来,"商业报纸在成为一种新式报纸的过程中,可能在形成一种新的写作风格方面发挥了与梁启超同样甚至更为重要的作用。在梁启超独树一帜的写作中,他并没有创造出这种严重依赖于传统形式特征与非传统内容分离的风格,仅仅只是对其进一步完善"。[77]

第二章讨论了中文报纸的权威性与多样性。从过去官媒作为唯一权威来源到报纸具有多种信息来源,人们的生活发生了巨大的改变。梅嘉乐肯定了报纸随着社会变革而改变的趋势,大量"引经"的报纸反过来促进经济和文化的改变,成为改革的倡导者和先行者,从而证明了改变写作方式适应中国的合理性。梅嘉乐并不认同新文化运动所倡导的——对传统经典的依赖是社会变革的阻力。报纸中几乎每一次使用引文或典故,就会在新文本与旧习语之间产生"化学反应",通过引经据典,作者可以获得权威性。[78]梅嘉乐通过对《申报》中有关贸易和教育的文章解读,指出报纸通过"引经"强调贸易和教育的积极作用。报纸呈现出一种支持革新、反对保守的进步态度,引经的形式多种多样,但都指向一个共同的目标——托古证今。她认为:"用熟悉的外衣包裹新思想,内容越不传统,语言就越传统。"[79]《申报》记者对经典的重译和建构,使经典具有新的意义,同时对新语言的形成产生影响。《申报》的文本表明,它不是

---

75 Barbara Mittler, *A Newspaper for China? Power, Identity, and Change in Shanghai's News Media, 1872-1912*. ibid. p. 54.

76 Barbara Mittler, *A Newspaper for China? Power, Identity, and Change in Shanghai's News Media, 1872-1912*. ibid. p. 109.

77 Barbara Mittler, *A Newspaper for China? Power, Identity, and Change in Shanghai's News Media, 1872-1912*. ibid. p. 113.

78 Barbara Mittler, *A Newspaper for China? Power, Identity, and Change in Shanghai's News Media, 1872-1912*. ibid. p. 129.

79 Barbara Mittler, *A Newspaper for China? Power, Identity, and Change in Shanghai's News Media, 1872-1912*. ibid. p. 169.

外国报纸的翻版，也不是中国人被动接受的客体，而是试图成为一份真正的中国报纸。

第三章以《申报》重印《京报》为例讨论了报纸是否促使中国政权走向社会、走向大众。作为促使西式报纸中国化的一种方式，梅嘉乐主要分析了将《京报》内容纳入"新报"的原因及其影响。原因主要有：第一，《京报》和"新报"都有相同的阅读群体，包括乡绅、官员、文人和商人；第二，英国报纸有宫廷新闻这一板块，因此《申报》也希望刊登中国宫廷新闻，而《京报》中的宫廷新闻正好满足这一需求；第三，早期新闻资源不够丰富，借此填充版面；第四，把《京报》内容纳入《申报》，能够增强其权威性。"新报"对《京报》持双重态度：既重视《京报》的价值，又视其为竞争对手。而重印《京报》对两者都有一定的积极影响。一方面，"新报"重印《京报》使其获得权威地位。"通过重印《京报》内容，《申报》发布了《京报》的'第二真相'。朝廷信息可能被挤压在公告和社论之间，报纸的社论排在法令之前，《京报》的信息被重新建构。读者对《京报》文本在'新报'的重现眼前一亮，此种举措将读者从过去官报的正统诠释解放出来，使之有能力用新的方式解读世界。"[80]另一方面，《申报》重印《京报》内容对《京报》也有一定的积极作用，不仅为官报提供一种全新的模式，而且使《京报》成为更加有用的工具。

如果说梅嘉乐在第一部分中是从技术性层面解读上海报纸，那么在第二部分中，她则从阅读层面解读上海报纸。具体而言，作者主要从女性读者层面、报纸中的上海及上海人特征以及报纸中的民族主义特征三个方面进行阐释。

第四章论述了这一时期女性身份的构建，从报纸女性读者的角度出发论述此期报纸的发展与女性社会地位、女性思想解放等之间的相互关系。她不仅将女性作为报纸描述的客体，同时也将女性作为受众主体展开研究。作者以"读者反应批评"为理论基础，指出晚清时期真实读者和隐含读者之间存在的差异性，而女性读者正是作为隐含读者被纳入公众阅读群体范围。早期的女性广告并不直接针对女性读者，而是以男性为主导，女性通过丈夫"阅读"信息。直到 19 世纪晚期到 20 世纪初，女性广告才开始发生质的改变——它们开始直接针对女性读者，不再通过男性向女性传递广告内容。梅嘉乐观察到，民族存亡之际，女性通过一定形式参与到民族事业中，例如通过改变消费模式参与

80　Barbara Mittler, *A Newspaper for China? Power, Identity, and Change in Shanghai's News Media, 1872-1912*. ibid. p. 241.

反美运动。此期关于女性苦难的报道仍然占据主导，但是女性读者的评价和建构却在不断变化，她们开始利用报纸发声，进行反抗。然而，梅嘉乐指出尽管新闻媒介中的隐含女性读者逐步走向公众视野，但是她们的形象构建仍然受到诸多限制。一方面，社会底层女性作为媒体报道的客体，主要目的是吸引男性读者；另一方面，即使以改革者形象出现在报纸中的女性也被限定在特定话题。梅嘉乐认为："新闻媒体中女性形象的构建置于性别规范中：女性并不是自由的女性，社会和家庭的期待以及民族的希望成为扮演新女性角色的束缚。"[81]由此可见，中国媒体新女性形象的建构一直都处于传统与现代的挣扎中，作家一方面认可传统观念和价值体系，另一方面又试图构建现代女性价值观念。

在第五章中，梅嘉乐将上海报纸视作价值连城的城市指南，通过对上海报纸中的广告、诗歌和社论解析明确指出上海城市、上海人具有双重性。在她看来，身处中西文化漩涡中的上海人想要调和两者的矛盾是非常困难的，因为这些人不断受到西方思想和事物的影响，有些人甚至具有双重身份。不过，多重身份的上海人也为时代带来有益的改变——他们成为中国现代化进程中不可或缺的重要人物，促成中国现代文明的形成。上海报纸鼓吹上海城市魅力的同时，也揭开了上海人的苦痛。报纸中对城市多重性的描述也同样是上海人对自身身份危机意识的映射。正是由于这种身份危机意识，上海人成为了中国现代化的先行者以及其他城市民众效仿的对象。这也印证了为什么上海报纸的阅读群体是整个国家而不仅仅是上海人。

在第六章中，梅嘉乐通过对《申报》1900-1925 年间一系列有关中西冲突的重大事件分析中国报纸的民族主义话语，并着重解读报纸如何影响中国民族主义的形成及改变。作者认为，虽然受到外国民族主义模式的启发，中国报纸在晚清民初却构建了特有的民族主义模式——中国报纸中的民族主义带有典型的"闭关自守"特征，并且责难自身多于攻击他人。[82]从早期报纸的"沉默"到后来的"革命武器"，报纸"检讨自身"的情绪，"反省自我"的态度总是贯穿在国力衰弱、民族危亡的背景之下，与街头"民族主义"形成强烈反差。

---

81 Barbara Mittler, *A Newspaper for China? Power, Identity, and Change in Shanghai's News Media, 1872-1912.* ibid. p. 307.

82 Barbara Mittler, *A Newspaper for China? Power, Identity, and Change in Shanghai's News Media, 1872-1912.* ibid. p. 362.

结语部分作者认为外国媒介并没有拥有自己宣称的强大力量。该书试图探讨报纸如何适应中国本土环境，成为构建中国公共领域、民族主义以及民众身份的有力工具。然而梅嘉乐通过对材料的解读明确指出，媒体并没有直接完成这些使命。报纸创造了语境，但是他们并没有提供改变和革命的文本。因此，作者认为，学者应该警惕把晚清时期发生的改变归功于媒体的兴起这一论述，而忽略新闻书写什么以及如何书写。[83]

（二）《一份为中国而生的报纸？》之"他者"评介及特点

出版于 2004 年的《一份为中国而生的报纸？》是以由英国商人美查在 1872 年创立的一份上海报纸——《申报》为主要研究对象，论述外国报纸是如何通过改变自身来"取悦"中国读者，实现"本土化"。英语世界学者集中研究早期中国报纸的专著并不多见，该专著系统地研究了商业报纸的内容、在历史上的角色定位及其影响力，从某种意义上填补了英语世界研究的空白。迄今为止，在英语世界中国报纸研究领域，似乎还没有其他专著聚焦于这一问题：报纸在晚清是如何被中国人所接受，进而获得一定的地位，而地位的取得是否使得报纸有效地改变了中国的现代化进程，塑造了中国的历史。梅嘉乐的这本论著正好弥补了这一空白，成为英语世界甚至是全世界研究中国报纸及《申报》的重要资料。英语世界诸多学者对该书进行过研究与评价，其中加拿大学者季家珍、美国学者芮哲非和洪长泰的评述颇具代表性。中国香港学者冼玉仪也对此书发表了独到的见解。

加拿大学者季家珍[84]高度赞扬了该专著，认为它对《申报》的研究细致入微、鞭辟入里，给读者诸多思考。她指出，梅嘉乐在结语部分坚定地指出"媒体实际上很少或根本没有影响力"，反对"新媒体具有无所不在的影响力"[85]。季家珍认为，针对"新闻究竟是妇女运动的催化剂、反帝国主义冲突的煽动者还是激进民族主义的根源"这一问题，梅嘉乐通过对错综复杂的文化、文学修

---

83 Barbara Mittler, *A Newspaper for China? Power, Identity, and Change in Shanghai's News Media, 1872-1912*. ibid. p. 418.

84 季家珍（Joan Judge）：加拿大约克大学历史系教授，关注中国近代文化史、报刊史、妇女史等，著有专著《历史宝筏：过去、西方与中国妇女问题》《印刷与政治：〈时报〉与晚清中国的改革文化》《民国镜像：早期中国期刊中的性别、视觉和经验》等。

85 Joan Judge, "The Power of Print? Print Capitalism and News Media in Late Qing and Republican China" in *Harvard Journal of Asiatic Studies*, Vol.66, No.1, 2006. p. 248.

辞手法和报纸文本进行研究，试图给读者一个明确的"简短的回答"。然而，尽管作者试图追求一个明确的单一的答案，但是纵观全书，读者的感觉是"历史变化是多方决定的结果：意料之外的后果与复杂关系的层叠"。[86]此外，季家珍着重评述了梅嘉乐特别关注的两个领域——晚清政治革命和女性生活，因为在这两个领域中报纸的作用是显而易见的。季家珍指出，虽然梅嘉乐明确表示其在研究民族主义时，将报纸的范围限定在商业出版，但是季家珍认为更准确地说是限定在《申报》上。[87]关于新闻媒体是否单独创造了"新女性"这一问题，季家珍认为可能不是。她认为关键在于如何定义"新女性"。如果将"新女性"定义为革命组织参与者或妇女参政权论者（suffragettes），新闻媒体的力量就没有那么大；如果将"新女性"定义为在卫生、家务管理和教育等方面受到新言论影响的妇女，新闻媒体就是一股强大的力量。[88]季家珍认为梅嘉乐的研究对晚清妇女史研究具有重要贡献。梅嘉乐描述了 19 世纪 70、80 和 90 年代不同时期报纸对女性问题的讨论，其讨论的激烈程度呈现逐渐上升的趋势。最后，季家珍指出，该书除了民族主义部分，处处体现多元化元素，比如作者证明了《申报》不是采用一种编辑策略写成的，传统的叙述策略被用作多种目的，她对上海及其居民的看法也是多元的、矛盾的。季家珍也指出书中的不足之处，认为梅嘉乐对书中某些问题解释不清，而这些问题可供未来学者进一步探讨，比如《申报》的背景，包括为其编辑和写作的男性，以及为其撰写诗歌并激发许多文章创作灵感的女性。[89]

　　美国学者芮哲非（Christopher A. Reed）[90]指出，关于中国印刷媒体历史和影响的学术研究在过去已经引起了广泛的关注，但是这些作品大多集中在媒体作为政治、经济和社会活动的"背景"上，鲜少关注报纸文本，而该书则侧

86　Joan Judge, "The Power of Print? Print Capitalism and News Media in Late Qing and Republican China". ibid. p. 248.

87　Joan Judge, "The Power of Print? Print Capitalism and News Media in Late Qing and Republican China". ibid. p. 248.

88　Joan Judge, "The Power of Print? Print Capitalism and News Media in Late Qing and Republican China". ibid. p. 249.

89　Joan Judge, "The Power of Print? Print Capitalism and News Media in Late Qing and Republican China". ibid. p. 251.

90　芮哲非（Christopher A. Reed）：美国俄亥俄州立大学中国现代史副教授，中国商业历史研究小组成员，《20 世纪中国》的主编。主要研究中国出版文化历史，著有《古登堡在上海：中国印刷资本业的发展，1876-1937》（*Gutenberg in Shanghai: Chinese Print Capitalism, 1876-1937*）一书。

重于"文本而不是语境",从文学视角挖掘了媒体、文本和阅读方面的学术特性。他认为,这本书具有很强的"跨学科"特质。[91]芮哲非在对《申报》进行简要介绍后,从该书的核心问题出发,分析梅嘉乐是如何阐释其书中观点的。芮哲非认为该书最核心的问题是"中国现代媒体的影响力到底有多大,尤其是《申报》"。围绕这一核心问题组成全书六章,前三章通过考察外国媒介的变迁、知识分子在外国媒介中的作用和《申报》对朝廷官员及官报的影响来探讨通商口岸西式中文报纸的创办,后三章则分析了报纸对女性读者的影响、对上海人的重要性和《申报》与民族主义的关系问题。芮哲非认为梅嘉乐在阐释报纸如何吸引中国人时,主要讨论了早期《申报》如何通过其"文学性"(literariness)这一特性来吸引中国人,这也进一步体现了前文中所述的该书的一大特征——侧重文本研究。最后,芮哲非指出书中存在的两点不足。首先,梅嘉乐在书中强调,美查对《申报》的影响持存至其去世,即使在他离开中国后影响力也一直存在,但是作者并没有进一步解释这种外资所有权是如何影响报纸社论的,而社论又正是该书主要材料来源之一。[92]其次,该书副标题中的时间范围是1872-1912年,但是作者在第六章"民族主义"研究中却涵盖了1900年"义和团运动"至1925年的"五卅运动"之间发生的所有与民族主义相关的事件,这一点似乎并不恰当。

美国学者洪长泰(Chang-Tai Hung)[93]评价该书是研究近代中国报纸的重要读物。与其他学者一样,洪教授也指出该书的一个重要特征——不涉及社会和文化方面,也不涉及中国报纸制度的内容,重点研究《申报》的风格、修辞手法和读者群体。他认为从该书中,读者可以清楚地了解到《申报》文本写作的变化过程,这一点得益于梅嘉乐对报纸写作风格变化的敏锐观察。也正因此,她才会质疑多数学者主张的是梁启超创造了"新文体"的观点,指出《申报》的"新文体"文章比梁启超早出许多年。[94]另外,洪长泰提出了三点批评

91 Christopher A. Reed, "A Newspaper for China? Power, Identity, and Change in Shanghai's News Media, 1872-1912(book review)" in *The Business History Review*, Vol.79, No.1, 2005. p. 185.

92 Christopher A. Reed, "A Newspaper for China? Power, Identity, and Change in Shanghai's News Media, 1872-1912(book review)".ibid. p. 185.

93 洪长泰(Chang-Tai Hung):曾任美国卡尔敦大学副教授、教授,现任香港科技大学人文学部教授。获得美国哈佛大学宗教学硕士学位和历史学博士学位。

94 Chang-tai Huang, "A Newspaper for China? Power, Identity, and Change in Shanghai's News Media, 1872-1912(book review)" in *China Review International*, Vol.12, No.1, 2005. p. 204.

意见：第一，作者此书主要是针对《申报》的研究，而不是对上海出版媒体的全面考察，有限的证据和材料不能支持她的论证；梅嘉乐在书中主要对《申报》进行了研究，像《东方时报》和《女子报》等报纸仅仅简要提及，尚未做详细研究。她在没有对上海报纸做全面研究的基础上就提出"中国妇女运动既不是由妇女杂志发起的，也不是由妇女报纸发起的"这一观点，这是站不住脚的。[95]第二，梅嘉乐自身并不仅仅满足于阅读文本，而是渴望评估上海报纸与杂志的权力与影响力，但要令人信服地论证这样一个问题，仅靠文本分析是远远不够的，甚至在书的后面，她自己承认"新闻的力量不能通过报纸的文本完全掌握"[96]。洪长泰提出，要想研究新闻的力量，"必须讨论与背景有关的话题，包括《申报》是如何传播的，它吸引读者的条件是什么，以及它是如何汇聚在一起形成了我们称之为舆论的那种难以捉摸的力量的"。[97]第三，梅嘉乐低估了衡量媒体影响力的难度。洪长泰认为，即使使用了民意调查等现代技术，也很难衡量媒体的力量。若想证实媒体对社会的影响，必须拿出更令人信服的数据来支撑结论。最后，洪长泰指出，虽然这本书存在颇具争议的结论，但是该书的价值不在于书的结论，而在于梅嘉乐对《申报》资料的详尽分析。

中国香港学者冼玉仪（Elizabeth Sinn）[98]认为该书内容丰富，不乏学术趣味，不仅有利于学者重新评估报报在中国的作用，还将帮助许多挖掘《申报》资料的历史学家重建清末历史。冼玉仪在对该书章节结构进行简短介绍后，就指出梅嘉乐主要提出两个新见解。其一是报纸的力量。梅嘉乐认为以外国报纸为蓝本的《申报》具有两个宏伟目标：启民智和为民发声，当时许多读者都认为这些目标理所当然已经实现，但梅嘉乐的分析却表明，理想与实践、目标和实现之间存在着巨大的差距，因此必须重新审视"《申报》实绩"（*Shenbao* real achievements）的限度，从而重新审视其"力量"（power）的限度。[99]其二是报

95　Chang-tai Huang, "A Newspaper for China? Power, Identity, and Change in Shanghai's News Media, 1872-1912（book review）".ibid. p. 205.

96　Barbara Mittler, *A Newspaper for China? Power, Identity, and Change in Shanghai's News Media, 1872-1912*. ibid. p. 418.

97　Chang-tai Huang, "A Newspaper for China? Power, Identity, and Change in Shanghai's News Media, 1872-1912（book review）". ibid. p. 205.

98　冼玉仪（Elizabeth Sinn）：香港大学亚洲研究中心教授，主要从事香港社会和文化研究。

99　Elizabeth Sinn, "A Newspaper for China? Power, Identity, and Change in Shanghai's News Media, 1872-1912（book review）" in *The American Historical Review*, Vol.110, No.2, 2005. p. 452.

纸的被动性。梅嘉乐质疑"报纸纯粹是新事物的化身"的观点，指出《申报》为了克服其异域性，便于中国读者接受，采用了多种手段实现本土化。在当时的社会环境下，"报纸非但没有像人们普遍认为的那样成为变革的发动机，反而采取了谨慎的做法"，[100]它只是被动地对革命作出反应。此外，冼玉仪指出该书的一大特征就是，梅嘉乐对《申报》的多元性特征进行了详细的描述。不同于季家珍分析《申报》的多元性特征，冼玉仪从报纸参与者的角度阐述，"毕竟，商业报纸是许多参与者表达意见的场所，广告商、编辑、特约作者和记者都在其中"。[101]最后，冼玉仪指出梅嘉乐应该对《申报》的背景进行更深入的研究，比如增加关于编辑委员会的研究、《申报》主要作家的研究等，进而有益于强化作者对报纸文本的分析。

　　该专著内容丰富，资料详尽，观点新颖，颇具创新性。梅嘉乐的研究特色就是立足文本。她挑选文本的具体方法是：研究时段（1872-1912）内每隔五年，看一整年的报纸；之间没有抽到的年份，读正好看到或从其他来源处得知的文本；读其他报纸如《新闻报》《北华捷报》《时报》《时事新报》《民呼日报》《上海新报》等，同自己在《申报》上的发现进行对比，提供理解《申报》的情境。选择1900-1925年间的一些重大事件，看事件发生前后的报纸。检验前面形成的观点，是否与特定的文本选择策略和时段有关。[102]笔者认为该书主要有以下几个方面的优点。首先，从写作逻辑上看，该书脉络分明，结构清晰，主题鲜明。梅嘉乐将全书六章分为两个部分，由前三章组成的第一部分主要讲述了《申报》本土化的过程，由后三章组成的第二部分展示了《申报》对女性读者、上海人和民族主义者的影响。一个外来事物，首先只有融入本土环境，才能对本土产生影响。梅嘉乐的写作逻辑正是如此，符合事物发展的规律。其次，梅嘉乐对《申报》文本的研究可谓细致入微，尤其是对《申报》本土化过程的阐述，成为该论著最大的吸睛点。通过梅嘉乐的研究，读者可以了解到20世纪报纸本土化的具体方法，如采用中国传统文学体裁、大量引用中国经典和儒家著作、重印《京报》的内容以及采用中国写作方式等。第三，从材料的选

100 Elizabeth Sinn, "A Newspaper for China? Power, Identity, and Change in Shanghai's News Media, 1872-1912（book review）". ibid. p. 452.

101 Elizabeth Sinn, "A Newspaper for China? Power, Identity, and Change in Shanghai's News Media, 1872-1912（book review）". ibid. p. 452.

102 周婷婷、郭丽华、刘丽《海德堡大学汉学系早期中文报纸研究概况》，载《新闻大学》2009 年 03 期，第 14 页。

取上看，梅嘉乐采用原始材料和第一手材料，保证资料的真实性和文章来源的可靠性。她在致谢中专门提到，"现在着手写作此书会比十年前是更聪明的选择。现在已有很多有用的出版物和研究工具。比如，如果当时能使用后来燕安黛整理的电子版《申报》指引，我将节约很多仔细阅读早期《申报》的时间"。[103]由此可见，作者在撰写此书时阅读了大量的早期《申报》，再加上早期《申报》排版、字体、语言表达都与当今的报纸相差甚大，足见作者对此书倾注的心血。此外，作者在著作中大量使用其他报纸中有关晚清民国时期上海报纸的报道内容加以分析研究，可见该书的基础材料非常扎实。第四，在写作手法上，梅嘉乐在文字描述之余附加图片、漫画，图文结合，突破了只限于文字研究的传统，将漫画、图片也纳入其研究体系，不仅增添了内容的趣味性和生动性，而且有利于读者展开联想，这也成为其著作的一大亮点。例如，作者通过对"摹仿西人高鼻法"、"摹仿西人四深眼法"、"摹仿西人细腰法"这一系列夸张漫画的分析，阐述了上海人时尚的道德维度。此外，梅嘉乐在其氏著中梳理了丰富的附录资料和文献。附录中涵盖了第一、二、六章中涉及的文章的翻译，参考文献中专门列举了文中所涉《申报》的文章，供读者查阅。

笔者最为欣赏的是梅嘉乐在书中提出的一些颇具新颖性的观点，对传统的权威性的或学界已达成共识的观点提出质疑。且不论其结论正确与否，能提出自己颇具创新性的见解，就是值得国内学者学习与借鉴的。根据她所提出的观点，读者可以在此基础上对当代众多学者认可的权威性共识重新推敲思考，也许会有不一样的结果出现。该书提出的新观点主要有：第一，梅嘉乐对梁启超在创造一种新的报纸写作风格中的地位提出质疑。目前学界普遍将梁启超视为伟大的改革派宣传员，认为他创造了一种新的报纸写作风格，视其为中国现代新闻之父，但是作者认为这种新的风格并非梁启超首创，在梁启超使用之前就已经存在并被使用，只是梁启超是这种新文体最好的践行者。梁启超刊登在《申报》中的文章将这种风格发挥得淋漓尽致，使这种风格广为流传。[104]第二，梅嘉乐试图打破传统与现代、中国与西方的二元对立。作者指出，在该书研究的时间界限（1872-1912）里，外国媒体通过多元化的方式促使中国接受西方观点，以此来打破中西方的二重性。梅嘉乐通过研究《申报》发现，中国

---

103 Barbara Mittler, *A Newspaper for China? Power, Identity, and Change in Shanghai's News Media, 1872-1912*. ibid. p. Vi.

104 Barbara Mittler, *A Newspaper for China? Power, Identity, and Change in Shanghai's News Media, 1872-1912*. ibid. p. 109.

人对外国人的看法是不断变化的：19 世纪 70 年代中国人普遍认为外国人是恶毒贪婪的，19 世纪 80 到 90 年代将外国人视为有威胁却也是令人钦佩的生物，到了 20 世纪初，对外国人的态度虽然仍模棱两可，但是更倾向于认为他们是更具魅力的偶像。[105]《申报》中呈现的中国人对外国人态度的转变有助于学者更好地分析此期报纸的力量与影响。第三，梅嘉乐质疑学界普遍认可的新媒体的力量，对自美国学者本尼迪克特·安德森（Benedict Anderson）的《想象的共同体》（Imagined Communities）中所重申的报纸已经成为促成中国民族主义和公共领域形成的强有力的载体这个基本假设提出质疑，认为《申报》既不反映也不影响"现实"，相反，媒体本身不断地被它存在的环境和读者所改变。梅嘉乐将报纸具有强大力量视为一种"错觉"和"幻想"，因为无论是当权者还是底层群众都想当然地认为报纸具有权威性。[106]当然，梅嘉乐在结语中也意识到单纯以文本研究得出有关报纸力量的结论有其局限性，也需对文本之外的其他方面进行论证。第四，梅嘉乐否认报纸是一种纯粹新生事物的观点。她认为《申报》为了去除"西方因素"，适应中国人，采用了许多中国传统的方式技巧，诸如中国人熟知的文学体裁和词汇。报纸并不是大家认为的社会变化的"发动机"，而是采用缓和、渐进的方法适应政治变革，仅仅对社会变迁做出回应。第五，梅嘉乐质疑晚清时期的报纸创造了中国女性运动这一观点。她认为《申报》中表述的观点是模棱两可的，其一再吹嘘的并不是妇女解放的现代价值，相反，却是在不断强调中国妇女传统角色（作为家庭主妇）的重要价值。

这本书给读者带来诸多启发，但是笔者认为书中仍存在一些值得进一步商榷的内容。首先，梅嘉乐仅从上海报纸论证全国报纸的影响力和特征，认为上海报纸可以代表中国报纸未免有些牵强。书中并没有给出对于此观点强有力的理由，缺乏数据证明，也缺乏民众调查报告，难免让人质疑这是在凭空夸谈。诚然，上海报纸的数量众多，但是中国土地广袤、人口众多、报纸类型多样，如何评估全国报纸的影响力值得进一步探索。不仅如此，作者在研究上海报纸的时候又主要集中在《申报》上。《申报》的影响力虽大，但《申报》亦不能覆盖上海报业的全貌。第二，作者仅仅研究报纸文本而不涉及报纸背景，

105 Barbara Mittler, *A Newspaper for China? Power, Identity, and Change in Shanghai's News Media, 1872-1912*. ibid. p. 152.

106 Barbara Mittler, *A Newspaper for China? Power, Identity, and Change in Shanghai's News Media, 1872-1912*. ibid. p. 410.

不能全面清晰地论证报纸的影响力。要将这一观点阐释清楚，使之具有说服力，仅有文本分析而缺乏相关历史背景、吸引读者的条件、《申报》如何发行及发行数量等背景铺垫是远远不够的。此外，该书也缺乏对一些重要记者和作者等人物的介绍，因此，无法对报纸的影响力作出充分的考量。第三，根据作者所提供的证据材料，难以佐证其结论的合理性。例如作者仅对《申报》进行研究，而没有纵观整个上海的报纸，就得出"报纸既没有创造女性媒体也没有创造中国女性运动"[107]和"上海报纸的民族主义并没有煽动或创造在很大程度上具有反帝国主义和仇外性质的街头民族主义"[108]的结论皆难以令人信服。第四，对于书本内容方面，笔者认为该书讨论的主题较多，对具体问题的讨论缺乏深度，同时"用典"琐碎，以致于该书的后半部流于堆砌材料。第五，在书本印刷质量方面，存在一些不容忽视的瑕疵。比如在书写方面，第 25 页 Introduction 部分中的"西学中原"应为"西学中源"，第 27 页"婚婚如眠之中国"应为"昏昏如眠之中国"，第 208 页小标题"The power: why repint the *Jingbao*?"中"repint"应为"reprint"，第 414 页中"新文题"应为"新文体"。还有一问题在于，本书精装版的书脊上写的是"*A Newspaper for China? Power, Identity, and Change in Shanghai's News Media, 1872-1924*"，但是本书正文封面上将最后年数书写为"1912"，这也许是印刷错误导致的不统一，抑或是作者在构思中发生改变。虽然有些小的瑕疵，但是毋庸置疑，本书为英语世界学者提供了诸多可借鉴学习的学术观点及研究范式，为本土学者学习西方学者善于打破传统并提出创造性观点提供范本，也为后之学者研究《申报》提供启发性思考。

三、瓦格纳 *Joining the Global Public: Word, Image, and City in Early Chinese Newspapers, 1870-1910* 研究述评

瓦格纳（Rudolf G. Wagner），德国汉学家，海德堡大学中国研究系的高级教授，"中国公共领域结构与发展"研究小组组长，"全球背景下的亚洲和欧洲：文化流动中的不对称变化"英才小组的负责人，《跨文化研究》（*Cross-Cultural Research*）的编辑。代表作有：《注疏家的技艺：王弼的"老子注"》（*The Craft*

---

107 Barbara Mittler, *A Newspaper for China? Power, Identity, and Change in Shanghai's News Media, 1872-1912*. ibid. p. 311.

108 Barbara Mittler, *A Newspaper for China? Power, Identity, and Change in Shanghai's News Media, 1872-1912*. ibid. p. 363.

of a Chinese Commentator : Wangbi on the Laozi)、《中国早期报纸与中国公共领域》(The Early Chinese Newspapers and The Chinese Public Sphere）等。

（一）《加入全球公共体：早期中国报纸中的文字、图像和城市，1870-1910》之体例和内容

《加入全球公共体：早期中国报纸中的文字、图像和城市，1870-1910》（以下简称《加入全球公共体》）是德国海德堡大学以汉学家瓦格纳为首的"中国公共领域的结构与发展"研究小组编辑出版的关于晚清民国时期报纸以公共领域为研究主题的论著，由包括瓦格纳在内的 5 位学者共同完成。著作的序言由瓦格纳撰写；主体由五个独立的章节构成，每个章节分别由不同的作者撰写。

第一章《外媒的本土化：合并西式报纸到中国的公共领域》(Domesticating an Alien Medium: Incorporating the Western-style Newspaper into the Chinese Public Sphere）由梅嘉乐撰写。在本章中，梅嘉乐延续其在《一份为中国而生的报纸？》中的写作方式，主要采用文本研究的范式分析中国报纸。在欧洲报纸受制于各种审查、市场竞争和财政控制时，上海却缺少这样的机构，甚至连法律都没有发挥作用。因此，《申报》所面临的问题不是如何应对审查，而是如何实现本土化。作者从报纸的社论、修辞和编辑策略研究外国报纸如何实现其本土化，如何在中国取得合法地位。梅嘉乐指出，无论从形式上还是内容上，西方报纸都置身于中国语境中。虽然西式报纸被认为是一种创新，但是作为中国公共领域有机的内在组成部分，却植根于中国的传统之中。

第二章《有益的知识和恰当的交流：19 世纪末中国的新闻领域创作》（Useful Knowledge and Appropriate Communication: The Field Journalistic Production in Late Nineteenth-Century China）由费南山撰写。费南山（Natascha Vittinghoff），著名汉学家，担任英国爱丁堡大学苏格兰孔子学院院长、亚洲研究中心主任及英国中国研究协会理事。其主要研究领域为媒体中的中西方文化交流进程和民族国家，以及中国现当代文学和戏剧。她的代表作有：《中国新闻业的起源（1860-1911）》(*Die Anfänge des Journalismus in China, 1860-1911*)、《舆论走向公众：中国早期现代报纸中"给编者信"》(Opinions Going Public: Letters to the Editors in China's Earliest Modern Newspapers)《读者、出版者和官员对公共声音的竞争与晚清现代新闻界的兴起（1860-1880）》(Readers, Publishers, and Officials in the Contest for a Public Voice and the Rise of a Modern Press in Late Qing China, 1860-1880）等。

在本章中，费南山沿着历史社会学的逻辑研究了中国第一代记者。在1895年以前，报纸并不受重视，时常被认为是一些科举考试失利之人的泄愤场所。然而作者并不认同历史上对于记者是"无赖文人"或"斯文败类"的观点，而是通过研究表明由知识分子和记者组成的第一代中国现代阶层与传教士或外国机构、学校有着千丝万缕的联系，他们有知识、有文化、有社会地位，也意识到应该如何改变中国政体，成为帮助中国融入全球化浪潮的重要人物。跟梅嘉乐一样，费南山也同样注意到了外国报纸本土化的重要性："虽然记者具有跨民族性，其写作也存在全球化导向，但是对于所有的报纸而言，以本土形式出现都是重要的市场策略。"[109]在她看来，《申报》和《循环日报》（Universal Circulating Herald）都体现了中西方交融的特征：中国人创办的《循环日报》在外国人创办的《德臣报》（The China Mail）刊登广告，表明其并不排斥外国帮助，而外国人创办的《华字日报》也强调其中国的本土特征。作者也探讨了报纸形式与内容的矛盾性，比如《申报》虽然采用传统形式和策略，但实际上非常自由；相反，《循环日报》虽然在策略上采取西方模式，但实际上其自由却被极大地限制了。

第三章《进入全球想象图景：上海的〈点石斋画报〉》（Joining the Global Imaginaire: The Shanghai Illustrated Newspaper *Dianshizhaihuabao*）由瓦格纳撰写。此文已于2001年由学者徐百柯翻译并发表在《中国学术》上。在本章中，瓦格纳采用了文化研究方式追溯画报产生的根源及其作用。他认为，作为新闻媒体之一的画报产生于人们审美偏好发生改变和普通平民生活具有价值的背景下，以图片为主要特征。瓦格纳通过研究《点石斋画报》的创始人、创办历史、主要画家以及报道的主要题材，指出画报是外国人了解中国社会的窗口。作者认为《点石斋画报》主要有两点贡献：一是成功地开拓了中国图片印刷市场；二是对图片审美产生重要影响。瓦格纳还指出，很少有人关注《点石斋画报》的长远影响，认为其对于如何认知真实社会、如何构成社会形态、现实如何转化为图片场景和完整的故事，以及如何影响人们的行为和对社会的认识值得更为深入的研究。在他看来，《点石斋画报》不仅提供了研究中国公共传

---

109 Natascha Vittinghoff, "Useful Knowledge and Appropriate Communication: The Field of Journalistic Production in Late Nineteenth Century China" in Rudolf G. Wagner, ed. *Joining the Global Public: Word, Image, and City in Early Chinese Newspapers, 1870-1910*. New York: State University of New York Press, 2008. p. 66.

播形象的原始材料，也是理解现代中国人思想的有价值的资料。

第四章《旧瓶装新酒？制造和解读 19 世纪晚期的上海画报》（New Wine in Old Bottles? Making and Reading an Illustrated Magazine from Late Nineteenth-Century Shanghai）由金兰中撰写。金兰中（Nanny Kim），德国海德堡大学副教授。其代表作有：专著《以邻为镜：中国人眼中的韩国形象，1873-1932》（*The Neighbor as Mirror: Chinese Images of Korea, 1873-1932*）等。

在本章中，金兰中通过介绍《点石斋画报》的基本情况、布局、排版、文字和销售情况，分析了画报的主题、潜在读者以及绘画策略读者。传统历史学家认为《点石斋画报》中的传奇、志怪和其他奇闻轶事是"微不足道"、"不足挂齿"的，不值得历史学家进行研究。但是，金兰中突破传统史学家的观点，认为这些内容不仅占据了画报的主要内容，而且真实地反映了当时读者的愿景和感受。金兰中指出，《点石斋画报》在保持传统的同时，也塑造了上海新形象；画报的读者并不是不喜欢新奇，而是要采用一种安全且轻松的方式接受新的事物。"与其说'旧瓶装新酒'，不如说画报可能被描绘成为读者提供了装在假的旧瓶中的假新酒。"[110]《点石斋画报》把这些不相融的因素融合到一起，并逐步使阅读报纸成为一种娱乐方式。

第五章《上海休闲，印刷娱乐和小报》（Shanghai Leisure, Print Entertainment, and the Tabloids, *xiaobao*）由叶凯蒂编撰完成。叶凯蒂（Catherine Vance Yeh），美国波士顿大学人文中心杰弗里·亨德森（Jeffrey Henderson）高级研究员，海德堡大学"全球背景下的亚洲和欧洲"英才小组成员。她的研究领域包括 19、20 世纪中国文学、媒体和视觉文化，通过其作品反映中国娱乐文化和文学的社会和政治意义及其对晚清和民国时期社会变革的影响。她出版的作品不胜枚举，主要代表作有：《上海·爱：名妓、知识分子和娱乐文化（1850-1910）》（*Shanghai Love: Courtesans, Intellectuals, and Entertainment Culture, 1850-1910*）、《全球天堂指南：上海游戏场小报和中国城市休闲的创造》（Guides to a Global Paradise: Shanghai Entertainment Park Newspapers and the Invention of Chinese Urban Leisure）等。

在本章中，叶凯蒂采用了文化语境的研究方式，以《游戏报》（*Fun*）和《世

---

110 Nanny Kim, "New Wine in Old Bottles? Making and Reading an Illustrated Magazine from Late Nineteenth-Century Shanghai" in Rudolf G. Wagner, ed. *Joining the Global Public: Word, Image, and City in Early Chinese Newspapers, 1870-1910*. ibid. p. 195.

界繁华报》(*Splendid World*) 为主要研究对象，对上海盛行的小报展开了研究分析。小报以讽刺当时社会现象为主要内容，其盛行意味着大众不仅关心城市生活和名人八卦，同时也对民族事务密切关注。她指出，"娱乐"带来了新的编辑形象、新的混合内容和更广泛的公共领域概念，在这个公共空间里，"娱乐"有其合法地位，城市读者成为"娱乐"的最终接受者。而被誉为最尖锐的社会批评家、小说作家的李伯元由于他所创办的报纸使妓院和名妓成为民族之星。20 世纪之交，小报是中国公共领域发展和多样化的重要组成部分，小报的出现标志着上海娱乐的合法化及文人新角色的出现，他们成为市场、文化、娱乐商业和报纸的中介。在这个过程中，报纸打破了自上而下或自下而上的垂直交流模式，转向横向交流模式，直接与城市读者、小市民对话。

(二)《加入全球公共体》之"他者"评介及特点

《加入全球公共体》是德国海德堡大学以汉学家瓦格纳为首的中国公共领域结构发展小组编辑出版的以晚清民国时期报纸在中国构建的公共领域为研究主题的专著，该专著主要以经验主义研究 (empirical research) 为基础。该书共五章节，每个章节作者不一，选取的研究材料不一，但是都围绕晚清民国时期报纸的公共领域这一共同主题展开论述。虽然该书有多位作者，但是五位作家的观点并不矛盾，他们都认为晚清民国时期是中国公共领域结构转型的关键时期。这本书内容丰富，自出版以来受到国内外学者的广泛关注，其中颇具代表性的学者有：英国学者燕安黛、德国学者沙敦如、澳大利亚学者穆德礼、中国香港学者李金铨和中国台湾学者李孝悌。

英国伦敦大学高级讲师燕安黛 (Andrea Janku)[111]在文章伊始就表达了自己对这本书的期待之情，并对海德堡大学瓦格纳等学者的贡献表达了自己的敬佩之意，对他们的赞美溢于言表。她对这本书进行了细致的分析，并提出自己独到的见解。首先，燕安黛从本书的理论出发，指出书中的"公共领域"概

---

111 燕安黛 (Andrea Janku)：德国海德堡大学历史学博士，英国伦敦大学亚非学院历史系高级讲师，精通中文，长期研究中国社会和思想史。代表作：《只是空言：晚清中国的政治话语和上海报刊》(*Nur Leere Reden: Politischer Diskurs und die Shanghaier Presse im China des späten 19. Jahrhunderts*)、《为革命话语提供基础：十九世纪的中国从经世文编到定期刊物》(Preparing the Ground For Revolutionary Discourse: From the Statecraft Anthologies to the Periodical Press in Nineteenth-Century China)、《现代化都市的文人和知识分子的社会责任——试论〈申报〉主编上海黄协埙》等。

念虽是在哈贝马斯的"公共领域"下建构的，但是瓦格纳表达的"公共领域"与哈贝马斯的仍有些许不同。燕安黛指出，与哈贝马斯一样，瓦格纳也采用了国家和社会"二分法"，但是瓦格纳认为国家成为公共领域的合法参与者，而不是社会和公共领域的对抗者，在中国，国家甚至还是公共领域的支配者。[112] "公共领域"概念被赋予了全球化特征，因此在该书中，瓦格纳是站在全球化公共领域的视角来研究晚清民国时期的上海媒体。燕安黛认为，虽然"全球公共领域的概念"的确引人注目，但是瓦格纳仅在该书简短的介绍中建立出如此宏大的框架，似乎还不够完善。

接着，燕安黛分别对书中的每一章逐一评述。燕安黛指出，梅嘉乐的研究核心围绕"外来媒介的本土化"这一概念展开，研究一种新的传播形式如何适应新的社会环境。梅嘉乐在研究《申报》本体时，对文中"引经"现象进行了分析，也对社论的"八股文"形式展开论述。这些分析进一步折射出报纸本土化进程中的尴尬境地。为了适应中国的社会环境，西方媒体表现出两个特征：一方面，这些报纸在中国的土地上创办，且没有完全照搬西方模式；另一方面，这些报纸也在微妙地改变中国的社会环境。[113]

不同于梅嘉乐采用文本分析的研究方法，费南山主要采用了历史学的研究方法。她在史料中耙梳，探索历史档案和各种报纸，主要研究了《循环日报》《汇报》《新报》等报纸，从这些资料中研究此期记者的生存现状。燕安黛认为费南山的研究主要有两个贡献。一是她提出一个与之前截然相反的新观点。此前，记者失意文人的形象根深蒂固，但是费南山的研究表明，报纸极大地吸引了官方的兴趣，新闻记者对自己扮演的角色相当自信，他们"积极争取在社会和政治传播的公共领域中的领导地位"[114]，燕安黛认为这的确很难与"游手好闲"的失意文人联系在一起。二是费南山的研究是对中国早期出版物的综述性研究，其研究史料丰富，为读者提供了一个非常有用的简洁的关于早期中国出版物的史学调查。

---

112 Andrea Janku, "Joining the Global Public: Word, Image, and City in Early Chinese Newspapers, 1870-1910（book review）" in *T'oung Pao*, Vol.96, No.1, 2010. p. 265.

113 Andrea Janku, "Joining the Global Public: Word, Image, and City in Early Chinese Newspapers, 1870-1910（book review）". ibid. p. 268.

114 Natascha Vittinghoff, "Useful Knowledge and Appropriate Communication: The Field of Journalistic Production in Late Nineteenth Century China" in Rudolf G. Wagner, ed. *Joining the Global Public: Word, Image, and City in Early Chinese Newspapers, 1870-1910*. ibid. p. 50.

燕安黛指出，瓦格纳则是从全球化视角研究《点石斋画报》，对《点石斋画报》定位很高，如书中论述的《点石斋画报》"促进早期历史的形成和扩张全球读者"[115]。燕安黛认为瓦格纳对画报的研究非常细致，就连对商业报纸的插画家也进行了详细的研究，其中以吴友如为重要代表。"瓦格纳对《点石斋画报》的细致研究可以为一些学者提供帮助，特别是书籍研究者和艺术历史学家，他们可以将这些材料作为进一步研究的基础材料。"[116]

金兰中对《点石斋画报》中的"现实主义议程"（realist agenda）提出了质疑。燕安黛指出，金兰中采用抽样调查的方式，对《点石斋画报》中具有代表性的样本进行了抽样调查研究。从调查结果中可以看出，该画报中三分之一的内容是关于中国文学作品中的志怪小说。从数量上看，这些内容甚至可以与社会新闻媲美，但是它们却没有得到学者的关注。金兰中突出对志怪小说的研究，认为对它们的研究可以探索读者的内心世界，而不是局限于研究美查编辑声明中强调的"当前的兴趣和西方事物"——美查"现实主义议程"构成要素之一。[117]燕安黛认为，通过对小说内容及其文学风格的研究，可以得出这样的结论："具有代表性的读者会被不打破传统方式的新事物所吸引，比如媒体本身或其中所添加的图片。"[118]

燕安黛认为叶凯蒂最大的贡献在于她通过研究 20 世纪初报纸受众的转变，为《点石斋画报》的成功提供了合乎逻辑的解释。燕安黛认为叶凯蒂将小报视为一种独特的上海娱乐形式，这一点与金兰中将《点石斋画报》看作一种特殊的上海文化的表现是一致的。她还指出，基于这本书还可以进行很多专题性研讨，如新媒体的异化观念、媒体权威问题和新期刊中颠覆性的观念。

最后，燕安黛指出这本书也存在一些瑕疵。首先，瓦格纳建构的"公共领域"概念还需要进一步研究。比如如何构成，如何运转，世界范围内的分裂对中国产生多大影响等。[119]其次，燕安黛对书中的论述提出自己的质疑："叶凯

---

115 Andrea Janku, "Joining the Global Public: Word, Image, and City in Early Chinese Newspapers, 1870-1910（book review）". ibid. p. 269.

116 Andrea Janku, "Joining the Global Public: Word, Image, and City in Early Chinese Newspapers, 1870-1910（book review）". ibid. p. 270.

117 Andrea Janku, "Joining the Global Public: Word, Image, and City in Early Chinese Newspapers, 1870-1910（book review）". ibid. p. 270.

118 Andrea Janku, "Joining the Global Public: Word, Image, and City in Early Chinese Newspapers, 1870-1910（book review）". ibid. p. 270.

119 Andrea Janku, "Joining the Global Public: Word, Image, and City in Early Chinese Newspapers, 1870-1910（book review）". ibid. p. 277.

蒂的叙述始于 1890 年代的最后几年，但当时《点石斋画报》已经停止出版——
原因无人解释。"[120]第三，《申报》发行量存在相互矛盾的数据。费南山指出在
1877 年每天出版 8000 到 10000 份，而瓦格纳给出的数据是 6000 到 7000。第
四，翻译不统一。比如"尊闻阁主人"在第 51 页被译为"Master of the Appreciate
News Pavilion"，在第 134 页被译为"Master of the Appreciate News Studio"，
"张园"在第 227 页被译为"Zhangyuan"，在第 216 页被译为"Chang Garden"。
第五，书中存在一些印刷摘抄错误，一些翻译可以进一步完善。

德国学者沙敦如（Dorothee Schaab-Hanke）[121]指出本书所研究的中国新闻
媒体的发展是被中国学者严重忽略的内容，而这本书是在哈贝马斯关于欧洲
"公共领域"变革研究的启发下完成的。与燕安黛一样，沙敦如也对每一章节
进行了详细的述评。针对哈贝马斯的观点能否适用于中国，她提出了三点思
考。她指出，梅嘉乐的研究不仅展示了晚清报纸的发展历程，并且通过对《申
报》和其他报纸社论的研究，论证了《申报》外国媒体的身份。[122]沙敦如指出
费南山在其研究中对两个学界共识提出质疑：一是认为 1895 年以前报业对中
国公共领域几乎没有兴趣，但是费南山通过研究表明报业对此有相当大的兴
趣；二是传统认为的第一批中国记者是未能通过科举考试的失意文人，费南山
对此并不赞同，并认为中国记者这一全新群体是接受过某种新式教育、与传教
士或其他外国机构有联系的群体。[123]瓦格纳和金兰中分别从不同角度对《点石
斋画报》进行了研究。沙敦如认为，瓦格纳最大的优点是在研究《点石斋画报》
中创造并引入了"全球想象体"（global imaginaire）这一术语，并认为《点石
斋画报》可以成为中国进入国际社会的形象代言人，而金兰中则从另一个完全
不同的方向研究《点石斋画报》，主要关注《点石斋画报》的文学先驱对画报
的影响，而不是外部因素对画报媒介的影响。沙敦如指出，叶凯蒂集中精力研
究小报——此前一直被忽视的报纸类型，并指出小报中的社论主要服务于娱

120 Andrea Janku, "Joining the Global Public: Word, Image, and City in Early Chinese
　　Newspapers, 1870-1910（book review）". ibid. p. 271.

121 沙敦如（Dorothee Schaab-Hanke）：德国汉学家，德国维尔茨堡大学汉学系教授，
　　中国古典文学与戏曲史研究专家，专注于中国近现代文化史和思想史以及中国史
　　学研究。

122 Dorothee Schaab-Hanke, "Joining the Global Public: Word, Image, and City in Early
　　Chinese Newspapers, 1870-1910（book review）" in *China Review International*. Vol.6,
　　No.2, 2009. p. 277.

123 Dorothee Schaab-Hanke, "Joining the Global Public: Word, Image, and City in Early
　　Chinese Newspapers, 1870-1910（book review）".ibid. p. 277.

乐市场，"印刷娱乐成为中西生活习俗和中西知识交流的主要媒介"。[124]

　　沙敦如对哈贝马斯的"公共领域"理论是否适合中国情况主要提出以下三点质疑，并相应给出了自己的观点。第一，针对哈贝马斯提出的公民社会的成员成为新型媒体的受害者的观点，沙敦如认为"中国的情况相当复杂，基于哈贝马斯的观点很难得出相应结论"，这种观点不适应中国情况。[125]第二，哈贝马斯认为"市民社会"的成员仅是那一小部分接受过良好教育、消息灵通的社会成员，这一观点遭到了欧洲社会的批判，瓦格纳也提出质疑。瓦格纳将这一范围扩展至不受"资产阶级社会"约束的群体，沙敦如则认为哈贝马斯忽视了社会中数量较多、受教育程度低的群体，但是瓦格纳的观点又使那些具有批判精神的读者不易被区分出来。[126]第三，该书所设想的"公众"概念范围过大。沙敦如认为，19世纪晚期能够进入"全球公共体"（global public）的范围有限，仅限于上海和香港的部分"精英"人士，但是书的标题有误导读者之嫌，没有足够的证据可以证明其他群体也可以加入"全球公共体"。

　　塔斯马尼亚大学教授穆德礼在撰写这本书的书评时，没有像燕安黛一样对每一章节都详细评价，而是从总体上对这本书展开评述。他指出，这本书是以瓦格纳为首的海德堡大学研究中心的成果集合体，有助于加深读者对晚清媒体和"公共领域"的认识，极大地提高了当前中国现代都市报纸文化发展的文学研究水平。[127]他还指出，从这五位学者的研究中，可以了解此期报纸在不同方面的历史作用，包括新的职业的诞生、社会关系及文化现象等。

　　接着，穆德礼主要分析了这本书中值得进一步商榷的地方。首先，"'公共领域'的概念仍存有很大争议"。穆德礼指出，虽然瓦格纳在本书引言部分对中国语境中的"公共领域"概念进行了阐释和修正，但是具体到全书主体部分，每一章节并没有突出"公共领域"这一政治范畴。五位学者为了符合自己每一章的主题，他们也加入到那些拒绝"'高级'政治"（"high" politics）和理性言

---

124 Dorothee Schaab-Hanke, "Joining the Global Public: Word, Image, and City in Early Chinese Newspapers, 1870-1910（book review）". ibid. p. 278.

125 Dorothee Schaab-Hanke, "Joining the Global Public: Word, Image, and City in Early Chinese Newspapers, 1870-1910（book review）". ibid. p. 279.

126 Dorothee Schaab-Hanke, "Joining the Global Public: Word, Image, and City in Early Chinese Newspapers, 1870-1910（book review）". ibid. p. 279.

127 Terry Narramore, "Joining the Global Public: Word, Image, and City in Early Chinese Newspapers, 1870-1910（book review）". in *The Journal of Asian Studies*. Vol.69, No.2, 2010. pp. 576-577.

论的精英主义者行列中，但是哈贝马斯明确表示"公共领域"是一个政治范畴，这使得"公共领域"概念最原始的力量遭到削弱。[128]第二，这本书中所描述的娱乐文化在"公共领域"中的地位不明确。穆德礼指出，"这本书既不是对中国现代政治精英的研究，也不是对大众文化的研究"[129]，在本书中定义"大众"本身就是一个问题。第三，晚清报纸文化中的"新"体现在何处。穆德礼指出，那些践行新生活方式的人既不是"激进的革新者，也不是现实主义的改革者"。[130]此外，美查创办的报纸雇佣了大量的中国编辑和作家，从这一点上也不能体现报纸文化的"新"。

李金铨[131]首先高度赞扬了这本书的贡献和价值，指出该书对《申报》的历史角色、内容和影响力的研究极大地丰富了中国报业研究。李金铨认为，虽然这本书并未提供新材料，未增添新见解，也未指出新的研究方向，但是对于一般读者而言，可以将其作为一本有价值的参考书。他对该书提出了更高的要求，认为在"公共领域"话题下，海德堡大学的学者存在"过度阐释"公共领域的问题。他们"拿历史材料去迎合整齐划一的概念"，忽略了材料存在的历史背景，架空了历史背景，纯粹就是"以今视古"、"削足适履"。[132]针对瓦格纳提出的《点石斋画报》"与西方的画报联接"的观点，李金铨指出，书中并未研究《点石斋画报》带中国进入'全球公共体'是怎样发生的？上海的寻常画报是如何被全球公众接纳的？而所强调的'全球整合'，是刻意的行动，是无意的后果，还是作者一厢情愿的（过度）阐释？"[133]对于叶凯蒂提出的"公共领域应该界定得更广，娱乐有其正当的位置"这一观点，李金铨则认为，这是叶凯蒂扎根史料后得出的结论还是个人的信口开河不得而知，并且叶凯蒂

---

128 Terry Narramore, "Joining the Global Public: Word, Image, and City in Early Chinese Newspapers, 1870-1910（book review）". ibid. p. 577.

129 Terry Narramore, "Joining the Global Public: Word, Image, and City in Early Chinese Newspapers, 1870-1910（book review）" ibid. p. 577.

130 Terry Narramore, "Joining the Global Public: Word, Image, and City in Early Chinese Newspapers, 1870-1910（book review）" ibid. p. 578.

131 李金铨：香港城市大学媒体与传播系讲座教授，主要研究领域：国际传播、媒介政治经济学和传播的社会理论。代表作：《重新思考媒体帝国主义》（*Media Imperialism Reconsidered*）等。

132 李金铨《过度阐释"公共领域"》，载《二十一世纪》2008 年 12 月，总第 110 期，第 123 页。

133 李金铨《过度阐释"公共领域"》，载《二十一世纪》2008 年 12 月，总第 110 期，第 123 页。

"始终没有说明娱乐在公共领域的具体位置是什么"。[134]较之于过度阐释"公共领域"，李金铨指出，其实不如将中国报业置于墨顿（Robert K. Merton）主张的"中距论断"（middle-range）理论[135]中进行研究，由此得出的结论可能更具有合理性和可行性。[136]在刘兢对李金铨的访谈《海外中国传媒研究的知识地图》中，李金铨的批判则更加直接、犀利，他认为他们是以中国的材料去迎合哈贝马斯的理论。他们说《申报》是在创造"公共领域"，但怎么创造却没有回答。不仅《申报》，连《点石斋画报》，甚至一些专登"西洋镜"的小报都在创造公共领域。若按这种讲法，有什么东西是在公共领域之外的？他们的定义太广了，"有无公共领域"是个全称命题，必须变成中观研究才好。[137]

中国台湾学者李孝悌充分肯定了瓦格纳在书中对《点石斋画报》的研究，认为"瓦格纳'外国人'的身份，无疑让他在对画报的国际性背景进行诠释时，占有中国人所不及的优势。这种因为身份的不同所带来的观点的差异，配合瓦格纳巨细靡遗的德国式传统汉学家的训练，和他对外文资料与研究的充分掌握，让他为《点石斋画报》的研究提供了一个过去研究所不及的视野，也弥补了一个重要的空缺"[138]。但是李孝悌也指出，瓦格纳过分强调《点石斋画报》的现代性，忽视了从读者视角研究文字风格变化的影响，毕竟不同的文字风格会给读者带来不一样的阅读感受。

笔者认为，该书作为研究晚清民国时期报纸公共领域最重要的书籍，其诸多创新之处值得学者借鉴。第一，本书由五位学者共同完成，材料丰富，内容涵盖面广，涉及多种报纸，包括《申报》《循环日报》《汇报》《益报》《新报》《点石斋画报》《游戏报》《世界繁华报》等。第二，作者在不同的章节里尝试不同的研究方法，如梅嘉乐在第一章采用文本研究方法，费南山在第二章中运

---

134 李金铨《过度阐释"公共领域"》，载《二十一世纪》2008 年 12 月，总第 110 期，第 124 页。

135 中距论断，也叫中程理论，由美国社会学家墨顿提出，强调社会学研究应在经验材料支撑基础上对有限的社会现象进行研究，"中等且有限度"是这一概念的核心基础。

136 李金铨《过度阐释"公共领域"》，载《二十一世纪》2008 年 12 月，总第 110 期，第 124 页。

137 李金铨、刘兢《海外中国传媒研究的知识地图》，载《开放时代》2012 年 03 期，第 149 页。

138 李孝悌《走向世界，还是拥抱乡野——观看〈点石斋画报〉的不同视野》，载《中国学术》2002 年 11 期，第 289 页。

用社会历史的研究方法，瓦格纳在第三章中采用文化研究的方式，金兰中在第四章中采用系统抽样的方法，叶凯蒂在第五章中运用文化语境的研究方式。显然，研究方法的多样性值得国内学者学习与借鉴。第三，本书通过对娱乐媒体的研究拓展了公共言论的研究空间，将"公共领域"的范围作扩大解释，并从报纸研究的角度分析中国现代化的特征和路径。虽然全书并未明确提出"现代化"观点，但是通过对文本的研究，可见其中国现代化的影子，成为中国现代化研究的重要资料。第四，该论著研究材料丰富，作者结合多种原始报纸、档案资料、图片资料以及中西方研究成果展开论述，书中的诸多材料大多都是第一次呈现在学者视野中。第五，该书也弥补了中国报业史研究中关于公共领域研究的空白，成为研究晚清民国时期"公共领域"的研究基础，同时也向学者提供了另外一种研究致思。第六，该书立足于对客观资料的分析研究，实事求是。虽然资料比较翔实，但是作者还是客观地指出了某些研究材料的缺失，让读者清楚地认识到还存在一些有待挖掘的资料，比如在第三章中，瓦格纳陈述到因其无法在英国图书馆获取《点石斋画报》453 期以后的原始版本，因此也许在大约最后 70 期，有更多连载插画书。[139]这充分体现了学者事实求是的研究精神，也同样有利于其他学者在此基础上继续深入研究。此外，作者基于现有资料提出了自己的观点，敢于挑战既有学说，所以该书不乏一些颇具创新性的观点。

当然，该书不可能面面俱到，仍存在一些值得商榷的问题。首先，该书是在"公共领域"这一概念下展开研究的，但是我们并不能透过文章主体内容看到公共领域的运作模式，不能观察到社会各阶层是如何围绕公共领域或者在公共领域下进行社交生活的，与公共领域的联系不够紧密。虽然作者在理论框架下提供了研究公共领域的新视角、新材料，但是关于公共领域如何构建、如何运作以及界限如何界定仍需进行进一步的探讨。公共领域的问题过于宏大宽泛，虽然该论著资料翔实，但是其结论缺乏严谨的论证过程和证据证成，资料的关联性不强，导致结论的得出略显粗率。其次，瓦格纳虽然不同意哈贝马斯对"市民社会的成员"的见解，也提出自己的观点，但是并未对其观点进行详细论证，不免有信口开河之嫌。哈贝马斯主张的市民社会中的成员是小群体

---

139 Rudolf G. Wagner, "Joining the Global Imaginaire: The Shanghai Illustrated Newspaper *Dianshizhai Huabao*" in Rudolf G. Wagner, ed. *Joining the Global Public: Word, Image, and City in Early Chinese Newspapers, 1870-1910*. ibid. p. 147.

的，具有良好教育和知识的一部分社会成员，但是瓦格纳阐述的社会成员明显是一个更大范围的概念，包含上层社会、下层社会等各个社会阶层。瓦格纳提出这一观点后，并未研究为什么是这个范围，哪些群体是不受西方资产阶级限制的，以及西方资产阶级的限制体现在哪里等。最后，本书过于关注书中材料的细节，事无巨细的描述导致"只见树苗不见森林"的现象，缺乏理论深度。

本章对英语世界晚清民国时期报纸研究进行了总体概括与个案述评，根据其呈现的阶段性特点将其大致分为发轫期、探索发展期和深化期，即20世纪20-40年代、20世纪50-80年代和20世纪90年代至今。通过耙梳此期研究成果，对各阶段研究重点与特点作出整体评价，并对代表论著、博士论文和期刊论文展开述评，力图分析英语世界晚清民国时期报纸研究的整体发展脉络，勾勒出目前英语世界晚清民国时期报纸研究的全面。

第二章　英语世界对晚清民国报纸与公众舆论平台的研究

中国报纸自汉代以来便有历史记录，但直至晚清时期中国才出现真正意义上的现代报纸。在英语世界学者看来，"报纸是产生大众舆论最重要的方式"[1]。伴随西方印刷技术发展和西学东渐，作为新兴的大众传播媒介，晚清民国时期报纸对中国社会的发展产生了重大影响。报纸形成了多元文化局面，中西元素的特征在各大报纸中显现并迅速成为不同群体了解和讨论时事的平台。而这种公众舆论平台的构建也成为此期报纸与中国古代官报——邸报最本质的区别。报纸改变了过去信息自上而下的传播方式，扩展了自下而上的传播渠道，形成了自上而下和自下而上的双向传播，传播方向也从垂直传播逐渐向水平传播转变。

"舆论"这一概念自走出欧洲启蒙运动作家们的书斋以后，便成为与人人相关的大众化的日用概念。中西学者对于舆论的定义、载体、形成源头及过程成为传播学领域的争议热点，如美国著名新闻工作者李普曼（Walter Lippmann）提出的现代人与"客观信息"的关系。他认为，"现代社会越来越巨大化和复杂化，人们由于实际活动的范围、精力和注意力有限，不可能对与他们有关的整个外部环境和众多的事情都保持经验性接触，对超出自己亲身感知以外的事物，人们只能通过各种'新闻供给机构'去了解认知"[2]，而报纸作为早期的"新闻供给机构"对舆论的形成作用在英语世界学者的研究中占据重要篇幅。

1　Barbara Mittler, *A Newspaper for China? Power, Identity, and Change in Shanghai's News Media, 1872-1912*. Cambridge: Harvard University Press, 2004. p. 13.

2　郭庆光《传播学教程》，中国人民大学出版社，2001年，第112-113页。

在西方国家，舆论往往被视为民主政治的基础，学者们往往将舆论的动向与政治特征相结合研究。美国政治学家 J. 布莱士（James Bryce）在其代表作《美利坚民主国》（*The American Commonwealth*）中便一再探讨报纸在舆论形成中的作用。他认为，报刊的三种重要功能使其成为合理的、理性的舆论形成的最重要的推动力，即："作为时间的报道者和讲解员的功能；作为政治主张的代言人的功能；反映社会上读者一般意见的'测风标'功能。"[3] 报纸成为晚清民国时期舆论爆发的平台，同时也构建了中国早期公众舆论与公共领域的初期形态。报纸在形成舆论的基础上，进一步将读者汇聚成"公众"的概念，法国学者塔尔德（Jean Gabriel Tarde）甚至强调，报刊对社会最主要的贡献之一就是造就了现代舆论的主体——公众（public）。"他分析道，在报刊出现以前，社会群体的活动形态'在本质上是保持着肉体接触的集群'，这种群体通常聚集于同一物理空间之中，容易受到模仿、暗示和感染机制的制约，具有情绪性和激动性，往往形成非理智的群体行为。报纸的出现导致了公众的诞生，公众与作为物理人群的'集群'不同，他们是'纯粹的精神上的集合体'。公众由'有理性、有知识、有教养'的个人组成，他们各自坐在自己家中，读着同一份报纸，关注着同一公共事件，并能够公正、冷静地进行思考。"[4] 塔尔德关注的是报纸的社会和政治功能，这同样是英语世界学者对于晚清民国时期报纸功能的大多数意见，但也有更多的研究从公众舆论的各个方面对这一时期的报纸进行详细的解剖，如报纸作为公众舆论平台中国化的形成特点；报纸、报人个案研究所透露出的时代公众舆论理论及实践研究；现代西方印刷技术的引进为中国早期公众舆论形成所提供的物质条件；报人群体的形成以及报业职业化为中国公众舆论形成所提供的人文条件；以及公众舆论对于中国 20 世纪早期公共领域的促成等。

第一节　报纸在构建公众舆论平台中的角色

早期中文近代报纸无论是境内还是境外皆由外国人创办，仅 19 世纪，外国人在中国一共出版了一百多种中外文报刊，占据了当时报刊总数的一半以上。如第一份中文近代月刊《察世俗每月统纪传》（*Chinese Monthly Magazine*）

3　郭庆光《传播学教程》，中国人民大学出版社，2001 年，第 109 页。
4　郭庆光《传播学教程》，中国人民大学出版社，2001 年，第 109 页。

由美国传教士米怜（William Milne）于 1815 年 8 月 5 日在马六甲创办，第一份中国境内创办的报刊《东西洋考每月统记传》（*Eastern Western Monthly Magazine*）由德国牧师郭士立（Karl Friedrich August Gützlaff）于 1833 年 8 月 1 日在广州创办；由外国人创办的《万国公报》（*Multinational Communique*）（1868，上海）、《中西闻见录》（*The Peking Magazine*）（1872，北京）、《字林西报》（*The North-China Daily News*）（前身为《北华捷报》[*North China Herald*]）（1850，上海）、《申报》（1872，上海）、《新闻报》（*SinWanPao*）（1893，上海）；由中国人创办的《中外新报》（*Chinese and Foreign Gazette*）（1858，香港）、《昭文新报》（1873，汉口）、《循环日报》（*Universal Circulating Herald*）（1874，香港）、《汇报》（1874，上海）、《述报》（1884，广州）、《时务报》（*The Chinese Progress*）（1896，上海）等。虽然由外国人创办的报纸不受国人管理，但大部分文章是由中国人作为编辑执笔，且这些编辑多是当时受高等教育出身，在一定条件上改善了报纸的行文水平。读者对于报纸的信任度大幅提高，并乐于参与报纸所报道的公众事件，参与公众舆论。英语世界学者观察到，早在 1874 年，上海经商者就通过《申报》来表达自己的诉求。由于上海经济衰落，营业情况不理想，经商者请求政府减少税收，并公开声明，为了引起更多的关注，他们把上书给政府的内容刊登在报纸上。文章登载在报纸上后，尽管在报纸不起眼的地方，仍然引起了广泛的社会响应。第二天便有读者来信支招，提供具体的处理方案以供参考。费南山指出，"因为当时上海的道台还没有采取任何的手段，所以读者来信已经不是一种对政治现象的评论，而事实上这位读者积极地参加那种原来是国家机关人所负责的讨论"。[5]第三天《申报》编辑部的态度是比较冷淡和客观的，虽然他们也支持商人们的要求，但编辑对道台不提出方案不作评价而只讨论商人厘金的损害多大。第四天，又有新的读者来信反驳商人们的要求，并使用大量的论据证明他们的态度是错误的。在这来来回回之间，昔日由政府官员选择和控制的政治通讯交流，被上海商人们以"私人化"的方式终结了。他们对报纸的舆论功能有了初步认知并有意识地通过这一平台来述说自己的诉求。英语世界学者意识到报纸在中国不再仅是一个提供信息的平台，而且也是一个可供不同意见人士交流的舆论空间，即"新报的作用是超过原来的传统的通讯媒介，因为它不仅提供了一个能评论政府所决定的

5　（德）费南山《读者之声：上海和香港最早报纸里的读者来信》，张仲礼编《中国近代城市企业·社会·空间》，上海社会科学院出版社，1998 年，第 262 页。

政策的空间，而且又提供一个读者能自己积极地参加决定过程的空间"。[6]

　　报纸逐渐服务于时事信息更新以及公共事务讨论空间的创建，报纸编辑、记者把自己塑造成直言的清官角色，认为自己是政府机构和官员的监督者，将政府活动的信息报道给人民，也把人民对于政治事件的看法呈现给统治者。但是早期比较出名的报纸多是由洋人创立，风格较西式化，中国知识分子认识到了报纸的舆论作用同样也认识到报纸"本土化"的重要性。他们通过一系列的措施，将报纸逐步中国化，最终深深地烙上中国的痕迹，成为真正的中国报纸，并深刻改变晚清中国的舆论阵地、政治动向、社会现状等。

一、政府言路与公众舆论的碰撞

　　中国报业的"现代化"从西式报纸为开端已经成为中西学界的共识，其中最主要的一个因素，根据梅嘉乐的说法，是因为西方学者通常认为中国的新闻自由是由外国传教士和商人开启的。换句话说，中国的新闻自由在一定程度上由西式报纸开启。这也决定了早期西式报纸的典型特征——非政治化，这一特征亦受到英语世界的重点关注。

　　早期中国报纸的受众是特定人群，出版特定内容。英语世界学者关注到从 19 世纪 70 年代开始，中国早期公众舆论领域便具有双重性。梅嘉乐、瓦格纳、季家珍等学者便通过全面分析《申报》产生的社会背景认为当时的中国既存在一个想象中的公共舆论领域，又存在一个现实社会中的公共舆论领域。他们将晚清社会划分为不同的阶层，包括开明的官员和愚昧的人民、权威的官员和无权的民众，但他们都认为这个时期的公共舆论领域是由"以官员为主"或"以知识分子主导"的，且"权威声音"来自朝廷。换句话说，清政府严格控制着公共舆论领域，公民社会作为统治者和被统治者之间的调停者发展的公共空间很小。即使有所谓的"言路"（即社会和下级官员公开表达对国家及上级官员的批评意见的方式），社会和下级官员也几乎没有发出独立的声音，更不用说简单的信息传递，这些信息由清廷把持。即便清朝走向衰落，"秘密记录制度"却几乎达到其发展的顶峰，大多数官员并不了解更多的重要信息，公众则完全不了解。[7]虽然朝廷也发行了自己的宪报——《京报》，但《京报》

6　（德）费南山《读者之声：上海和香港最早报纸里的读者来信》，张仲礼编《中国近代城市企业·社会·空间》，上海社会科学院出版社，1998 年，第 263 页。

7　Barbara Mittler, *A Newspaper for China? Power, Identity, and Change in Shanghai's News Media, 1872-1912*. Cambridge: Harvard University Press, 2004. pp. 2-3.

出版的内容必须是朝廷认为的适当信息，并且仅在官员内部之间传递，普通民众很少能接触到。最终，自上而下和自下而上的"言路"都被封锁了，后者更为明显。

公共舆论领域的双重性便是由英语世界学者所述的传统领域及现代领域构成。传统领域由清政府经营掌管，其核心是在朝廷中，而交流媒介是口头传递、私人信件或者政府奏折。可以看出，这部分结构是垂直的，是自上而下的。至于现代领域，则是由外国商人、传教士、中国新兴小市民、知识分子和商人共同组成。交流媒介的主要形式是全国发行的书、信件、广播、电影，其结构是横向的。这两种结构并不均衡，传统领域显然占据主导地位。随着清廷日趋走向衰败，来自各方的力量都试图构建中国的公共舆论领域。当这些力量按照自己的意愿发挥作用时，便发生了戏剧性的转变。这种转变在上海这个具有多重性质的城市尤为明显。英语世界学者认为正是因为鸦片战争后通商口岸的建立，这些力量等到了一个更为广泛的、开放的、非政府把持的地区来表达自身诉求，而在中国土地上外国管理的"飞地"——上海成为了不二选择。在这个"飞地"中，不管是中国人还是外国人，他们选择使用一个共同的身份"上海人"定义自身，而这正是基于他们在相同的城市空间和模式上进行运作，而不是他们的种族、语言或文化背景而决定。[8]在瓦格纳看来，这个公共空间具有以下特色："它不是与民族共同边界的（coterminous），本质上是跨国的和国际的；它并非是同质的（homogeneous），而是在开放程度和'文明理性'上表现出明显的空间差异；它不会将表达局限于高深的论述，也不会限制能够产生它的社会阶层。它充分利用了不同社会阶层、不同'公众'的表达方式和行为方式"。[9]英语世界学者认为此时上海的公共舆论领域是此时期整个中国的缩影。中国在向世界开放后，上海首先聚集了各国势力，不同的文明、文化相互交错，以往沉默的阶层开始希望借助报纸等媒介发出自己的声音。

英语世界学者认为正是在这种背景下，具有"现代"意义的信息媒介及机构，如报纸或公民协会进入中国。报纸在进入中国之前就已经有其使命与规则。学者们对报纸的功能、目的和特点都有论述。梅嘉乐认为报纸有如下功能："收集及传播新闻、教育、现代化的表征、塑造公共舆论、对政府进行监督控

8　Rudolf G. Wagner, ed. Joining the Global Public: Word, Image, and City in Early Chinese Newspapers, 1870-1910. New York: State University of New York Press, 2008. p. 4.

9　Rudolf G. Wagner, ed. Joining the Global Public: Word, Image, and City in Early Chinese Newspapers, 1870-1910. New York: State University of New York Press, 2008. p. 4.

制"。[10]再从办报的目的来看，在梅嘉乐眼中，中国人"倡导学习外国媒介仅出于爱国主义、富强国家"，[11]即中国人学习西方国家创办报纸最强烈的目的是为了救国。从这些西式报纸的特点而言，费南山则认为报纸"不仅仅只是引入中国的'外国媒介'，而是作为外国人和中国人形成一种以不断交流和变化为特征的混合媒介，外国和中国元素相互融合以至于两者几乎无法区分。"[12]因此，办报对于中国人显得尤为重要，报纸不仅仅作为传递信息的媒介，而是可以为"公众"打开被封锁的"言路"，改变自上而下的传统单向信息通道，为公众提供公共舆论的平台，力争通过中外交流的方式达到强国的目的。

如前所述，中国新闻业的第一个阶段报纸领域是由外国人主导的。在1815年至1894年间，中国报纸几乎完全掌握在外国人手中。其中，英国是拥有报纸数量最多的国家，几乎是其他任何国家的两倍以上，美国位居第二，法国、德国和日本紧随其后。这些报纸大多位于上海、香港、澳门、广州、福州、天津和烟台等港口城市。其中，百分之七十的中文报纸由传教士创办的，其余百分之三十的中文报纸和百分之八十的英文报纸是外商创办的。因此，可以说晚清中国报纸的第一阶段是西式报纸的天下。尽管它们采用中文，但却具有强烈的西方色彩，尤其是西方思想的输入更是给中国社会带来了巨大的变革。虽然外国办报者否认自己办报是具有某种特定目的，但他们的确在尽力将报纸中国化，使其作为公共舆论领域的重要组成，扩大自下而上的信息传播模式而能够传达在传统媒介中缺席的民间声音。

英语世界学者认为，这些早期报纸的显著特征便是——非政治化倾向。学者白瑞华指出，站稳脚跟的报纸都是主营新闻业务的，很少或根本没有插手公共事务或试图打动公共舆论的倾向。[13]而季家珍则用"沉闷的制作"来形容报纸的特点。他们强调贸易和航运新闻，反映了大多数订户——贸易人口和新买办阶层的商业利益。[14]《申报》便是如此。虽然它的报道也会涉及政府新闻，

---

10 Barbara Mittler, *A Newspaper for China? Power, Identity, and Change in Shanghai's News Media, 1872-1912*. Cambridge: Harvard University Press, 2004. pp. 14-15.

11 Barbara Mittler, *A Newspaper for China? Power, Identity, and Change in Shanghai's News Media, 1872-1912*. Cambridge: Harvard University Press, 2004. p. 20.

12 Barbara, Mittler, "Between Discourse and Social Reality: The Early Chinese Press in Recent Publications" in *Modern Chinese Literature and Culture*, 2016. p. 7.

13 Roswell S. Britton, *The Chinese Periodical Press, 1800-1912*. Taipei: Ch'eng-wen Publishing Company, 1933. p. 81.

14 Joan Judge, "Print and Politics: '*Shibao*'（The *Eastern Times*）and the Formation of the Public Sphere in Late Qing China, 1904-1911", Ph. D, Columbia University, 1993. p. 11.

但它是"复制"当时的官报内容,并不作修改。其他影响力较大的报纸采取的是同样的方式,如 1893 年中外商人合资兴办的《新闻报》、王韬于 1873 年创办的《循环日报》。与其说早期报纸是一个政治宣传机构,不如说是一个商业信息服务机构,美查曾在各种场合表明自己创立《申报》是出于商业目的。通过浏览早期《申报》,英语世界学者注意到中国的商业经济、工业化等占有大篇幅报道。政治新闻部分则通常是一些琐碎无聊、无关紧要的小事件,1880 年的报纸甚至还在关注十几年前的事件。

早期报纸在艰难地渡过自己"被中国读者接受"的阶段,摸索如何能通过去掉异域性和陌生感而进一步走近社会大众。我们能很明显地从《申报》订阅量的变化发现读者对报纸的接受度越来越高。本书已在上一段中阐述季家珍的观点——早期报纸具有显著的"非政治化"倾向,它们将自身界定为信息交换的媒介,认为其主要目的是为商业服务,而非煽动大的社会变革。换句话说,早期报纸只是充当了中国人新的信息来源,并且这些信息多是与商业或生活相关的。正是这种大众化非政治化的早期报纸帮助普通民众意识到作为非精英人士也能有机会接触到以前只能被上层知晓的信息,哪怕在这一阶段他们只是被动地"接受"信息,但报纸作为打开"言路"的工具已经显而易见。

二、报纸作为公众舆论平台的合法性争议

报纸对社会舆论的影响速度、深度都远远超出当局者的意料,官方话语受到公众漠视,清政府不愿接受这样不可操控的局面,便开始注意逐渐限制报纸的社会作用以挽救政府濒危的公信度,遂而尽其所能地扼杀报纸行业,采取强制措施限制报纸的生产和流通。学者季家珍认为,如果一个公共舆论领域的发展程度可以用哈贝马斯所说的政府与新闻界的对抗状态来衡量,那么晚清限制新印刷媒体的措施和规定的历史就是 20 世纪初中国政治社会活力的见证。朝廷首先试图利用官方报纸来压制新的公共舆论,以配合改革报纸,具体表现:第一,在官方公报中公布新报纸的节选;第二,扩大在各省出版的官方公报的数量。[15]在英国,根据哈贝马斯的说法,在现阶段,就在"政治公共领域永久合法化之前,一本政治杂志的出现及其生存相当于以参与争取舆论自由

---

15 Joan Judge, "Print and Politics: 'Shibao' (The Eastern Times) and the Formation of the Public Sphere in Late Qing China, 1904-1911", Ph. D, Columbia University, 1993. p. 64.

和过度公开为原则的斗争"。清政府不愿参与这种斗争，反而起草了新的新闻法。1906 年，《大清印刷物专律》公布，规定新闻作品在印刷前必须经过检查。从 1898 年起，旨在限制平面媒体影响力的法令、法规和法律的发展，首先揭示了朝廷对新出现的公共舆论的威胁有多深，其次，政府措施的无效最终是在遏制它。[16]社论家胡玛写道，尽管政府采用了公共政治的语言，宣布"国家的一切事务都将向公众开放（庶政公诸舆论）"，并将制定宪法，但实际上"所有的决定都是由朝廷再次作出的"，尽管朝廷坚持"统治者和被统治者统一"的理想，但人民仍然被排除在政治平衡之外。[17]英语世界学者对于报纸作为最为重要的公众舆论平台的整个合法化、制度化过程表现了极为强烈的兴趣。前文中论述了英语世界学者对于西式报纸本土化的措施，但这些因素是直接呈现在读者眼前的，本土化的更为根本的原因便是在于其自身的合法性得到法制认可。

（一）报纸舆论的政治性倾向

早期西式报纸的本土化推动了中国报业的发展。学界通常认为，中国新闻事业的第二阶段是百日维新运动的产物。在这次运动的前几年里，新闻界在数量和地域上都有了戏剧性的扩张。在 19 世纪 90 年代中期，大约有 12 家报纸都出现在主要港口城市，尤其是香港和上海，在 1895 年至 1898 年间，数量增长到 60 家，并且越来越多的报纸出现在外国主导的中心之外。1898 年 9 月末，政变虽然有所减缓，但也无法阻止新闻界的扩张。在 1898 到 1911 年间，日本、美国、东南亚、香港和澳门等地出现了 30 多家改革报纸。英语世界学者指出，这些改革报纸有两个共同的特点。首先，在形式上，突出了编辑职能的转变。其次，在理论上，强调了新闻界的民族主义与民主化。[18]这在某种程度上表明，报纸已经开始摆脱单纯传递商业、民生信息的角色，逐渐引领读者走向政治领域。

在西方和中国，编辑职能的转变标志着新闻发展的第二阶段。季家珍指出，正如 19 世纪早期欧洲新定编辑自主权带来的"重要文章"制度一样，"社

---

16 Joan Judge, "Print and Politics: 'Shibao' （The *Eastern Times*）and the Formation of the Public Sphere in Late Qing China, 1904-1911", Ph. D, Columbia University, 1993. p. 67.

17 Joan Judge, "Print and Politics: 'Shibao' （The *Eastern Times*）and the Formation of the Public Sphere in Late Qing China, 1904-1911", Ph. D, Columbia University, 1993. p. 79.

18 Joan Judge, "Print and Politics: 'Shibao' （The *Eastern Times*）and the Formation of the Public Sphere in Late Qing China, 1904-1911", Ph. D, Columbia University, 1993. p. 12.

论"或编辑成为晚清报纸改革的基本特征。[19]报人充分利用社论，号召国人行动起来救国，许多改革或革命团体纷纷拥有自己的宣传工具，如强学会就发展了自己的机关报《万国公报》。当编辑有了自由时，就像政治机构有主宰权一样可以主导舆论。随着报纸进一步深入到民众生活中去，越来越多的文人、爱国知识分子成为社论家，这种"自由"也被更多的人享受。在这一阶段报纸所构建的公共舆论领域进一步开放，涉足政治改革话题。

季家珍进一步谈到，在中国以政治讨论为重点的编辑职能的兴起，始于戈公振所谓的民报与官报或外报的反抗。这些民报是由商人、买办、洋务派和受西方文化影响的知识分子创办，包括由艾小梅于 1872 年成立于汉口的《昭文新报》；荣闳于 1873 年在上海创办的《汇报》；王韬于 1873 年在香港创办的《循环日报》；冯焌光于 1876 年在上海成立的《新报》和邝其照于 1886 年在广州成立的《广报》。与外国人创办的报纸不同，这些报纸强调政治讨论，力图揭露官员腐败，这也标志着中国报纸政论传统的开始。[20]

不过，季家珍也谈到，在这个早期阶段，中国读者都没有意识到报纸的政治作用。直到 1894-1895 年中国对日战争的惨败激起了全国舆论，改革派报纸如《中外纪闻》《强学报》才开始吸引更具有政治觉悟的读者。这也导致了最具影响力的早期改革报纸《时务报》和《时务日报》的诞生。这些早期报纸的一个重要贡献就是培养了一批政治评论员：梁启超、麦梦华、徐勤、欧榘甲、唐才常、谭嗣同，等等。这些文人运用梁启超大量推荐的政治文风，引进西方新观念，对国内外事务进行评论，推动形成改革的舆论。他们的社论文章主要是关于国家事务的社会政治论文，促进了新闻作为民主化和民族主义力量的新概念。

在发展的第二阶段，出现了一些独立改革刊物，如《知新报》《湘学报》《湘报》等，这些独立刊物将批评评论和公开反对政府作为正常事务的一部分，确立了晚清政治新闻的传统。在一个国家政府政策在过去并不被视为有趣或合法的关注事项的国家，这一发展具有历史意义，代表了一个国家公共政治的形成。就像欧洲晚期专制主义的情况一样，"公共领域仅仅是统治者的权力展现在人民面前的领域"快速被"一个国家权力通过人民的知情和批判性话语

---

19 Joan Judge, "Print and Politics: 'Shibao'（The *Eastern Times*）and the Formation of the Public Sphere in Late Qing China, 1904-1911", Ph. D, Columbia University, 1993. p. 13.

20 Joan Judge, "Print and Politics: 'Shibao'（The *Eastern Times*）and the Formation of the Public Sphere in Late Qing China, 1904-1911", Ph. D, Columbia University, 1993. p. 13.

而受到公众监督的领域"所取代[21]。随着 20 世纪初公共原则在中国的确立，政治实践发生了根本性转变。

几乎每一家新的改革报纸在其成立之初都宣称，它的出版是为了应对国家危机。在深刻的民族生存危机意识的推动下，改革派把报纸视为提高对帝国主义危险意识和改革迫切性的工具。同时，与早期以地方新闻为重点的中国报纸不同，第二个发展阶段的报纸以国家为主体，谴责国家弱点，辩论国家潜力，制定国家强大的方法，不断评估中国的国际地位，更加符合中国报人最初的想法——为强国而办报。

（二）公众舆论领域理论与实践研究

公众舆论领域的合法性确立不仅仅源于其政治性倾向的转变，英语世界学者指出在这个过程中公众舆论理论及实践为其法制化提供了更为重要的支持。

梁启超的公共舆论理论是学者们着重关注的，季家珍对哈贝马斯的公共领域理论和梁启超的公共舆论理论进行了对比。哈贝马斯认为媒体是在公共领域范围内的公共社会机构，而梁启超认为新闻是普通民众和官方交流的中介。梁启超把舆论放在治国最重要的位置，他认为自己改革支持的立宪政府为"舆论政府"。另一学者指出，"梁启超流亡日本期间，正逢西方思想在日本大为盛行。梁启超深感新闻业蓬勃发展给日本带来的变化，他认为西方新闻理论提高了日本报业的水平，间接改变了日本落后的国情。日本报业的繁荣给日本带来的巨大变化，使他确信强大独立的媒体可以塑造公共舆论。"[22]不仅如此，梁启超的自由思想与他在日本的经历密切相关。"梁启超认为文人的自由思想不仅能促进社会文明进步，还能正确引导公共舆论"。[23]这在一定程度上肯定了知识分子在舆论媒介中的重要性，也重申了新一代舆论媒介的社会责任。

梁启超的"公众舆论社会责任"在其创办的《时报》中得到了体现。季家珍认为"《时报》的主要编辑和记者将印刷和政治联系起来，既是舆论的塑造者，也是舆论的动员者。他们以新型的政治宣传家和坚定的改革家的身份，积

---

21 Joan Judge, "Print and Politics: 'Shibao'（The Eastern Times）and the Formation of the Public Sphere in Late Qing China, 1904-1911", Ph. D, Columbia University, 1993. p. 17.

22 Zhang Volz Yong, "Journalism as a Vocation: Liang Qichao and the Contested Ideas of Journalism, 1890s-1900s" in the Annual Meeting of the International Communication Association, New York, Vol.5, 2009. p. 22.

23 Zhang Volz Yong, "Journalism as a Vocation: Liang Qichao and the Contested Ideas of Journalism, 1890s-1900s" in the Annual Meeting of the International Communication Association, New York, Vol.5, 2009. p. 22.

极地为实现宪法秩序而斗争"。[24]

梁启超和狄葆贤于 1904 年创办的《时报》，遵循了新媒体的编辑功能和强调改革主题的模式。而且，它抵制了流亡东京的康梁派的政治命令，并对新觉醒的公共舆论和晚清政治公共领域中迅速发展的事件做出回应。这样《时报》就形成了越来越独立的立场，在宪政运动中引入多元化元素，为 20 世纪初的改革道路确定新的潜在轨迹。

季家珍还认为，《时报》虽然支持建立君主立宪制，但拒绝认同康有为和梁启超的君主协会。它与江浙立宪运动领袖张健关系密切，但其反清立场始终比张更为尖锐，对辛亥革命的拥护也更为欣然。这家报纸既对长三角改革派公共舆论产生影响，也受其影响，包括从温和的改革主义到更激进甚至革命的思想。这种公共舆论是针对政治事件而形成的，不受任何一个派别或政党的领导。《时报》利用印刷和政治对这些事件做出反应，对晚清政治公共领域的复杂性、多元性、广泛性起到了至关重要的作用。[25]报纸的舆论价值不仅在国内受到重视，而且是在国际利益的争取上亦发挥了重要的作用。如玛丽安·杨（Marian H. Young）所提到的日本记者在日俄战争后从日本驻沈阳总领事馆出版中文报纸以获取中方的舆论支持，从而取得相应的权利和经济利益。[26]

报纸的舆论合法化还体现在公共事件的处理态度上，瓦格纳所探讨的杨月楼案事件结果的扭转证实了公众舆论的官方认可。在《申报》一再的舆论炮轰之下，这个事件很快传遍了上海的每个角落，其他报馆也参与到该话题的讨论中，一时间，杨月楼的命运成为上海男女最为关注的事情。而守旧的粤商们对于媒体工具的运用，完全不能与专业的主笔团队相提并论，社会舆论逐渐偏向了杨月楼的一边。后来，《申报》又刊登了《英京新报论杨月楼事》，最终两位当事人得以逃脱冤屈。《申报》连续几年关注此事，刊登多篇文章，最后造成了一定的舆论压力，扭转了事态。[27]

24 Joan Judge, "Print and Politics: 'Shibao'（The Eastern Times）and the Formation of the Public Sphere in Late Qing China, 1904-1911", Ph. D, Columbia University, 1993. p. Abstract.

25 Joan Judge, "Print and Politics: 'Shibao'（The Eastern Times）and the Formation of the Public Sphere in Late Qing China, 1904-1911", Ph. D, Columbia University, 1993. pp. 34-35.

26 Marian H. Young, "ShengjingShibao: Constructing Public Opinion in Late Qing China", Ph. D, University of Hawaii, 2008. p. 178.

27 Rudolf G. Wagner, "The Shenbao in Crisis: The International Environment and the Conflict between Guo Songtao and the Shenbao" in Late Imperial China, Vol.20, No.1,

在报纸舆论的逐日发酵下，办报人及编辑越来越认为"公共舆论如果需要作为一种合法的政治力量，就需要一个制度基础和法律保障。在争取这一新的强有力的公众声音正式制度化的斗争中，改革派挑战了朝廷对宪法改革的阻挠，提高了民众对当今政治问题的认识，刺激公民自己寻求真相并将真相告诉当权者，他们将政治从朝廷的专属领域带到公共舆论领域"。[28]制度化也将有助于发展更具纪律性和活力的舆论。一位社论家在 1908 年写道："在观察当今公民对政府的行为时，似乎存在着部分民意……公共舆论要发展和繁荣，就必须建立在作为舆论代表的法律制度基础上。"[29]

三、早期报纸双重身份下的本土化

根据海德堡大学学者们的研究，西式报纸"外来者"的身份是明确的，因为现代报纸的体系、制度等基本起源于西方。但令人奇怪的是这些报纸在销售时并没有被视为外来物，报纸所具有的"异域性"并没有在读者群中有强烈的表现，而是很快获得了中国读者的认可。据瓦格纳的研究表明，《申报》在其成立后的短短 4 年内日发行量已经到达 5600-7000 份，在各个地方还设有办事处，办事处负责将报纸销往中心城市和周边地区。[30]而外国人要使办报获利必须首先使读者接受读报。《申报》的创始人美查不止一次澄清其办报的目的仅是为了商业盈利。《申报》是英国所有，故而它很容易被怀疑是英国政府在中国的舆情收集局。但从一开始的社论中，《申报》就明确指出自身创建报纸如其他普通报纸一般在中国公共舆论领域并非带有其他政治利益目的。英语世界学者指出，在《申报》1875 年的一篇社论中，记者有力地回击了关于《申报》角色的质疑，社论以一句令人惊叹的话开头："这份报纸是为了盈利而建立的。"[31]这种强有力且明确的态度进一步证实了早期西式商业报纸的商业本质。其他西式报纸也大多拒绝了资助，希望通过独立办报获得收益以支撑报纸

1999. p. 123.

28 Joan Judge, "Public Opinion and the New Politics of Contestation in the Late Qing, 1904-1911" in *Modern China*, Vol.20, No.1, 1994. pp. 65-66.

29 Joan Judge, "Public Opinion and the New Politics of Contestation in the Late Qing, 1904-1911" in *Modern China*, Vol.20, No.1, 1994. p. 83.

30 Rudolf G. Wagner, "The *Shenbao* in Crisis: The International Environment and the Conflict between Guo Songtao and the *Shenbao*" in *Late Imperial China*, Vol.20, No.1, 1999. p. 108.

31 Rudolf G. Wagner, "The Early Chinese Newspapers and the Chinese Public Sphere" in *European Journal of East Asian Studies*, Vol.1, No.1, 2001. p. 18.

的发展。为了进一步打开销路，维持自身的生存与发展，外国报人们不约而同地寻求"本土化"以期望被读者完全接受。学者瓦格纳认为，办报初期，西式报纸仍受外国报业在规则、体系、设备等方面的影响，但无法忽略本土政治文化而存在。即使居民对西方以及外国物品充满着向往或存在着某种特别的联系，上海的报纸也不能作为外国媒体的简单复刻而被接受。正如梅嘉乐所言，"就像国外的音乐、艺术、文学、哲学一样，外国报纸也许会因为它的新奇而被赞美和模仿，但如果要融入新的环境中，它必须要做出相应的改变"。[32]最终，报业在中西双重身份认同的矛盾下选择了进行本土化尝试。

　　英语世界学者的研究表明，传教士与早期商人在办报的过程中皆意识到报纸本土化的问题，并试图采取各种措施减少它们的异域性。他们十分清楚外来媒体想要在中国达到预期效果就必须穿上"中式外衣"。于是不管是传教士报纸、商报还是政治报，他们都采用相同的策略使得外国媒体适应中国人的习俗，即"所有的报纸取得其合理性不是依靠其外来性或新奇性，而是因为其传统化与中国化"。[33]西式报纸传入中国后，内外结构都发生了变异，创办人希望塑造本土化的形象而获得中国读者的接受，并作为中国公共领域有机的内在组成部分。由于报纸中出现了许多中国传统元素，在当时甚至出现了"报纸真正源自西方和报纸是中国古代的一种形式"[34]的论争。

　　当时报纸的本土化程度之深从读者常常忽略办报者是外国人而非中国人这一点中可见，《申报》便是其中最典型的例子。《申报》创办者采用了文化包装，中西合并以降低异域程度谋求读者的接受，从而立足于中国。学者梅嘉乐以《申报》为例揭秘了报纸生产过程中的关键概念如理性、客观性、真实性，以及报纸成为公众舆论平台的接受策略。她认为，"报纸及其新闻内容最初以具有'中国性'吸引大众"[35]。梅嘉乐通过研读此期的报纸，不难发现，大多数报纸本土化的措施主要有：取用中国编辑、采用中式版面和中式发行模式、

32　Barbara Mittler, *A Newspaper for China? Power, Identity, and Change in Shanghai's News Media, 1872-1912*. Cambridge: Harvard University Press, 2004. p. 43.

33　Barbara Mittler, *A Newspaper for China? Power, Identity, and Change in Shanghai's News Media, 1872-1912*. Cambridge: Harvard University Press, 2004. p. 53.

34　Barbara Mittler, "Domesticating an Alien Medium: Incorporating the Western-style Newspaper into the Chinese Public Sphere" in Rudolf G. Wagner, ed. *Joining the Global Public: Word, Image, and City in Early Chinese Newspapers, 1870-1910*. New York: State University of New York Press, 2008. p. 35.

35　Barbara Mittler, *A Newspaper for China? Power, Identity, and Change in Shanghai's News Media, 1872-1912*. Cambridge: Harvard University Press, 2004. p. 43.

关注中国国内事件、运用中式表达和修辞等。最终，"报纸通过创造性的借鉴和文化转化成为了合法的中国产物"。[36]这种本土化策略显然是成功的。

（一）中国办报人由"被动"而"主动"

早期报纸的办报人虽多是传教士、商人等外国人士，但是他们雇用的主编、编辑都是中国人。梅嘉乐谈到，在《申报》自1894年后的几十年里，就由中国人担任主笔，即便是由美查担任主编期间，他也尝试在与报纸读者的交流中，运用正确的语气，模仿中国人的说话方式。[37]瓦格纳指出，美查创办的《点石斋画报》，同样聘请了中国人吴友如担任其主笔人。[38]到了中国新闻事业发展的第二阶段，知名报纸的主编几乎都是中国人。晚清之际，报纸对于国人而言还是一个新鲜事物，主动办报的知识分子不多，且多是由于科场失意而被动以此为生计之谋。如王韬创办的《循环日报》开启了一片新的天地，这是新旧交替时代知识分子必须作出的选择，王韬在创办了《循环日报》之后仍数次参加科考。而在科举屡试未中之时，他又积极向清政府各级官绅，如曾国藩、徐君青、吴煦、李鸿章等殷勤上书献策，试图从多方面寻求一展其才的机会。王韬为1895年的维新知识分子"自觉"办报起到了开拓者的示范作用。到后期，中国人开始模仿西式报纸创办纯中式报纸，在报纸的形式、内容、编辑队伍的各方面显现出强烈的中国特色。中国人由参与办报至独立办报体现的是对一种新兴媒介的接受，在知识分子充分认识到报纸的舆论作用时，办报无论从商业利益还是精神影响层面都带有了"自觉性"与"主动性"。

（二）报纸版面的"中式面貌"

西式报纸版面完全不同于中式书籍，英语世界学者们注意到西式报纸本土化的重要表现便是报纸版面的本土化调整。报纸的版面决定着它的第一印象，甚至决定着报纸的生死存亡，明代时期的报纸在形式上如同书籍，单面印刷，折叠后装订，即"书册式"。梅嘉乐在研究中谈到，当时报人们用单面印

36　Barbara Mittler, *A Newspaper for China? Power, Identity, and Change in Shanghai's News Media, 1872-1912*. Cambridge: Harvard University Press, 2004. p. 117.

37　Barbara Mittler, *A Newspaper for China? Power, Identity, and Change in Shanghai's News Media, 1872-1912*. Cambridge: Harvard University Press, 2004. pp. 45-47.

38　尽管瓦格纳认为证据不充分，但中国的研究普遍认为是吴友如是《点石斋画报》的主画人。详见 Rudolf G. Wagner, "Joining the Global Imaginaire: The Shanghai Illustrated Newspaper *Dianshizhaihuabao*" in Rudolf G. Wagner, ed. *Joining the Global Public: Word, Image, and City in Early Chinese Newspapers, 1870-1910*. New York: State University of New York Press, 2008. pp. 126-127.

刷在竹浆纸上的小的、折叠的小册子取代大的、长方形的双面印刷的大型报纸。这样做无疑会使读者联想到中国古代的书本。[39]另外一个版面本土化的重要表现则是早期《申报》不仅没有标点，而且在最早出版的几年，文章用大的圆圈或是空格在标题之后分开，而这些都是模仿中国传统报纸《京报》的方式。[40]典型例子如马礼逊（Robert Morrison）和米怜在马六甲创办的《察世俗每月统纪传》采取的便是书册式，林乐知（Young J. Allen）主导的早期《教会新报》采用木刻封面，梁启超、康有为等资产阶级维新派所创办的《万国公报》《时务报》等报纸都是采用书册式，等等，这一习惯持续至辛亥革命第二次国人办报高潮期。报纸成为国人稳定的获取信息的来源后，由《时报》开启的新式报纸版面逐渐代替了早期报纸的本土化措施。

（三）报纸内容社会化

早期西式报纸多是传递商业信息，以利益为上。西式报纸本土化的重要目的就是争取范围大且忠实的读者群，因此，西式报纸十分关注读者对于社会事件的好奇。这一时期的读者不再是只关心生活"柴米油盐"的"社会看客"，而是成为关注社会时态的"公众"。英语世界的学者关注到，一方面，有些西式报纸部分或者全部重印官报《京报》的内容；另一方面，这些报纸的大部分内容都是关于社会新闻或中国传统文化。瓦格纳在论文中谈到，"以1874年创立的《寰瀛画报》为例，该画报主要是复制西方著名画家的画作，但是就内容而言，仍然是将中国宫廷与现代化的武器联系起来"。[41]在瓦格纳看来，1876年发行的《点石斋画报》更是将西方先进的技术与中国传统结合的典型。该报的画家几乎都是中国人，能充分考虑读者的感受，以读者为导向选取内容。该刊物不仅关注重大政治事件，也包括离奇的、及时的、具有轰动效应的事件，比如"克复北宁黑内水站刘军的省新图"就通过插画的方式刻画了中法海军戏剧性的冲突。同时，该报还报道许多小市民活动、社会新闻。这些报道绝不是简单复制其他来源，而是报纸编辑带有主观性的事件书写。报纸内容的社会化

---

39 Barbara Mittler, *A Newspaper for China? Power, Identity, and Change in Shanghai's News Media, 1872-1912*. Cambridge: Harvard University Press, 2004. p. 47.

40 Barbara Mittler, *A Newspaper for China? Power, Identity, and Change in Shanghai's News Media, 1872-1912*. Cambridge: Harvard University Press, 2004. pp. 47-49.

41 Rudolf G. Wagner, "Joining the Global Imaginaire: The Shanghai Illustrated Newspaper *Dianshizhaihuabao*" in Rudolf G. Wagner, ed. *Joining the Global Public: Word, Image, and City in Early Chinese Newspapers, 1870-1910*. New York: State University of New York Press, 2008. p. 111.

被英语世界学者视为报纸成为公众舆论平台的重要一步，公众在报纸中获得相同的新闻信息，找到一致的谈资，遂而在其中寻找共鸣，从而将文本化的事件公众化。

（四）发行周期本土化

英语世界学者也同样注意到了西式报纸在发行方式上的本土化努力。在西方，人们参考一周七天的模式发行报纸；但在中国，人们却习惯性地将一个月分为三旬。公历是西方通行的纪年方式，而中国人更愿意使用自己传统的农历纪年方式。英语世界学者发现，西洋办报人深知这一点并主动将出版周期调整至中国模式。梅嘉乐指出《点石斋画报》和《时务报》都是十天一期，遵从中国人十天一旬的习俗，而不是西方七天一周的传统。此外，《申报》在最早几期出版以后只使用中国旧历。直到 1875 年后，才开始同时采用中式和西式日历。[42]采用中国旧历的主要目的也是为新兴事物戴上一层熟悉的面纱从而打开中国市场。

（五）报章写作的"文学性"风格

西式报纸中采用的写作讲究语言准确，真实简洁。但是这种写作方式显然陌生于中国人，故而报章的写作方式也进行了本土化处理。梅嘉乐指出，19 世纪的新闻业被认为是文学创作：文学形式、虚构与求实的叙述、散文和诗歌是中国报章中新文体的支柱。早期报纸在性质上是具有文学性的。中国人从头到尾阅读报纸的习惯，报纸装订成书的形式，以及报纸中的故事包含在志怪集中，表明了报纸被视作文学作品而阅读。因此，她得出这样结论："中国的新闻从一开始就是文学新闻。"[43]梅嘉乐进一步指出，"在 20 世纪初，西方国家的社论已经不被视为个人行为，而是代表报纸发声。而中国报纸的社论是由编辑部的人轮流书写，他们的观点甚至是完全矛盾的"。[44]这也从另一个侧面说明，"中国的社论不仅以文学散文的形式书写，它们在本质上就是文学"。[45]

随着《申报》内容的重组，一些短评如评论、社论、时评、杂评、清谈出

---

42 Barbara Mittler, *A Newspaper for China? Power, Identity, and Change in Shanghai's News Media, 1872-1912*. Cambridge: Harvard University Press, 2004. p. 50.

43 Barbara Mittler, *A Newspaper for China? Power, Identity, and Change in Shanghai's News Media, 1872-1912*. Cambridge: Harvard University Press, 2004. p. 115.

44 Barbara Mittler, *A Newspaper for China? Power, Identity, and Change in Shanghai's News Media, 1872-1912*. Cambridge: Harvard University Press, 2004. p. 84.

45 Barbara Mittler, *A Newspaper for China? Power, Identity, and Change in Shanghai's News Media, 1872-1912*. Cambridge: Harvard University Press, 2004. p. 85.

现在报章中。梅嘉乐以"时评"和"清谈"为例，指出这些所谓的新式评论形式实则仍然采用传统的写作方式。他们使用传统修辞技巧如重复排比，以告诫官员的姿态进行写作，这些新的评论通过传统写作方式获得大众认可。在倡导新事物时，报人们仍使用传统写作手法。也正是由于这种形式和内容的对立，加上快速流传和广泛的受众基础，促成了新文体的产生。此外，不得不提的是，《申报》的很多社论都是以八股文的形式书写。通过梅嘉乐的分析，虽然《申报》社论与传统八股文发生了一些变化，比如字数、行数、排比等，但是其核心结构并没有改变，而是严格遵从了八股文的论述方式。报人们在使用这些旧的形式来表达新的观点时，不仅不会使读者感到两者之间的不协调，反而能够帮助他们更好地接受外来信息。

通过报人们不懈的努力，大多数西洋报纸最终成功实现"本土化"。利用报纸本身的"异域"特征，吸引大多数中国人的眼球，再采用各种策略将其包装成"中国本土"的产品，最终得到了众多读者的认可。西式报纸"本土化"的做法不仅赢得了中国读者的青睐，更是潜在地形成了公众参与的隐形平台，逐渐成为中国公共舆论领域的一股重要力量，尤其是西式报纸采用的话语模式——传统的"社论"模式更使报纸与政治紧密相连，这使得其在中国社会变革中担任着举足轻重的舆论场作用。根据梅嘉乐的观点，"社论主要是关注国家与政治，而这些传统论述方式仍然在政治交流中发挥作用"[46]，这样看来，西式报纸试图用中国传统的论说模式来包装自己的时候，不自觉地将会走向"国家与政治"，逐步去掉自身的"非政治化倾向"，从而在中国政治变革的过程中占据一席之地。

第二节　报纸舆论领域的社会群体构成及干预

近代报纸作为外来物，将"公众"、"舆论"等概念引入国内，不仅将自身定位为信息中介，而且致力于搭建一个为各阶层提供发声的场所和机会的平台。早期的记者不再是为传统精英阶层提供信息的文人，也不准备拒绝这一传统，他们逐渐注入了一种新的精神，即继续坚持传统的统治者与被统治者和谐相处的理想，同时促进对抗性的公共政治新模式。这一思想伴随着报纸越来越深入到中国民众的生活中去，也越来越深刻地影响中国晚清的社会阶层。这一

---

46 Barbara Mittler, *A Newspaper for China? Power, Identity, and Change in Shanghai's News Media, 1872-1912*. Cambridge: Harvard University Press, 2004. p. 68.

时期，晚清的社会阶层发生了巨大的变化。曾经生活在社会边缘的失意文人、都市知识分子等通过笔杆向社会发出自己的声音。随着报纸的日益流行，他们的舆论引导力量不断加强，甚至有时候迫使上层不得不向其妥协。换句话说，以文人知识分子、商人等为代表的社会阶层的力量和声音日渐壮大，形成了上下之间的双向传播，而这样的传播对社会可产生巨大影响。

同时，他国政府更擅长利用这个公共舆论领域发声，使得包括官员、文人、知识分子等在内的社会各阶层的行为在一定程度上受到了舆论的控制。英语世界学者玛丽安在其博士论文《〈盛京时报〉：构建晚清时期公众舆论》（*ShengjingShibao*: Constructing Public Opinion in Late Qing China）以日本创办的中文报纸《盛京时报》（*Shengjing Times*）为例阐述了清朝后五年该报在沈阳及其周边地区构建公共舆论中所发挥的作用。该报由日本新闻工作者中岛真雄（1859-1943）创办，主要面对东三省的读者，一直出版到第二次世界大战爆发为止。《盛京时报》在其成立之初就获得了日本驻沈阳总领事馆的资助，可见其明确的政治性。该报旨在向读者宣传日本的出现是该地区的福音，敦促中国读者意识到中日合作会为中国带来好处，即日本对中国的占领不是侵略而是为了建立"大东亚共荣圈"，共同繁荣。同时，它向读者提供了有关新政策或清廷及其官员自1901年开始实施的一系列改革的新闻和观点。但该报不鼓励针对日本的具有反帝性质的中国民族主义。1909年，由于9月签署的《满洲公约》增加了日本在该地区的经济利益，而引起了抵制日本的运动。其报纸上刊登了禁止该抵制的中国官方声明。由于该报纸很少大规模地报道在1909年由广东开始的抗日商品抵制活动，从而有助于平息东三省抵制日货的活动。读者在没有接触到或者极少接触到广东抵制日货的消息的背景下也不会"发声"号召民众参与行动。玛丽安认为，该报纸的沉默可能对该地区加入革命产生了影响。据爱德华·罗德斯（Edward Rhoads）所言，抵制运动使广州居民政治化，抵制运动的目标也不止是一个帝国主义的商品，这有助于营造有利于革命的舆论氛围。相反，沈阳及其周边地区的民众没有经历这种政治化的自由。[47]为应对日本政府的压力，在《盛京时报》缺乏对该运动的详细报道下，1909年的抗日商品抵制活动很快被平息。同年10月9日，由中部城市发生的意外爆炸事件引发了革命，一个又一个省开始支持这场革命，但东北地区却在

---

47 Marian H. Young, "*ShengjingShibao*: Constructing Public Opinion in Late Qing China", Ph. D, University of Hawaii, 2008. pp. 185-186.

这场运动中保持沉默。很明显，这是由于"忠实的"赵总督在该地区实施了新闻封锁，该报只能在四天后报道"叛乱"。而赵总督的忠诚以及革命领导者对日俄可能发兵的担忧是很多历史学家认为东北没有参与 1911 年革命的原因之一。[48]也正是因为该地区没有参加 1911 年革命，该地区常常被称为"政治上的落后"，在玛丽安看来，这与《盛京时报》所构建的公共领域是密不可分的。这是一个利用各阶层不同的反应进行政治操作的例子。在《盛京时报》构建公共领域，报道政治事件时，它并没有充分发动各阶层的力量，相反，不报道或者少报道以对其"灭声"，减少各阶层对事件的知情，尤其是阻碍文人、知识分子等中产阶级对抵制事件的了解，避免挑动各界对抵制日货的热情，从而使东三省人民不回应此次活动。这也可以看成是通过阻碍各阶层接触某一事件，从而试图改变或延缓中国政治变革进程的典型例子。

英语世界学者从报纸与社会各个阶层，包括精英阶层、中产阶级、普通读者的关系来分析了报纸所构建的公共舆论领域，并阐释了它的主要特点。

一、报纸与政府统治者的斡旋妥协

在晚清报纸的参与下，该时期公共领域建立并得到了较大的发展。费南山通过对《申报》与郭嵩焘的冲突事件研究表明，虽然政府官员有时候指责报纸破坏其形象，但清廷并没有打算对报纸进行严格限制。在梅嘉乐、燕安黛等人的研究中，他们不止一次指出清廷在报纸出现之前，在信息传播方面享有绝对的核心地位。大量的官场信息只是出现在官报、邸报中，而且是以非公开的方式在特定人群中进行传阅，大众无从知晓政府的各种信息。正如瓦格纳所言，"前现代中国的公共领域知识分子大体上是由官员或是有教育条件的人组成的。由于这一阶层的人在全国范围内流通，中国公共领域的规模是全国性的"。[49]朝廷的声音在公共舆论领域中一直是最响亮和持久的。由于公众对朝廷合法性的认识取决于其统一国土思想的能力，因此报纸在公开表现和定期展示这种统一性方面付出了很大努力。虽然朝廷允许其官员提出国家政策建议，但问题只有在得到皇帝的批准和由朝廷钦定的官方机构张贴才能公之于众。

48 Marian H. Young, "*ShengjingShibao*: Constructing Public Opinion in Late Qing China", Ph. D, University of Hawaii, 2008. p. 185.
49 Rudolf G. Wagner, "The Early Chinese Newspapers and the Chinese Public Sphere" in *European Journal of East Asian Studies*, Vol.1, No.1, 2001. p. 10.

随着上海报业的早期发展，政府在报业中的地位依然举足轻重。即使是《申报》初期时也不免复制出版《京报》全文以表达自身的态度。政府在如何处理新媒体与新技术的出现方面破费了心思。最终官方机构进行调整以官报的形式延续了《京报》的传统，官报后来成为民国政府的首选媒体和中华人民共和国报纸的真正鼻祖。

西式报纸在中国出现时，中国官员很快就承认了他们在传递信息方面的价值，这些报纸为中国官员展现了很多隐藏的事情；多数中国公众也认可报纸声音的重要性和合法性。英语世界的学者总结到，从皇帝到普通民众都相信媒体的强大力量。但是，对于媒体到底为谁发声，公众和官方却有不同的看法："公众认为媒体发出的是权威的声音，而当权者认为媒体为公众发声。"[50]瓦格纳注意到，媒体为谁发声并非一层不变。当梁启超在《时务报》创办的前几个月设法将其变为《清政府公报》时，他宣称这份报纸同时具有改革的合法性和朝廷的话语权。1898年"百日维新"失败后，他改变了报纸的听众，转而向"人民"讲话，而不是向官员讲话。因为他意识到上层精英或许并不需要他的讲述，转而向"人民"普及西方思想，希望通过启发中间阶级和下层民众，达到救国的目的。[51]

学者瓦格纳认为，自汉武帝时代起，朝廷在公共问题的表述上始终坚持霸权的原则，但是"实际上朝廷并没有真正成功地维护这种霸权，也很少使用武力来维护"。[52]在担任官职的精英所共有的政治哲学中，皇帝作为中心的象征，仍然是社会秩序和精神统一的最重要来源，而这种统一被认为是其基础。因此，这些努力集中在使皇帝达到这一崇高目标，而不是建立一个制衡制度。清廷为实现公共领域的霸权而采取的行动，更多地是为了获得儒家精英的自愿遵守，从圣语所包含的道德准则到官方经典版本，并不容易建立严格的审查制度。18世纪末，在年迈的乾隆皇帝的统治下，上层统治者常常采取严厉的措施来惩戒失言者。然而，在英语世界学者看来，与同一时期的法国相比，中国文人和官员在理论上和事实上，"即便在这黑暗的几十年里，都享有自由，只是这种自由是在私人领域而非公共领域"。比如有关"考证"就在很大程度上

---

50 Barbara Mittler, *A Newspaper for China? Power, Identity, and Change in Shanghai's News Media, 1872-1912*. Cambridge: Harvard University Press, 2004. p. 410.

51 Rudolf G. Wagner, "The Early Chinese Newspapers and the Chinese Public Sphere" in *European Journal of East Asian Studies*, Vol.1, No.1, 2001. p. 11.

52 Rudolf G. Wagner, "The Early Chinese Newspapers and the Chinese Public Sphere" in *European Journal of East Asian Studies*, Vol.1, No.1, 2001. p. 10.

破坏了经典著作的传承及其权威，但该研究仍然不必先在日本、越南或俄罗斯出版，再偷偷走私回中国，而是直接就在中国出版发行。由此可见，中国上层精英其实并未太过于限制报纸的发展。[53]

费南山对于清政府与报纸的看法另有创见，他认为清朝统治者一直想控制公众言论，但是没有中央政府机关规范出版，只有审查机构和教育机构负责这项工作，"中国的出版法规在国外报纸出现 30 年后才制定出来，实际上，历史资料显示中国政府并不急于干预报业，相反，他们故意把相关问题的决断权力交到外国人手上"。[54]前一节已经提到过，众多报纸聘请外国人当主编或以外国人的名字发表文章以求政治保护，有外国背景的报纸一时间比本土报纸地位更高。之后英国方面正式授权出版中文报纸时并没有承认中文作家能替代他们发声——无论是在道德还是政治层面亦或是在其他领导民意的机构里。最后，中国和西方权威一定程度上在不限制报纸这个新兴公共领域方面达成了共识。因此，英语世界的学者认为关键的问题不仅仅是捍卫出版自由，还包括这个新社会舆论角色尝试进入公共空间的权力归属。

20 世纪早期以前的重要报纸，几乎都在朝廷势力范围之外的地方出版，比如殖民地香港和租界地通商口岸。学界对这种现象的一般解释是，政府对报纸充满敌意并试图禁止报纸，所以报纸只能选择在清政府难以触及的地带活动。但是费南山认为，报纸作为一种重要的舆论媒介，"报纸不仅迅速被中央官员接纳为重要媒体，也被政府有意包容"。[55]外国人在 1860 年代就引用了清廷的办报法规，但政府并未作出任何实际行动。相反，总理衙门还将相关事宜交由租界的外国人处理。

此外，1875 年，当中国的英文报纸讨论东京出台的严厉办报法时，朝廷也没有照学日本，而是继续保持沉默。清廷的这些做法带来了深远影响，因为这意味着朝廷默许了中国报纸的发行将被置于外国名下。中国内陆的报纸也因此开始反对朝廷关于"造谣书和谣言"的法令。这条法令本身并未触及诽谤等话题，而是针对不道德或反清等作品，即朝廷的法令主要针对危害自身统治

53　Rudolf G. Wagner, "The Early Chinese Newspapers and the Chinese Public Sphere" in *European Journal of East Asian Studies*, Vol.1, No.1, 2001. p. 9.

54　Natascha Vittinghoff, "Readers, Publishers and Officials in the Contest for a Public Voice and the Rise of a Modern Press in Late Qing China, 1860-1880" in *T'oungPao*, Vol.87, No.4, 2001. p. 411.

55　Natascha Vittinghoff, "Unity VS. Uniformity: Liang Qichao and the Invention of a 'New Journalism' for China" in *Late Imperial China*, Vol.23, No.1, 2002. p. 94.

的宣传，不针对一般的报纸。因此，费南山认为即使政府官员对租界或殖民地内的中国报纸都怀有敌意，但是从一开始，政府并未对报纸进行常规的频繁干预。[56]中国报纸发展到内地后两者的关系更是如此。这一时期，要求政府改革的呼声四起。全国已经没有一个强有力的中央政府能控制局势，反而是各个政治派系或社会活动家在控制和引导报纸舆论。正是这些报纸，开创了报纸接受政治性资助的先河。这一做法也被后来的革命报纸所继承。

1890 年代所谓的"维新派报纸"虽然被视作强大的舆论媒介，但它们不断挣扎在各种政治斗争、人际关系和经济困难中，甚至于它们而言，"官营"和"私营"的界限都已模糊。以慈禧为首的清政府对报纸虽然"包容"，但一直持警惕的态度。由于受百日维新的刺激，1898 年 10 月慈禧太后第一次明确颁布禁报法令，而且斥报人为"斯文败类"。地方官员也开始执行朝廷政策，逮捕或惩罚办报参与者，清洗各种异端言论，关闭反动报纸，加强海关对报纸的监视等。为了争夺舆论市场，官、私报纸之间展开了激烈竞争。官报开始模仿私报的版面和内容，甚至引进了广告和图片。从另一角度看，官报成为商业报纸的巨大竞争对手，因为它们不计较利润，对所有政府机构和学校免费发送。同时，官报还开创了既接受政治性赞助，又接受经济支持的办报模式。与官报的商业化趋势雷同的是，商业报纸也越来越政治化。维新运动失败为维新志士提供的重要经验便是要将报纸政治化才能对抗朝廷。这些报纸有的选择慈禧太后的庇佑，有的选择外国势力的保护。费南山总结到，不管是商报与官报之间的竞争，还是商报行业内部的激烈竞争，都使报纸更趋向于专业化和现代化。[57]

在争夺话语权方面，官员和报纸之间的关系就更为微妙。根据瓦格纳的研究，中国第一任驻英大使郭嵩焘与《申报》就曾产生过激烈矛盾。起因是郭认为《申报》刊登了其对手炮制的不利言论。郭因此致信美查要求对此事进行说明与道歉，但美查并未理睬——一方面是认为郭嵩焘反应过度；一方面是认为郭所使用的语言"其中字句多是俚俗"。彼时，正处于美查试图为《申报》树立道德权威，以及为其索要一个与官员平起平坐的地位。最终，在中间人的调解下，《申报》和郭嵩焘各让一步，当然前者做出了更大的让步，由《申报》

---

56 Natascha Vittinghoff, "Unity VS. Uniformity: Liang Qichao and the Invention of a 'New Journalism' for China" in *Late Imperial China*, Vol.23, No.1, 2002. p. 95.

57 Natascha Vittinghoff, "Unity VS. Uniformity: Liang Qichao and the Invention of a 'New Journalism' for China" in *Late Imperial China*, Vol.23, No.1, 2002. pp. 105-107.

刊登道歉书和颂扬郭大使的文章，再由中间人向他表达美查的抱歉，最后美查亲自上门道歉，才圆满解决了这件事情。[58]这次事件表明尽管报纸在某种程度改变了晚清的公共领域，使得更多阶层参与到这个公共事务中，但在处理与官员的关系时，仍然占据下风，不得不妥协。这种情况，到了报纸发展的第二阶段，随着中产阶级的突起，得到了极大的改善，政府官员有时不得不向人民妥协，向报纸妥协。报纸不再只是单纯地传达信息的媒介，而逐渐发展到可以开始影响政府的某些决策。

二、中产阶级"社会责任"的舆论化

报纸和杂志是中产阶级成员之间互动的重要媒介，这些西式中文报纸对中国社会产生了深刻而持续的影响。而要论及影响的深远度，就不得不提到受影响最大的中产阶层：报纸不仅扩大了中产阶级的规模，更扩大了其在公共舆论领域的参与度，尤其是在政治领域和社会热点问题上的参与，使私人事件变成公共事件。

西式报纸聘请了许多中国人做编辑，这其中就有许多所谓的"失意文人"。他们无法通过科举等常规方式进入官场以"救世"，但是又遵从传统观念认为自己肩有匹夫之责。因此，他们选择当报人，利用报纸发声，实现自己对社会的责任，成为有社会担当的知识分子。德国海德堡大学汉学家燕安黛以黄协埙为例，对文人报人进行了详细的分析。根据她的研究，黄协埙是一位非常有成就的文人。他居住在上海租界，充分利用大上海给文人提供的扮演公共角色的空间，充当了为上层精英与中下层人民沟通的推手，最终成为《申报》主笔。燕安黛在《现代化都市的文人和知识分子的社会责任——试论〈申报〉主编上海黄协埙》提到，19 世纪末的报人已经充当起了新式言官的角色，并将孟子的"有言责者不得其言去"作为宗旨，认为当时清廷许多言官不敢说话是担心自己的官职不保，但是报人却因为没有官职的牵制，应该履行自己言官的职责。[59]正是深受这种意识影响，黄协埙开始了其报人生涯。燕安黛通过详细分析他在《申报》上发表的文章，认为虽然他面对的读者更多的是大众而非官员，

---

58 Rudolf G. Wagner, "The *Shenbao* in Crisis: The International Environment and the Conflict Between Guo Songtao and the *Shenbao*" in *Late Imperial China*, Vol.20, No.1, 1999. pp.116-134.

59 （德）燕安黛《现代化都市的文人和知识分子的社会责任——试论〈申报〉主编上海黄协埙》，张仲礼编《中国近代城市企业·社会·空间》，上海社会科学院出版社，1998 年，第 286 页。

但他的很多论说文有上书的意涵：阐述时事，进行具体的政策建议，直接向当朝者言说，甚至会在论说文最后加一句"质诸当轴者"。这样，他就把报纸变成了"上通下情"的工具，将以前官员的"上奏特权"转移到扩大的公共舆论领域。黄协埙代表了当时一代文人进入报纸行业后的通行做法。作为一个"文人记者"，他秉持文人传统的家国情怀，利用报纸这个新式媒介的影响力，承担社会责任。随着他在1905年被解职，这一代文人——接受过精英文化教育的都市知识分子，被认为是过时的、思想陈旧的前精英们，先后在公共舞台闭幕，消解在自己所倡导的普及教育中，留下绚烂的背影，走入历史。

随着民族危机的加深，公共领域的进一步开放，以及不少西洋报纸带来的西式思想，报人们开始大量吸收这些西式思想，从上一阶段的"文人记者"转变成"新式记者"。他们否认自己是上通下情的媒介，而是积极参与政治，吹响表达公共利益的号角，转变成改革派。他们摈弃传统报人的立场，转变成立宪派。在英语世界学者眼中，"新式记者"注重直接与人民对话，激发人民的爱国主义和行动，关注通过普及教育达到治化人民的目的。同时他们要求清政府进行改革以挽救滑向深渊的中国，希望在国内建立民主制政府，从而达到救国的目的。《时报》报人即是这一时期典型代表。从1890年代中期开始，宪法改革者试图通过减少朝廷权力和增加民众政治参与来削减清政府强大的控制力。《时报》领导的新闻界在这一努力中发挥了关键作用，并成为上海地区发行量最大的报纸和宪政运动的喉舌。他们以新型的政治宣传家和坚定的改革家的身份，积极地为实现宪法秩序而斗争。"维新派认识到，只有以法治取代仁政，才能有效地挑战中央集权和丧失民族权利的政府政策。他们进一步认为，只有人民自己从政府的客体转变为政府的主体，从依附的主体转变为自己命运的创造者，统治者与被统治者之间古老的关系才能得以成功的重新塑造。"[60]他们以新型的政治宣传家和坚定的改革家身份，积极地为实现宪法秩序而斗争。改革派从自身的文化传统和西方宪政国家的经验中为这种新的政治模式提供了权威。他们对继续坚持统治者和被统治者之间完美和谐的古老理想提出挑战，要求公众发挥更积极的作用。这种与传统的对话最终决定了晚清立宪议事日程，而由此引发的紧张局势对于评估中国在20世纪初和今天的民主都具有极其重要的意义。

---

60 Joan Judge, "Print and Politics: 'Shibao'（The *Eastern Times*）and the Formation of the Public Sphere in Late Qing China, 1904-1911", Ph. D, Columbia University, 1993. p. 2.

当然，无论是传统文人还是新式记者，无论他们采取怎样的方式，他们最终都在意识到自己的社会责任后以自己特有的方式救国，实现自身的家国情怀。相较于西方报人所谓的中立原则，他们揭去这一层面纱，试图唤醒不参与政治传统的国人，与清廷对话以进行改革，挽救中华民族于生死存亡之际。

三、报纸舆论中的公众参与

英语世界学者对于中国早期报纸公众舆论领域构成的探讨还体现在公众读者的参与度上。费南山认为，学界"对于读者来信的研究至今仍被忽略"。[61]事实上，随着报纸所代表的公众舆论领域的扩大，各阶层都开始有意识地且不可避免地参与其中。报纸这一舆论平台与公众双方似乎在进行一场博弈，双方互相成就对方。现代研究者普遍承认，报纸的普及化提高了中下阶层读者的水平，将其地位提高至与文人同样的高度。报纸是大众化的商品，也是信息传递的媒介，它开阔了读者的视野，带来了新思想。且报人们在编辑报纸时，对读者并非没有期待性，按照他们自己所刊登的纲领来看，他们答应把所有收到的来信都会刊登出来，唯一的前提在于它的内容必须符合读者的兴趣，有益于读者。编辑预设自己理想的读者，读者在读报过程中，进入编辑的期待视野，越来越接近编辑的预想，编辑以刊登读者来信作为奖赏使其最终符合编辑设想。随着读者参与度的提高，他们对报纸的要求也在逐步提高。报纸对他们而言，不再仅仅是信息的传播方，而更是表达自己的一种方式。他们通过订阅率来投票，告诉编辑自己喜欢看什么。比如上海进一步的开放带来了经济的繁荣，妓院日渐兴盛。上海妓女的名气不再只局限于本地，在周围地区也名声大噪，是读者关注的重点。早期媒体人李伯元敏锐地捕捉到了读者的需求，于是他开始报道她们的日常行为和滑稽动作。据记载，在高峰期，他的报纸就已超过一万份，他也将他的娱乐公司迁入上海的中心地段。这一点笔者将在后文的研究中详细论述。

费南山在论文《读者、出版者和官员对公共声音的竞争与晚清现代新闻界的兴起（1860-1880）》（Readers, Publishers, and Officials in the Contest for a Public Voice and the Rise of a Modern Press in Late Qing China, 1860-1880）中，通过杨月楼案件，分析了读者怎样在报纸构建的公共领域这个场域中参与社会热点

61　（德）费南山《读者之声：上海和香港最早报纸里的读者来信》，张仲礼编《中国近代城市企业・社会・空间》，上海社会科学院出版社，1998年，第260页。

事情，并改变事件发展走向，洞悉背后的深刻意义。杨月楼本是一名京剧武生演员，尽管比较出名，深受大家喜欢，但其社会地位并不高。1873 年，杨娶了广东富商、上海泰和公司魏老板的小女儿阿宝。由于受到反对，二人秘密成婚，但最终被魏老板的手下抓获，随后他被起诉绑架和抢劫。与杨月楼案有关的话题包含了一系列引起广泛关注的社会问题，这些话题在报纸上被上海不同社会群体的代表讨论了数周，他们都试图抓住这个机会在这个全新的公众平台上发出声音，担当正义的使者。

费南山注意到，这个案件看似是读者和官员之间的博弈，大众进行审判，实际却牵涉到公众舆论是否可信，公共事件牵涉的地方势力，文商之争，等等。

（一）报纸舆论的公信度确立

报纸受众对于舆论的参与也是其承认舆论力量、舆论公信的过程。在杨月楼案件中，读者分歧的关键点首先发生在针对杨月楼和阿宝两人证词的公允和合法性。很快，争论又转移到这样的讨论应不应该公开进行。"一个叫'持平子'的人为杨月楼辩护并且对判决提出了质疑；随后又有一个'不平父'发声，认为'持平子'是在诽谤地方法官。"[62]公众舆论可能成为司法问题的仲裁者。

报纸出现后，公众对于报纸的信任程度超出了意料之外，对于报纸所倡导的行为也大多持支持意见，如刊登个人关于公共事务的言谈。"名为'公道老人'的读者厘清了两件被混为一谈的事情：杨月楼案证词的合法性和关于政府事务的公共讨论。和《申报》编辑一样，他严格区分了毫无根据、不合法的诽谤和正当、合法的公共讨论。在他的观点里，法律是公众舆论唯一需要遵从的权威，他对法律程序的强调，不只是针对攻击《申报》的地方法官，也是针对国家名誉，因为外国人都在关注这个案件和它引发的讨论。"[63]外国人的关注让这场公众讨论出现了一个新的维度，民众讨论的内容和方式悄然地与国家形象和民族尊严相关。在这种情况下，报纸的文字不仅成为舆论更成为一种具有权威性的仲裁语言。

---

62 Natascha Vittinghoff, "Readers, Publishers and Officials in the Contest for a Public Voice and the Rise of a Modern Press in Late Qing China, 1860-1880" in *T'oungPao*, Vol.87, No.4, 2001. p. 410.

63 Natascha Vittinghoff, "Readers, Publishers and Officials in the Contest for a Public Voice and the Rise of a Modern Press in Late Qing China, 1860-1880". in *T'oungPao*, Vol.87, No.4, 2001. p. 411.

（二）报纸舆论的地方势力角逐

公众事件的爆发不仅仅是一个事件的始末过程，中间牵涉着各个环节的势力利益。在杨月楼事件的表层下，公众舆论的一个焦点是这个案件是否应该由家族决策者私下解决，以及广东商会代表的行动是否合理。广东人是当时上海商人、企业家中人数最多的群体，势力强大；杨月楼和安徽的商业组织也有往来，这一场舆论显然有地方势力的推动。案子从家族法庭被移交到半公开的商会时，第二个争论焦点就是这种协会有没有处理冲突的权力。租界的混合法庭上，中国陪审员的势力非常单薄，很难抵抗钱势交加的商人压力，只能做他们的傀儡。

本地协会很注重维护道德和气节。费南山指出，"为了使他们的行为合理化，他们想证明自己有能力按照儒家思想的准则生活，这个案例就是维护族群纯洁性的例子。还有其他人也同样关注妇女的言行，这个案子被利用于出台禁止妇女出入剧院的规定，背后的推动者也是广东人。本地协会一直独立于司法体系之外，享有特权，可以自行处理内部事务。因此，有人借此机会要求他们按照国家和地方法律行事"。[64]此事件最终演变成了上海不同社会群体的冲突，大家都想为在公共事务中采纳自己的判断和行使自己的权力争取合法地位。

（三）报纸舆论中的文商之争

自古以来，文商两个群体之间都有所不和，文人轻利商人重利。晚清民国时期虽有文人亦从事商业，但文商之间的争议仍旧不断。英语世界学者费南山注意到了在杨月楼事件中所隐含的文商之争。随着广东人的内部分化，事件变得更为复杂，一部分广东人与当事的魏家划清界限。针对部分广东商人这一本来很有名望的社会群体的攻击，使得《申报》编辑不得不插手。与杨月楼作对的部分在沪广东商人成为了《申报》的对立方。在没能成功重新树立自己在道德方面的权威后，他们努力寻求其他方法来解决冲突。冲突升级以后，广东商人一度扬言要使《申报》停办，还要求地方法官和市长逮捕中国籍编辑。文人和商人都在争夺自己表达的权利，《申报》曾尝试从中调解，说明杨月楼案和香山商人应该分开对待，但是效果甚微，反而激起了商人对报纸的不满，甚至发出了威胁。最后，作为回击，因为地方法官也是香山人，《申报》冒着被禁

---

64 Natascha Vittinghoff, "Readers, Publishers and Officials in the Contest for a Public Voice and the Rise of a Modern Press in Late Qing China, 1860-1880" in *T'oungPao*, Vol.87, No.4, 2001. p. 419.

的风险将案件的更多信息公开发表。于是，又产生了一个新的争论点，商人和文人谁才是建设新城市社会的主要贡献者，报纸也成为两方争取社会认同的主要"战场"。很多晚清研究都展示了新兴精英群体是如何寻求参与政治和社会实践。

"18世纪末至19世纪初，原本被清政府压制的文人群体地位逐渐提升。文人逐步在新的城市中心定居。随着太平天国的覆灭，江南地区重建图书馆、出版社等文化机构，为当地的文人提供了很多就业机会，《申报》的成功也得益于此。"[65]于是，文人们放弃了仕途，转而投身于新兴媒介行业。与此同时，商人和现代企业家也逐渐在城市社会中获得了权利。过去，商业的发展受到了来自政府统治者、社会各阶层群体的限制甚至是偏见，他们无法在公众舆论平台中发声，即使发声也鲜少有受众回应。但是自太平天国后，经济的重要性与转型使得商人的地位发生了戏剧性的变化，出现了很多官督商办、官商合办的企业和组织，报纸成为可供商人表达观点、表达正当诉求的舆论领域。

（四）报纸舆论权威话语的准入

话语公众化的情况下，报纸中的每一句都不再仅仅关涉个人观点而是影响着公众的舆论导向。舆论的力量在不断地扩大与深入。与此同时，公众舆论话语的准入与刊发成为公众争论的最主要问题。然而，话语的认同总不会被社会各个群体所接受，当新式媒体的拥护者认为是正当、必要的信息时，相反立场的人便会指责为散布谣言。民众打破信息垄断的趋势遭到了官员和部分读者的反对，他们认为不合法的传言反而会破坏公共安全。

公众的另一个重要意义便是"公开"，这意味着"非个人"、"非私密"。大众普遍认为政府行为与决策应对大众公开，选择保密只会引起负面联想。这样的情境在任何一个社会环境中都有存在，报纸被认为是泄露国家机密的重要关口。费南山指出，"《申报》认为自己没有传播谣言，而是在司法判决结果出来之前，披露更多的信息，以便做出最正确的判决，同时，他们并非无选择性地发布信息，而是选择了能够代表大部分民众立场的观点"。[66]《申报》编辑们

---

65 Natascha Vittinghoff, "Readers, Publishers and Officials in the Contest for a Public Voice and the Rise of a Modern Press in Late Qing China, 1860-1880" in *T'oungPao*, Vol.87, No.4, 2001. p. 419.

66 Natascha Vittinghoff, "Readers, Publishers and Officials in the Contest for a Public Voice and the Rise of a Modern Press in Late Qing China, 1860-1880" in *T'oungPao*, Vol.87, No.4, 2001. p. 396.

反复强调《申报》刊登与政治事务有关的内容不仅符合公众的利益，且利于国家发展和治理，自然在这个前提之下，舆论语言的权威性必须得到保障。

费南山称杨月楼的案子只是一个引子，背后引出了更深层次、更重要的社会和国家问题，即哪些社会角色应该被准许或被禁止参与社会讨论？该案在某种程度上具有相当的深意，它不是单纯的社会事件，不单是青年男女为争取婚恋自由而进行的抗争，不单是报纸为吸引大众注意力而故意刊登的具有高度争议的话题。该案背后所反映出来的"话语权"和"公共舆论领域"的参与更具有深意。既然报纸不遗余力地为公众建立舆论平台，使得更多的读者能有机会进入这个平台，那么是否全部的人都有进入该平台的资格？更深一步讲，能进入这一舆论的人应该是怎样的？应该要满足什么样的条件？是谁制定这些标准？话语权应该由谁掌控，又掌握在谁的手里？这样的案件是否只是私人案件？是否应该被公开讨论？报社编辑是否有能力调控读者之间的冲突？这个案件是否会对古老的婚恋制度产生某种挑战？《申报》在此次冲突中到底扮演了怎样的角色？它是否持有某种潜在的立场？而这些立场是否对读者产生了影响？它们是怎样产生影响的？这一切都是报纸所构建的公共舆论平台所必须且应该解答的问题。

第三节　报纸公众舆论领域的"中间人"

英语世界学者认为报纸的本土化使其摆脱了作为上通下达的垂直结构上的一环，转而成为水平结构中的一环，即它构建了一个公众舆论领域，使得官、民的交流方式从以前单向传达到现在的双向交流，官的神秘性逐步减弱，其决策透明性进一步加强。"民"从以前的臣民向现代的公众、市民转变。身份转变的同时，其思想意识也发生了巨大的变化。他们关注的话题由社会话题扩展到国家政治话题。面对日益加深的社会危机，"民"站出来了：他们不仅在报纸上发表各种言论，针砭时弊，并且开始走上街头，为彼时的困境积极建言。麦金龙谈到，民国时期的报纸是政治变迁的主要代言人。报纸的重要性在多次民主思潮和全国运动中都可见一斑，因此，可以说政治在报纸中的作用和地位是被长期默认的。[67]英语世界学者普遍认为西式报纸进入中国成为了改革派进行制度改革的重要先决条件。改革派的最终目的并不是唤醒民众，激发他们的

---

67 Stephen R. Mackinnon, "Toward a History of the Chinese Press in the Republican Period" in *Modern China*, Vol.23, No.1, 1997. p. 18.

国家责任感，其最终目的是为了建立一个立宪制国家。因此，有了初步条件以后，报人们试图扩大中产阶级的力量，通过普及教育等手段，将更多人纳入这一阶层。在此基础上，建立现代宪政话语，对清政府施压。

一、改革派与报纸政治领域

英语世界学者关注的重要焦点在于报纸舆论对于中国改革派的裨益。根据学者燕安黛的观点，清朝改革者"掌握了西方报纸媒介，通过先进派在开放港口、在南方沿海省份将这些报纸作为公开政治交流的工具，从而使改革论断赢得了显著支持动力为开端"。[68]虽然传教士创立的"准报纸"一再否认自己的政治目的，但其实它们或多或少已经具有政治报纸的形态了。随后出现在香港、宁波、上海的新型报纸更是固定了政治事件的报道模式。这些报纸超然于"公私"的范围，为官民提供相对中立的舆论场，有时会充当裁决者，有时会放任公众畅所欲言，适时介入以把控场面。正如燕安黛所说，这种管控不同于朝廷全面掌握话语权的强有力管控。[69]报纸舆论的介入只是为了不使场面失控，建言者不会面临任何危险；而在古代政治生活中，个人只能通过官方途径表达自己的想法，在与官方权威相左时，个人话语将会得到一定程度的压制。个人参与公共事务的途径在一定程度上是被掐断的。在报纸建立这种公众舆论平台以后，个人参与社会公共事务、政治事务的初步条件已然成熟。

学者认为，晚清民初西方新术语的传入改变了中国社会阶层的意识观念，如"民"、"国"的新意涵在中国的接受。中国传统意义上习惯将朝廷与国民的关系比作"家长与子女"，地方行政长官被称为"父母官"，皇帝被认为是天下人所有的父母，整个国家都是皇帝的，"普天之下，莫非王土，率土之滨，莫非王臣"，即便到 20 世纪初，也依然盛行着"朝廷者，人民所委托以治天下

---

68 Andrea Janku, *Nur Leere Reden : Politischer Diskurs und die Shanghaier Presse im China des späten 19. Jahrhunderts.* Wiesbaden: Harrassowitz Verlag, 2003. 转引自欧阳伊岚《德国海德堡大学中国新闻史研究成果评析——以〈只是空言：晚清中国的政治话语和上海报刊为例〉》，硕士学位论文，中南财经政法大学，2017 年，第 18 页。

69 Andrea Janku, *Nur Leere Reden : Politischer Diskurs und die Shanghaier Presse im China des späten 19. Jahrhunderts.* Wiesbaden: Harrassowitz Verlag, 2003. 转引自欧阳伊岚《德国海德堡大学中国新闻史研究成果评析——以〈只是空言：晚清中国的政治话语和上海报刊为例〉》，硕士学位论文，中南财经政法大学，2017 年，第 19 页。

者"的观点。虽然是人民委托皇帝管理天下，但天下，包括百姓是被朝廷治理的对象，因此，二者并非处于平等地位，皇帝处于上，百姓处于下的位置。"下"能否实现对"上"的监管，能否参与公共事务取决于"上"的个人风格，即掌权者是否广开言路。中法战争爆发后，朝廷出现主战派和主和派，为避免干扰，1885 年 1 月，慈禧太后突然宣布关闭言路，此后清议官员被迫对国事保持沉默，直至同年 6 月言路的再次开放。如若没有《申报》全程报道，民众根本无从知晓战争进程。在研究了当年《申报》的报道以后，燕安黛认为"这是第一次公众通过报纸进行对国家事务的广泛参与"。[70]

当报纸从"空言"到建立真正的公共舆论平台以后，民的角色、社会权力、官方特权、国家的概念都在发生转变。此时，西洋报纸发挥了重要作用，它们致力于打造新"民"，即现代西方意义的"国民"、"市民"。早期中国人观念中的"民"是不具备政治权力的"民"，不用为国家前途操心的民。西洋报纸给百姓，尤其是中产阶级带来了西方"民"的概念，即 citizen，"市民"站在社会特权阶层，特别是官方的对立面；他们被勉励表现市民的美德，推进集体的优长；在市民参与统治国家这一点上有着普遍的共识。[71]在这一思想的影响下，中国"民"的概念有了变化：在一些情况下，"民"指的是文人、知识分子；在一些情况下，"民"指的是中产阶级，即有些受过教育的乡绅、知识分子、商人；在另一些情况下，"民"还包括了社会底层人士。而 1905 年出版的《国民与国家的关系》中，留日学生陈宝泉和高步瀛更是清楚地界定了"民"："须知'国民'的两个重要组成部分，最初的本意是'民人'和'国家'。这二者不能割裂。国家和民人在名誉、利益、尊严和受尊重这些方面是一体的。只有国家得以生存，民人才得以生存"。[72]他们将"民"提高至事关国家生死的地位，对国家负责的不再是特权精英阶层，而是"民"，民与国家的关系被比喻成鱼与池塘，树权与大树。

---

70 Andrea Janku, *Nur Leere Reden : Politischer Diskurs und die Shanghaier Presse im China des späten 19. Jahrhunderts.* Wiesbaden: Harrassowitz Verlag, 2003. 转引自欧阳伊岚《德国海德堡大学中国新闻史研究成果评析——以〈只是空言：晚清中国的政治话语和上海报刊为例〉》，硕士学位论文，中南财经政法大学，2017 年，第 17 页。

71 （加）季家珍《印刷与政治：〈时报〉与晚清中国的改革文化》，王樊一婧译，广西师范大学出版社，2015 年，第 116 页。

72 （加）季家珍《印刷与政治：〈时报〉与晚清中国的改革文化》，王樊一婧译，广西师范大学出版社，2015 年，第 117 页。

在英语世界学者眼中，改革派一方面将西方"民"的观念引入国内，一方面重塑民与国家的关系。这时的"国"也与传统意义上的"国"不同。封建社会的"国"是君之国，是君主、诸侯、士大夫们之国，唯独不是民众之国。而根据西方思想，近代的"国"应该是国民的"国"，是公有的。为唤醒国民的自我觉醒意识，改良派报人首先将政治中心转向中产阶级，强调国家利益而非王权利益。他们认为要想挽救中国于内忧外患中，必须重新定义"国"，并且发动全民来保卫"国"。国家不同于朝廷，它包括社会和政府，二者互相补充，但却不能代表双方。《时报》报人认为若用人民主权代替国家则有可能引发暴民政治；若以政府代替国家则易引起专制。于是，需要在二者之间取得一个平衡——"立宪"便成为一个重要的方式。由此可见，新式的"民"与"国家"背后蕴藏着宪政的痕迹：即国民与国家的关系不再是"家庭制"，国民需要对国家负责，政府只是代表国民治理国家，那么国民就有权利监督政府。

在向国民灌输了新式的"民"与"国家"的概念后，改革派代表号召民众为了自己的权力而斗争，季家珍以发生在1907年的铁路冲突事件作为民众觉醒的典型例子进行阐述。1907年的苏州—杭州—宁波铁路危机引发了1911年辛亥革命的敏感话题：集权，民本传统思想。[73]而这个思想恰恰就是曾经的民与朝廷统治，即统治者与被统治者关系的基础。

铁路纠纷的根源在于1906年的官方体制，该体制将三个有助于清朝中央集权的铁路、轮船、邮电通信计划的行业置于新成立的邮传部之下。这种中央控制对政府至关重要，因为它一直把铁路视为一种军事工业，而不是一种民用工业。梁启超认为中西方人对于铁路的看法不一致，前者为了军事目的——运送士兵，后者为了民用——运输。但朝廷并不认可他的看法，还是希望牢牢把控铁路权，因为这对巩固政权至关重要。

然而，这种铁路集权的政策需要资本，彼时，朝廷没有资本，只能被迫从外国人那里借。1907年10月，政府突然宣布向英国借钱，以完成苏州—杭州—宁波铁路的建设，并且政府宣布续签1898年中英条约草案，取消浙江和江苏的商业铁路公司对铁路的管理权利。这一消息立马激起了江浙商人和士绅的愤怒，他们开始组织社会作出回应。同年10月22日，杭州举行了一场抗议贷款的群众集会，10月24日，江浙铁路公司发表强烈声明反对贷款。改革派

---

73 Joan Judge, "Print and Politics: 'Shibao' (The *Eastern Times*) and the Formation of the Public Sphere in Late Qing China, 1904-1911", Ph. D, Columbia University, 1993. p. 343.

声称，这一行动将拉开中国所有铁路国有化的序幕，并且将这个事件上升至政府剥夺公民生命和财产的地步，进一步激发国民的危机感，动员国民支持他们的诉求。[74]

在 20 世纪初的案件中，更为独特的是精英们呼吁宪政原则来动员民众的支持。为了缓和市民对加入他们运动的恐惧，改革派把"文明争路"和"官逼民反"区分开来。他们解释说，政府应该承认反贷款运动有法律基础，根据宪政原则，人民有权监督政府。政府与人民的关系由家庭制转变成法制，国家不能违背民意。

改革派的政治视野十分宽广，他们把离散的问题和有层次的问题联系起来，逐步建立起抵抗清政府的政治舞台。同时，他们认识到光靠他们单打独斗是不会取得胜利的，需要联合"国民"，最好是将争取铁路权运动与其他运动结合，产生较大的声势。通过分析，很明显，宪政运动和反借贷运动的根源和区域是一样的。铁路和采矿权的区域斗争上升到国家层面，因而能够利用地方问题来增强国民"国家意识"。1910-1911 年，随着铁路权利运动和议会请愿运动同时对政治中心北京的施压，这些问题和层次的融合达到了高潮。《时报》的主要编辑和记者是反借贷活动家和省议员，在阐明"地方问题的国家影响"和确定改革派新的"实践基础"的职能和目标方面发挥了重要作用。通过对这场运动的分析，季家珍发现更重要的是，"在一个由宪法公民组成的新的'想象社区'中，它帮助江苏宪法倡导者与广东商人、浙江新型知识分子与四川铁路活动家建立了联系，提高了此次运动的深度和广度"。[75]改革派利用报纸作为战斗的武器，唤醒沉睡中的人民，使其意识到自身的义务与责任，将国民纳入社会政治进程中去，充分参与社会运动，为政治变革打下基础。

二、《时报》与舆论平台的沙龙化

在政府统治者与公众之间建立公众舆论平台之后，起重要作用的是舆论启发者——中间人。1904 年，国内局势愈加紧张，一系列秘密会议在上海租界内召开，与会人士包括梁启超、狄葆贤。前者被誉为中国的"新闻王子"，

---

74 Joan Judge, "Print and Politics: 'Shibao'（The Eastern Times）and the Formation of the Public Sphere in Late Qing China, 1904-1911", Ph. D, Columbia University, 1993. pp. 343-344.

75 Joan Judge, "Print and Politics: 'Shibao'（The Eastern Times）and the Formation of the Public Sphere in Late Qing China, 1904-1911", Ph. D, Columbia University, 1993. p. 339.

后者是重要的反清人士。二人都意识到报纸的重要性，所以他们欲通过办一份报纸，借用舆论的方式将公众的意见表达给清政府从而达到协商的结果。正是在这样的背景下，《时报》诞生了。季家珍认为，这不仅是一个简单的创办报纸的行为，而是用创办报纸的方式，开辟了一条新的途径——媒介协商，借此实现宪政改革的政治企图。他们试图将统治阶层的权力下移将中下层民众的权力上移，报人们就将自己居于中间位置，"这种居中的立场，既包括由他们的新闻写作所占据的隐喻性空间，也包括由他们的社会与政治创举所构成的现实空间，共同构成了晚清的'中间人'"。[76]

蒋瑞藻在 1909 年 3 月 16 日的《时报》上就明确指出："谁来监督上层社会？谁来启迪下层民众？难道不正是中间人吗？"报人正是中层社会的舆论主力。加拿大学者季家珍通过分析《时报》，认为晚清报人利用出版业，增强了社会中间阶层群体的力量，与政治进行某种程度的勾连。[77]其实，通过研读史料，我们不难发现，很多新式报人本身或支持立宪派或支持革命派，或者他们本身就是改革派。改革派报人代表的是一种精英文化，被视为统治阶层与被统治阶层的调解人。他们在晚清政治舆论中介绍宪政，在民众中严厉批判统治者，而作为其对立面，实践自己的政治主张。其实他们自己也将自身界定为"中间人"的一员，并认为全国的改革活动都是从这个阶层开始的。因为上层精英出于维护既得利益反对改革；而下层民众由于缺乏信息传递的媒介，长期游离于政治之外，并不具备发起改革的基础。在这种情况下，只有中间阶层的群体才能担负起社会的责任，即要求进行政治改革。

晚清的中国报人们，即后来的改革派，最早浸淫在儒家文化中，但是随着晚清的开放，他们又是较早接受西方思想的群体。于是，他们将二者结合，用传统文化将西式思想包裹起来，开启了社会与政治新的可能。《时报》报人陈冷、包笑天、狄葆贤、李岳瑞、雷奋等均出生于传统文人世家，他们受人尊敬，不同于早期的报人——无法入世，被迫生活在社会的边缘，而是参加过科举考试，却主动拒绝入世为清政府效力。同时，他们也不是谄媚的崇外派。准确地来讲，在英语世界学者眼中，他们是接受过良好教育、心怀国家、希望通过改

---

76 （加）季家珍《印刷与政治：〈时报〉与晚清中国的改革文化》，王樊一婧译，广西师范大学出版社，2015 年，第 3 页。

77 Joan Judge, "Print and Politics: 'Shibao'（The Eastern Times）and the Formation of the Public Sphere in Late Qing China, 1904-1911", Ph. D, Columbia University, 1993. p. 188.

革救国的有志青年学者。这样的背景使得即使是清政府，也比较尊重他们，有益于他们宣传自己的主张，增强号召力。

隶属于中产阶级的新式报人，在接受了专门的训练以后，将报纸内容、与读者的沟通方式、话语方式进行了大规模的改良，扩大报纸的影响力——建立更广泛的群众基础，提高文章的亲和力及接受度。他们增加时政新闻，鼓励民众参与政治，其中的《时评》部分，即对当时时事的评论更是大受好评。《时评》能获得大规模的认可不仅仅是因为其具有亲和力，更是因为它具有煽动性，能够牢牢吸引并影响读者，具有胡适所说的"神奇的力量"。改革派报人的努力获得了成功，《时报》便成为决定中国日报界基本格局的报纸了"。[78]很多的报纸，包括《申报》和《新闻报》，随后开始模仿其格局。正因为这些报纸也开始进行这样的改版，读者有了更多的机会接触政治，接触立宪的信息，"中间人"能更多地吸引自己的同盟军。

除了利用报纸教化社会大众，吸纳更多的读者到"中间人"的群体中，季家珍认为，改良派报人的其他身份更是直接促进了中产阶级政治意识的觉醒。[79]在当时，除了《申报》，其他许多报纸都不是纯粹靠读者的订阅支持自身的发展。因为报纸的利润十分小，所以许多报人都有自己的其他身份来维持报纸的运行。《时报》的出版人之一狄葆贤，就是一位文化企业家。他拥有印书馆和书局，除了办报，他还印刷副刊和杂志，开设照相馆。报纸的供稿人为了养活自己，也积极开辟第二职业。报馆提供的薪酬十分微薄，作家每月的收入仅是 10 元，而相应的稿费就更微薄了。查阅包天笑与《时报》签订的合同时，发现他每月要写 6 篇社说，每篇 5 元，而一篇 1000 字的小小说只能得到 2 元的报酬。因而很多报人就转而在新式学校谋职，不仅能补贴生活也能传播新学。通过近距离地与西方思想接触，报人们相信西学在传播新学中占据关键地位。上文提到的雷奋就曾参与过女子学堂的教学，与包天笑一起在城东女学中担任讲师。狄葆贤曾任职于教育总会的决策委员会。由大多数《时报》报人组成的江苏教育总会更是被称为"西门破靴党"或"教育军阀"，这反映了教育总会与新式精英们的紧密联系。

在江浙沪地区，《时报》几乎垄断学校，是学校唯一订阅的报纸，老师和

78　（加）季家珍《印刷与政治：〈时报〉与晚清中国的改革文化》，王樊一婧译，广西师范大学出版社，2015 年，第 47 页。

79　Joan Judge, "Print and Politics: 'Shibao' (The *Eastern Times*) and the Formation of the Public Sphere in Late Qing China, 1904-1911", Ph. D, Columbia University, 1993. p. 37.

学生是主要的阅读群体。除了作为新教育网的角色，《时报》还在其它方面发挥了重要作用，比如它将教育工作者和记者与宪政运动的积极分子和机构联系起来。根据中国报纸的一位评论员，狄葆贤创造的《时报》是让新式文人成为他们改革主义思想的论坛。《时报》作为教育机构与新创建的民间和非正式宪政机构之间的纽带，也鼓励文人积极参与政治。作为这些不同机构之间的沟通渠道，以及它们与权力上层之间的沟通渠道，《时报》赋予这些不同机构更大的凝聚力，从而增强了它们在政治体系内促进权力分散和多样化的作用。

最能反应《时报》在连接晚清公共舆论领域各群体中作用的机构是一个名为息楼的地方。英语世界学者注意到，息楼是一个集各方面改革力量于一体的地方，它是由狄葆贤建立的，位于报社楼上。息楼是 20 世纪初上海教育工作者、政治活动家和实业家经常光顾的地方，在学习、政治和商业领域起着承上启下的作用。它的属性类似于一个公众辩论论坛，其作用可与 18 世纪伦敦的咖啡馆或巴黎的沙龙相媲美。和伦敦的咖啡馆一样，息楼有一些实用的功能。这是一个供报社工作人员接待朋友的地方。或者，顾名思义，是他们消遣的地方。

息楼由两个房间组成：一个是远离娱乐场所的房间，配有扑克牌和麻将牌；另一个是用来放松的房间，客人可以在那里喝茶和随意阅读报纸。但是对这些客人的身份其实是严格限制的，只有与《时报》最信任和最亲密的熟人可以造访息楼，这大多数人来自上海或附近的松江县。息楼最常来的客人大致可以分为两个并不完全离散的群体，正是他们共同组成了江浙宪政运动的核心。第一个组织由地方立宪积极分子组成，他们参与了地方自治和铁路维权运动等。这个小组的组长张健也被认为是息楼的负责人。息楼的常客中，大部分至少参与了与张健有关的三大宪政组织。第一个是上文提及过的 1905 年成立的江苏教育总会，它是由当地最著名的教育工作者管理。第二个组织是 1906 年成立的预备立宪公会，通过循环的双月刊，《预备立宪公会报告》在全国各地流传。第三个是 1909 年成立的江苏咨议局，是全国组织比较好、最成功的省议会之一。这些人聚集在息楼，将自己的思想在这一范围内传播，促进了文人阶层的政治觉醒。在季家珍看来，"息楼在晚清中国发挥了独特的历史作用，促使文人不仅议政，而且直接参与政治。息楼汇集了具有不同背景和职业但有着共同社会愿景的个人的关注，为晚清中国新的政治力量的出现提供了环境。在晚清的最后几年，息楼成为反对朝廷权力过度的抗议中心，为立宪派最终决定与革命者联手推翻政府提供了环境。它的来访者是上海起义的领导人和在全国其他地区策划和执行辛亥革命的重要人物。因此，对国家与社会关系调整的迫切需要的承诺不仅在宪法报纸上出现，而且在中国结束帝国统治的活动和计划中也有出现在《时报》的报道中"。[80]息楼的作用由此可见一斑，可以说，息楼的存在有力地推动了中国宪政业的发展。

据季家珍推测，晚清每份报纸的读者约有 15 人，包括租借、借阅或在公共阅览室等公共场所阅读的个人，考虑到发行量，可以保守地估计《时报》每天大约有 25,5000 名读者。[81]由于许多教育机构订阅了《时报》，这一数字可能还会更高。很可能不仅教师和学生，而且社区成员都可以通过学校接触到报纸。新媒体不仅直接影响读者，还间接影响到广大公众。教师便通过向更广泛的社区讲授卫生和缠足等问题，在课堂之外宣传社会改革的重要性。立宪积极分子则通过在省、县和地级建立地方自治机构，朝着行政和政治改革迈出了第一步。地区领导人响应新闻界的号召，动员当地民众反对政府的铁路政策，以保护国家权利。正是通过这样的行动，改革性质报纸所表达的理想和目标才达到，并在某种程度上改变了晚清社会中下阶层民众的思想。因为阅读这些新报纸的人几乎都带有改革的思想，他们并不是仅仅为了获取信息或转移注意力，而是为了改变中国政治和社会的指导方针。因此，他们有极大的可能将"中间人"提出的方案和想法转化成为舆论领域具体事件。

三、报纸舆论领域中的新政治话语

报纸推动了中国现代公共领域的建立以及扩大，将不同阶层的人吸纳进这个领域，将探讨的问题由生活层面引向了国家层面，为处在存亡危机的中华民族提供了不同的解决之道。即中国近代的政治思想之所以能形成，报纸形成的公共舆论领域功不可没。在这个公共领域内，立宪派存在了两种不同的声音——一种"现代"，源于改良派对西方政治理论的认识，另一种是"传统"，以人民为国家基础的理论为基础，形成了更广泛的政治话语。它们交织在一起，反映了立宪派政治视野中固有的紧张关系。作为仍然是帝王主义者的改革派，他们的目的仅仅是起到限制的作用，他们试图维护统治者和被统治者之间和谐的传统理想关系，同时注入一种全新的公共精神。正是在他们的参与下，晚

---

80 Joan Judge, "Print and Politics: 'Shibao'（The Eastern Times）and the Formation of the Public Sphere in Late Qing China, 1904-1911", Ph. D, Columbia University, 1993. p. 56.
81 Joan Judge, "Print and Politics: 'Shibao'（The Eastern Times）and the Formation of the Public Sphere in Late Qing China, 1904-1911", Ph. D, Columbia University, 1993. p. 62.

清民初公众的民权意识不断增强，对官权也不似往昔的绝对服从。立宪派渐渐意识到官权不是绝对的权威，法治是相比人治更好的选择。中国人对民权、官权、法治、宪政、民主等都有了新的认识。

晚清改革派在 20 世纪初力图创立一种现代宪政话语——重新协商统治者与被统治者关系。尽管作为帝王主义者，他们致力于巩固朝廷结构，但是作为立宪主义者，他们试图通过向下和向外扩展权力中心，迫使朝廷政治向公共政治过渡，改变权力在该结构内运作的原则。他们设想了一个新的领域，在这个领域，权力将作为朝廷和社会之间的中间地带。在这个政治公共领域中，通过法治、承认基本权利，民众实现对朝廷政策的制度化监督和控制，实现对朝廷的权威与专断的控制和制约，而民众的权力则通过承认基本公民权利代表和控制方式的制度化而扩大。新的公共舆论的形成，不仅改变了社会阶层的话语权，同时调整了各阶层内外部的关系。政府官员不再拥有至高无上的权威。正如前文所言，报纸虽然尊重当地的政府，但也会对其进行批评，同时，政府的官员也会容忍这些批评。而市民对政府官员也不再只是听之任之，而是敢于批评、抗议。而某些热门的社会事件也因各方势力的讨论而改变了其发展走势。

英语世界学者注意到现代宪政话语中的一系列关键术语奠定了这一新的观点立场和政治蓝图。民权是话语丛中的核心概念，代表着权力中心从皇帝、官场向公众领域转移。国家与朝廷和政府都有区别，它被认为是民族和社会在宪法授权下控制国家命运的场所。体现这些术语的新机构将在政治公共领域内发挥作用。国会将是国家的中心，国家与社会之间的谈判场所，大众权力化身为地方自治，通过使地方规则更加有效，为宪政秩序奠定了坚实的基础，平衡了集权制与农业型国家的关系。[82]

立宪派政治话语中最重要的新概念是民权。改革派认为，从皇权到民权的演变是一个自然的历史发展，民权的扩张是限制皇权的手段，是从专制向议会制度过渡的推进。然而，他们并没有将这一过程与推翻清朝联系起来。与 17、18 世纪的欧洲资产阶级相似，中国的改革派试图通过扩大人民权力的范围来改变权力运作的原则，同时保持权力运作的结构，即王朝制度。季家珍指出，"尽管中国人和欧洲人想要维护现代专制主义国家的原因截然不同——在中国的情况下是为了确保国家的生存，在欧洲的情况下是为了保证私人资本主

---

82 Joan Judge, "Print and Politics: 'Shibao'（The Eastern Times）and the Formation of the Public Sphere in Late Qing China, 1904-1911", Ph. D, Columbia University, 1993. p. 72.

义市场经济的法律和政治先决条件——但他们都面临着同样的困境，即想要在保留既有的专制权力的同时扩大民众权力。两者都试图通过同样的历史解决方案来解决这一困境：一方面保留专制主义所创造的现代国家，同时又使其运作形式化、合理化"。[83]这种新的政治二元论形式是建立在一个政治公共领域的基础上的，这个政治公共领域通过法治、公民权利的承认和中央政府政策的制度化，来控制现代国家的公共权力以及约束其任意性。

《时报》的编辑和记者们针对清末民权事件的发展，将民权改革理论与宪政改革过程中遇到的问题联系起来，探讨了民权与宪政、民权与宪法权力以及民间权力和官方权力的关系。最后，当王朝不愿意对政治公共领域做出必要让步时，他们将自己的话语从人民权力推到了人民主权（民主）。

（一）民权与宪政

民权与宪政是英语世界学者关注的焦点。季家珍在其博士论文中指出，"维新派的首要政治关切是以国家利益取代王朝利益成为政治统治原则，使权力中心由帝制向民众领域转移。这一转变的前提是一个新的国家概念，这一概念首先区别于朝廷，其次区别于政府。这种对国家的新理解与改革派话语中的其他关键概念具有相同的概念空间。正如人民力量居于专制与民主之间的中间地带一样，改革派在这个中间地带内重新定义了国家，他们认为国家是一个中心，在宪法的权威下，这一中心政府和社会相联结并协商中国命运。因为国家和社会都必须对这个更高的宪法权威负责，无论是人民还是政府都不能为自己要求终极权力"。[84]

20世纪早期的改革派认为，国家和朝廷之间的这种区别必须被编入宪法，该宪法将削弱清廷的特权，并确立公共舆论领域在政治进程中的中心地位。虽然改革派希望扩大这种"多数精神"在政治中的作用，但由于清政府在1906年9月宣布了一项宪法纲领，并于1908年8月公布了接下来九年的筹备时间表，这使得他们深受鼓舞，但他们很快意识到，朝廷的宪法辞令仅仅是帝国专制延续下来的面具。

对于改革派来说，增加民众参与政治的动力来自被统治阶层，因为只有宪政才能抑制统治者的专制权力，以及迫使被统治者主动参与。然而，对于政府

---

83 Joan Judge, "Print and Politics: 'Shibao'（The Eastern Times）and the Formation of the Public Sphere in Late Qing China, 1904-1911", Ph. D, Columbia University, 1993. p. 74.

84 Joan Judge, "Print and Politics: 'Shibao'（The Eastern Times）and the Formation of the Public Sphere in Late Qing China, 1904-1911", Ph. D, Columbia University, 1993. p. 77.

来说，民众的政治参与不是和谐的源泉，而是混乱的根源，因为他们不相信国民有立宪公民的素质，即使被赋予了宪法权利，仍然无法正确行使。

在英语世界学者眼中维新派确立了人民权力、君主立宪制的中间地带，确立了新的国家观，这种国家观把国家作为政府和社会在宪法权威下协商中国命运的中心场所。国家被认为是高于政府和人民的，要避免无政府状态和专制独裁，最有效方法就是国家给予人民基本的宪法权利。

（二）民权与宪法权利

在西方自由政治中，公民社会确立了某些基本的宪法权利，使公共舆论领域免于国家的任意干预。这些权利包括言论、见解、出版、集会和结社自由。晚清时期，由于私人利益和权利的观念极为薄弱，宪法权利不能为公民社会提供思想基础。改革派认为，他们有责任通过提高民族对权利观念的认识来克服这一历史缺陷。在季家珍看来，在很大程度上，由于他们的努力，宪政权利成为清朝统治的最后十年宪政政治话语的中心焦点之一，也是维新派与政府争论的关键问题之一。随着 1907 年底当局颁布新的新闻法和对结社自由的新限制，他们在《时报》上提出了保护言论、出版和结社三大自由的主张。记者们提醒公众注意清朝新政策的中心谬误：如果"宪法改革"没有伴随着对公民基本权利的保护以对抗国家权力的侵扰，那么改革就毫无意义。[85]

与此同时，报人们意识到政府权力和公民自由往往是互相排斥的，这是他们致力于建立宪法的更高权威的基础，宪法将规范国家与社会之间的关系。他们认为西方人用几百年的时间去争取一些条款，这些条款将保证言论、出版、结社、改变住所、宗教、生产的自由、庇护权、身体权、私人信件和法律程序。改革派还认为，如果要改善宪法权利状况，就必须限制那些对这一压迫政策负有责任的人的权力。

（三）民权与官权

中国社会自古以来可分为为官场（官）和民众（民）两大类。传统的二分法把为政府服务的官吏和不为政府服务的大众区分开来，他们代表的是所有的农民、劳工、商人和文人墨客。季家珍观察到，"《时报》记者们不仅从官民两个方面，而且从官权和民权两个方面来看待这一古老的官民二分法，为这一

---

85 Joan Judge, "Print and Politics: 'Shibao'（The Eastern Times）and the Formation of the Public Sphere in Late Qing China, 1904-1911", Ph. D, Columbia University, 1993. p. 82.

二分法增添了新的光彩"。[86]改革派认为，如果不扩大民众的权力，减少官方的权力，宪政的原则就不可能实现。

　　季家珍举例道，刘熙原在武昌起义将近两个月后撰文，间接批评了革命者的反满主义，他警告同时代的人说，对中国未来构成最大威胁的不是皇权，而是官权；要想战胜专制，就必须消除官场的自私心态，这种自私心态是会为个人利益而牺牲公共利益。因此，宪政改革运动的社会功能之一就是揭露政府的腐败，揭露政府对宪政改革缺乏真正的投入。此外，季家珍认为，"官场阻碍了新学堂的发展，进一步威胁着民众的权力。记者们意识到自己生活在'西学东渐'影响下'从专制政治向宪政政治过渡时期'，他们鼓励读者接受这些趋势"。[87]

（四）民权与民主

　　通过对《时报》的分析，季家珍指出，"该报努力提高公众对官员腐败和伪善的认识，这是立宪派渐进式改革的一个方面。他们强调通过官方权力的形式化和合理化来扩大民众的权力，而不是通过暴力突然推翻皇权"。[88]这是他们与革命派对手之间最大的争论点。虽然两个团体都认为专制的清政府正在毁灭这个国家，并且理论上有着相同的人民主权的最终目标，但他们提出了完全不同的实现这一目标的方法。立宪主义者主张通过提高民众的启蒙水平和建立监督机构的基础，逐步扩大政治公共领域。革命者则提出了解决帝国专制问题的军事解决方案，认为进行革命本身就足够使人民作好准备，迎接民主。改革派和革命派的三大分歧点——推翻清朝、实行共和政治制度和贯彻民生原则。

　　对于那些对混乱和无法无天有着本能恐惧的改革派来说，革命和专制是同一枚硬币的两面。正如专制正在削弱中国的民族精神一样，革命也会不必要地撕裂中国本来就脆弱的社会结构，即使人民发动并赢得革命，动乱的影响也将是毁灭性的。立宪派担心，革命的混乱只会予皇权以机会，最终把中国分割成许多势力范围。季家珍通过分析指出，尽管立宪派对革命的政治效力十分保

86　Joan Judge, "Print and Politics: 'Shibao' （The Eastern Times） and the Formation of the Public Sphere in Late Qing China, 1904-1911", Ph. D, Columbia University, 1993. p. 88.

87　Joan Judge, "Print and Politics: 'Shibao' （The Eastern Times） and the Formation of the Public Sphere in Late Qing China, 1904-1911", Ph. D, Columbia University, 1993. p. 89.

88　Joan Judge, "Print and Politics: 'Shibao' （The Eastern Times） and the Formation of the Public Sphere in Late Qing China, 1904-1911", Ph. D, Columbia University, 1993. p. 91.

守，但他们很快就接受了 1911 年的武昌起义。10 月 14 日，《时报》宣布，改革派和革命派始终有着相同的目标，但在实现目标的具体途径上存在分歧。第二天，报纸头版开辟了"中国革命新闻"专栏，反映了《时报》对辛亥事件历史重要性的认识。承认革命意义的社论几乎每天都在 10 月份出现，在与《时报》关系最密切的两个省，江苏和浙江分别于 11 月 3 日和 5 日宣布独立后，这家报纸不再根据光绪皇帝的统治名称印刷日期，而只根据农历印刷日期。

为什么立宪派对革命的态度突然转变呢？季家珍分析道，"晚清政治的两个重要现实，使维新派倾向于革命的解决方案，同时并不需要改变自己的核心思想。首先是他们自己越来越疏远清政府。这种疏远始于 1906 年的旧官制改革，在 1907 年底的苏州—杭州—宁波铁路的英国融资冲突及其他铁路和矿权纠纷中加剧，最终在 1910 年政府拒绝迅速召开国民大会或成立负责任的内阁时发展到终点。1911 年，许多《时报》社论者认识到和平斗争的无效性。当局可以通过限制言论自由和结社自由，轻松地镇压人民的集会"。[89]

晚清政治使大陆宪政主义者接受 1911 年 10 月事件的第二个现实，"是他们与中国大陆革命者有着相对良好的工作关系，与东京流亡社区中两个群体之间的深层对立形成了鲜明的对比"。[90]英语世界学者注意到，在 1905 年至 1907 年革命派与维新派的激烈辩论中，维新派的论据只出现在梁启超的《新民丛报》上，而《时报》从未公开挑战同盟会或者支持梁启超。相反，许多《时报》作家，特别是陈冷，常发表社论文章，赞扬革命英雄主义。例如，1907 年 7 月 15 日，女革命家秋瑾被清朝当局处决时，《时报》发表了一篇文章，表达了对秋瑾案的同情。在秋瑾被处决一年多之后，包天笑又写了一篇文章，讲述了宁国县的居民是如何拒绝迎接对秋瑾的死负有责任的满族官员。

季家珍观察到，国内的革命者和立宪积极分子之间也有密切的政治合作。例如革命派的黄炎培利用他在上海的宪法准备协会（渝北立宪公会）和江苏省议会的成员资格，与《时报》记者和其他立宪主义者有着密切的联系。《时报》编辑陈冷宣称，只有埋葬君主立宪的思想，建立共和制，革命造成的流血和生命损失才能得到伸张。[91]《时报》记者因此放弃了对君主立宪制的幻想，由追

89 Joan Judge, "Print and Politics: 'Shibao' （The Eastern Times） and the Formation of the Public Sphere in Late Qing China, 1904-1911", Ph. D, Columbia University, 1993. p. 93.

90 Joan Judge, "Print and Politics: 'Shibao' （The Eastern Times） and the Formation of the Public Sphere in Late Qing China, 1904-1911", Ph. D, Columbia University, 1993. p. 94.

91 Joan Judge, "Print and Politics: 'Shibao' （The Eastern Times） and the Formation of the

求民权转而追求宪政民主。

改革派声称，中国社会在制度上很薄弱，因为它从未建立起法治。中国历史上主要是人治。在这样的统治形式下，国家的职责是靠人的道德决定的；而西方国家的实践表明，法治强于人治。然而，如果不赋予政治协会言论自由的法律保障，它们本身就无能为力。只有建立一个独立的司法机构来保护舆论，才能确保言论自由。

报纸作为公众舆论的集聚地与爆发点，"中间人"上承国运忧虑，下启民智，由商业逐步涉及国家命运与政治结构，自身的政治意识逐步觉醒，并不断地借助报纸传递思想，建立更广泛的群众基础，鼓励国人参与政治变革，令上层精英阶层不得不对此作出回应，最终，在各方的努力之下，晚清中国的政治领域公众化，西方的民权、宪政、宪法的概念植入中国这块古老的大地，最终超越民权走向民主。

第四节　公众舆论形成的物质与人文条件

公众舆论的形成并非一日之功，而是各种历史、政治、社会事件共同作用的结果，这一点在李普曼的代表作《公众舆论》中也有论述。晚清民国时期西方印刷技术的不断更新与传入为中国报纸走向大众提供了必要的技术支撑，由此也为公众舆论的形成提供了物质条件。而报人在追求新闻业职业化过程中的种种主观努力更是为公众舆论的形成创造了必不可少的人文条件。

一、西方印刷技术在报业中的应用

现代印刷技术在中国现代报业的发展进程中是极为重要的技术支撑，也是中国早期公共舆论得以形成的重要因素。根据本尼迪克特·安德森的观点，印刷技术的进步促使新的共同体成为可想象的。[92]印刷语言广泛传播创造了统一而有限的交流领域，增强了语言的相对固定性，为公共舆论的形成创造了有力的物质条件。英语世界学者如瓦格纳、芮哲菲、李欧梵、穆德礼、张涛等对现代印刷技术在报业中的应用给中国社会带来的影响给予了充分关注。

芮哲菲《谷腾堡在上海——中国印刷资本业的发展（1876-1937）》

Public Sphere in Late Qing China, 1904-1911", Ph. D, Columbia University, 1993. p. 95.

92　参见（美）本尼迪克特·安德森《想象的共同体》，吴睿人译，上海人民出版社，2003 年。

（*Gutenberg in Shanghai: Chinese Print Capitalism, 1876-1937*）中着重讨论了印刷技术、技术机械、印刷方式对中国出版业产生的巨大影响。印刷技术在中国的普及是一个选择与被选择的过程，最终实现的是西方先进技术与传统中国思想的结合。而传教士在此期对于中国现代印刷业的影响是显而易见的。在《现代中国报刊的起源——晚清时期新教传教士对中国印刷事业的影响》（*The Origins of the Modern Chinese Press: The Influence of the Protestant Missionary Press in Late Qing China*）一书中，作者着墨单列一章介绍传教士对中国现代印刷技术的影响，并梳理了西方现代印刷术在中国的引进及推广过程。18 世纪初，马礼逊已经意识到印刷物是在华传播基督教的有效方式，但限于经济问题，大多传教士的出版物依旧沿用了中国原始的木板印刷技术。后来传教士得到东印度公司的支持，开始用金属印刷逐步替代木板印刷，并使之成为最主流的印刷技术。传教士如马礼逊、麦都思、波乃耶等，不仅推进了先进印刷技术在中国的应用和实践，而且还重视改进印刷技术，优化印刷业结构，为中国印刷业带来了新形式、新类别和新思想。

张涛在书中谈到，晚清时期，西方现代印刷技术在中国印刷市场的竞争中明显占据优势。得益于西方传教士引进的印刷技术，中国的印刷业在技术上取得了质的飞跃，促进了中国现代新闻事业的蓬勃发展与中国社会的现代化进程，为中国早期公众舆论的形成创造了必要的技术支持。墨海书馆是首家采用西方印刷技术的中国印刷馆，该馆于 1847 年引进了第一台动力印刷机器，出版物印刷产量增加，效率提高。美华书馆起初采用活字印刷，并从美国进口仪器。美华书馆在中国的成功主要归功于姜别利（William Gamble）。通过改进电版印刷技术，姜别利发明了一套适用于中国的印刷字体，即美华字体。姜别利的技术不仅提高了印刷效率，降低了成本，还使字迹更加清晰，易于阅览。此外，《点石斋画报》使用的光刻技术也对中国出版业产生了重要影响。芮哲菲在探讨石印技术对印刷业的影响时谈到，大众出版物从精英市场走向大众市场的改变得益于印刷技术的革新。[93]包括报纸在内的出版物的大众化为公众舆论的形成创造了必要的条件。英语世界的学者也观察到，这一阶段中国报馆的基础设备如印刷仪器和新闻用纸严重依赖外国，而进口先进印刷仪器与新闻用纸的开销是报业经营中成本最重要的一环。在英语世界学者看来，现代印刷

---

93 Christopher A. Reed, "Re/Collecting the Sources: Shanghai's '*Dianshizhai Pictorial*' and Its Place in Historical Memories, 1884-1949" in *Modern Chinese Literature and Culture*, Vol.12, No.2, 2000. p. 46.

技术不仅是中西方报业竞争的核心因素，也是中国报业行业内部竞争是否占据优势的主要衡量，《申报》和《新闻报》的市场竞争便是最好的例证。早期商业报纸运行艰难，财务风险较高。《申报》《新闻报》都是贷款购买新的机器设备，这对报纸运营是一种巨大的压力。当销量和利润增长以后，又采购最新的印刷机来提高效率，更加有效地推动报纸的发展。而印刷技术的不断革新，不仅提高报纸的印刷质量，也降低了运行成本，增大了报纸受众，为公众舆论的产生和进一步发展提供了技术支撑。西方学者认为，在印刷技术的革新过程中，中国文人也做出了不可忽视的贡献。张涛提到，"传教士印刷技术的推广，也依赖于一些杰出中国学者，如王韬、李善兰，他们都受雇于墨海书馆"。[94]很显然，这些学者在推进中国印刷技术的革新或是促使后期公众舆论的形成发挥了重要作用。

在《现代中国报刊的起源》中，作者借用多伦多传播学派代表人物英尼斯（Harold Innis）科技革新对媒体垄断产生影响的相关理论，进一步论述了印刷技术对于此期公众舆论发展的重要性。他指出，印刷技术的提高结束了教会对宗教信息的控制，也结束了中世纪教会的垄断。而在中国，印刷技术的提高也加快了官媒垄断的消亡进程。"技术革新在中国现代新闻业的发展过程中，发挥着重要但并不直接的作用，挑战了媒体甚至是政府的控制。"[95]也就是说，印刷技术进步虽未直接改变中国新闻事业的发展进程，但它间接推动了新闻事业的前进，促成了中国公众舆论的形成。正如麦金龙所言，"资本与技术的结合成就了此期的中国新闻业"。[96]印刷技术的革新影响和改变着中国，改变了中国长期以来信息垄断的局面，使中国学者和官员改变了信息获取的渠道及方式，促使公众舆论的形成，加快了社会变革的进程。

二、报人群体的形成及报业职业化

（一）报人群体的形成

在中国现代意义的公众舆论发展进程中，记者或报人在每一阶段都起到了至关重要的作用，或推波助澜或阻滞发展。作为报纸这一舆论平台重要搭建

---

94 Zhang Xiantao, *The Origins of the Modern Chinese Press: The Influence of the Protestant Missionary Press in Late Qing China.* London: Routledge, 2007. p. 107.

95 Zhang Xiantao, *The Origins of the Modern Chinese Press: The Influence of the Protestant Missionary Press in Late Qing China.* London: Routledge, 2007. p. 115.

96 王毅、向芬《时代记忆：一位美国学者的中国新闻史研究》，载《新闻记者》2019年02期，第84页。

者的报人，其群体的形成以及群体意识的出现无疑是公众舆论形成的必备条件之一。

中国学者郭文娟认为，中国的公众舆论在戊戌时期（1895-1900）随着各种报纸杂志的出现而逐渐萌芽，不过当时"报人的自我认同还在新旧思想之间徘徊"，"公共舆论"的重要因素并未完全形成。[97]直到 1929 年"记者"被国民党官方界定为"自由职业者"，才从某种程度上标志着报人或"记者"开始在社会中被视作以特定职业为归属的群体。早期报人大都身兼多职，或一人扮演了多种社会角色，因而报人对自身也未有清晰的社会定位。清末许多心恋科场之士将从事报业视作科场外的权宜之计。有从报业成功转入"正途"的文人，如曾任《申报》总主笔的蒋芷湘，在 1884 年考中进士后便离开主笔十二年之久的《申报》；[98]亦有大量未能博得科举功名之士，成为现代中国报业最早的从业人员，如王韬等。

费南山采用历史社会学的研究路径，通过对《申报》《循环日报》《汇报》《新报》等报纸的创办人、编辑、记者及管理人的考察，指出早期报纸的从业人员除传教士以外，其他主要报人几乎都脱胎于传统文人。这部分人或有留学经历，或仅在中国境内活动，但他们都有较高的文化素养与个人政治见解。许多报人最后都上升为上层精英的主要成员。[99]以创刊于香港的《循环日报》为例，其创办者王韬、黄胜、吴廷芳、何启等大都成为香港地区乃至全国范围内的精英领袖。这些带着文人标记的报人除了办报，还穿梭于商业、政治、法律、公共事务、教育等各行各业。费南山认为，虽然各大报纸在办报宗旨或营销策略上有所不同，但从早期报人的社会背景来看，他们"来自相似的群体，追求相同的目标，采用不同的策略向公众传递新的有用的知识"[100]。

尹圣柱（Seungjoo Yoon）[101]在《纷争中〈时务报〉的文人记者，1896-1898》

97 郭文娟《清末报刊与公共舆论的形成（1895-1911）》，载《现代传播》2019 年 03 期，第 65 页。

98 程丽红《清代报人研究》，博士学位论文，吉林大学，2007 年，第 152 页。

99 Natascha Vittinghoff, "Useful Knowledge and Appropriate Communication: The Field of Journalistic Production in Late Nineteenth Century China" in Rudolf G. Wagner, ed. *Joining the Global Public: Word, Image, and City in Early Chinese Newspapers, 1870-1910*. New York: State University of New York Press, 2008. pp. 48-49.

100 Natascha Vittinghoff, "Useful Knowledge and Appropriate Communication: The Field of Journalistic Production in Late Nineteenth Century China" in Rudolf G. Wagner, ed. *Joining the Global Public: Word, Image, and City in Early Chinese Newspapers, 1870-1910*. New York: State University of New York Press, 2008. p. 80.

101 尹圣柱（Seungjoo Yoon）：美国卡尔顿大学历史系副教授，毕业于哈佛大学，专注

（Literati-Journalists of the *Chinese Progress*（*Shiwu bao*）in Discord, 1896-1898）一文中通过对《时务报》创办及管理情况的研究，指出《时务报》虽然被作为官方代表的张之洞定位为"被动出版者"，并非公众的自由媒体，认为《时务报》仅限于介绍西方的立宪模型，而非政策提议，但是《时务报》的记者及编辑都试图接触公众，已将报纸视为表达政治见解的平台。就职于《时务报》的文人也在尝试增强报纸的独立性。汪康年就认为，像《时务报》这类报纸应该成为合法政府的一部分，而文人记者应该享有与检察官或翰林学者同等的批判权利。[102]尹圣柱指出，张之洞与《时务报》的编辑对报纸功用的认识截然不同。张之洞认为《时务报》只是私人组织的延伸和管理外国事务的参考，但《时务报》编辑们却视报纸为半官方半社会的文人组织与参与政治的新渠道。[103]早期报纸如《时务报》这类维新报，虽然主要是维新派发表政论的场所，但其报务参与人如汪康年、康有为、梁启超等，不仅意识到报纸是舆论的重要平台，还意识到建立报业组织的重要性。汪康年曾与记者编辑们组成了"交流组织群"，[104]而梁启超在建立职业性组织或团体上则迈得更远。

费南山在《团结对统一：梁启超与中国"新新闻"的发明》（Unity vs. Uniformity: Liang Qichao and the Invention of a New Journalism for China）一文中指出，20 世纪初中国报界"报战"的争论焦点之一就是是否应当让报界团结为一个专业化、统一化、规范化的行业团体。[105]以梁启超为代表的报人希望通过建立一个团结的报界来对抗朝廷，为报纸赢得监督政府的独立地位，[106]但报界人士并未达成一致。费南山认为当时即将步入公共舆论阶段的报纸具有追求自由独立与为政治服务的矛盾性。"在报纸编辑进行的讨论中，这种紧张

当代中国、东亚历史和政治思想研究。

102 Seungjoo Yoon, "Literati-journalists of the *Chinese Progress*（*Shiwu bao*）in Discord, 1896-1898" in Rebecca E. Karl, ed. *Rethinking the 1898 Reform Period Political and Cultural Change in Late Qing China*. Cambridge: Harvard University Asia Center, 2002. p. 57.

103 Seungjoo Yoon, "Literati-journalists of the *Chinese Progress*（*Shiwu bao*）in Discord, 1896-1898" in Rebecca E. Karl, ed. *Rethinking the 1898 Reform Period Political and Cultural Change in Late Qing China*. Cambridge: Harvard University Asia Center, 2002. p. 75.

104 Seungjoo Yoon, "Literati-journalists of the *Chinese Progress*（*Shiwu bao*）in Discord, 1896-1898" in Rebecca E. Karl, ed. *Rethinking the 1898 Reform Period Political and Cultural Change in Late Qing China*. Cambridge: Harvard University Asia Center, 2002. p. 57.

105 Natascha Vittinghoff, "Unity VS. Uniformity: Liang Qichao and the Invention of a 'New Journalism' for China" in *Late Imperial China*, Vol.23, No.1, 2002. p. 118.

106 Natascha Vittinghoff, "Unity VS. Uniformity: Liang Qichao and the Invention of a 'New Journalism' for China" in *Late Imperial China*, Vol.23, No.1, 2002. pp. 94-115.

关系最为明显，因为每种报纸都涉及到各种不同的利益，比如政治立场的代表性和在市场上维护竞争地位的必要性，然而同时报纸作为一种'公众声音'还需维持一个合法且合理的地位。"这种矛盾关系反映到报人们对报业团体组建的看法上，就呈现为"中国公共领域独特的多元性和垄断性"。[107]费南山在文中并未明确界定何为团结，何为统一，但据全文文意，费南山所谓的"团结"是指报界自身通过组织行业协会，维护报界权利，如言论自由、为人民发声、监视政府等。"统一"则是指政府对报界的统治以及报界人士如梁启超等对报界的霸权统治。不过据全文逻辑来看，"团结"与"统一"这一对矛盾实难分清彼此。一方面，报纸本身就涉及了多方利益和复杂的人际关系，报界人士的身份也并不单纯；另一方面，一些报纸的办报宗旨与实际行为间存在不一致，因而出现了立志推翻专制、建立民主制度的激进派报纸反而还想对报界进行政治渗透、实行霸权统治的现象。

报人群体意识的加强反映到报纸行业的发展上，就是报界各种职业群体或团体自 20 世纪初开始不断出现。1905 年，报纸的所有者和经营者首先意识到一个新闻团体的建立有益于推动新闻事业的发展。1909 年，上海日报工会成立。这个团体主要由《申报》《时报》《神州日报》《新闻报》等报纸的所有者和经营者组成。1910 年，全国性的新闻业社团——全国报界俱进会诞生，该团体也是由报纸的所有者和经营者组成。1919 年，中华民国全国报界联合会在上海成立。该团体的组建初衷是保护自由言论、便利营业和谋求新闻事业进步。但是，一些学者如徐小群与穆德礼等，都注意到此期报界群体组织的一大特殊现象，即"中国新闻事业的发起人不是新闻记者，而是作为企业家的出版商"。[108]穆德礼也指出，"这些全国性或地方性的组织虽然在一定程度上对培养记者特定的职业身份发挥了一定作用，但以报纸召集建立协会而不是由记者自发组织也说明了记者的政治软弱性"。[109]20 世纪前 20 年报界职业团体清一色地由报纸所有者而非编辑或记者来发起，实际上反映了当时新闻界的权利分配状况，也体现了记者的被动与弱势。

---

107 Natascha Vittinghoff, "Unity VS. Uniformity: Liang Qichao and the Invention of a 'New Journalism' for China" in *Late Imperial China*, Vol.23, No.1, 2002. p. 130.

108 （美）徐小群《民国时期的国家与社会：自由职业团体在上海的兴起，1912-1937》，新星出版社，2007 年，第 262 页。

109 Terry Narramore, "Making the News in Shanghai: *ShenBao* and the Politics of Newspaper Journalism, 1912-1937", Ph. D, University of Canberra, 1989. p. 180.

据徐小群研究，1921 年，第一个中国新闻记者的自由职业团体，上海新闻记者联欢会在上海成立；1927 年，致力于推动新闻记者职业化和塑造新闻记者职业化身份的上海新闻记者公会成立。徐小群认为，"从联欢会到联合会，再到公会（公会是自由职业群体的标准叫法），上海新闻记者团体的多次更名反映了一条轨迹，即有意识地强调新闻职业的公共性，以及新闻记者与其他自由职业群体的共通性"。[110]总的来说，20 世纪 30 年代以前，报业的职业团体数量不少，但由于此期报人在政治上的软弱以及报业团体凝聚力不足，报界的职业组织大都生命力短暂。这些职业团体对中国报业发展的贡献尚待考定，但报人群体的形成与报人群体意识的增强正是在这种成功与失败的螺旋式上升过程中有效推动了公众舆论的发展。

（二）报业职业化

根据"结构学派"哈罗德·威伦斯基（Harold L. Wilensky）的职业社会学观点，"职业化"是一种过程，这一过程需要经过五个阶段：第一，开始努力成为专职或全日制的职业；第二，建立培训学校；第三，形成专业协会；第四，赢得法律支持以能自主掌管自己的工作；第五，专业协会公布正式的道德准则。在英语世界学者眼中，民国时期新闻业职业化得到了较大发展，但其并未按照西方职业化的发展轨迹展开。[111]

英语世界对新闻业职业化研究展开较早，其中穆德礼、魏定熙、徐小群、麦金龙等人是最关注最多的研究学者。值得关注的是，国内外新闻业职业化发展的动机并不一致。斯坦利指出，"要求政府对媒体进行管制的压力在 20 世纪 20 年代不断增加，媒体业的领军人物以新闻业的专业作为回应"。[112]可以看出，国外的专业化是由于大众要求政府对媒体进行管制而产生的相应措施，而在国内，专业化则是作为应对政府对媒体管控过于严苛的回应，呈现出与他国不同的轨迹。简言之，国外报业职业化的目的是给报业立统一之规矩，而中国报业职业化的目的是要摆脱政治束缚，寻求行业的自由与独立。

---

110 （美）徐小群《民国时期的国家与社会：自由职业团体在上海的兴起，1912-1937》，新星出版社，2007 年，第 276 页。

111 See Harold L. Wilensky, "The Professionalization of Everyone?" in *American Journal of Sociology*, Vol.70, No.2, 1964.

112 （美）斯坦利·巴兰、丹尼斯·戴维斯《大众传播理论：基础、争鸣与未来》第五版，曹书乐译，清华大学出版社，2014 年，第 114 页。

1. 报业职业化发展的困境

"新闻职业化不仅涉及鲜活的记者个体，还涉及新闻出版机构和新闻教育机构的组织运作，可以说这是一个庞大的课题。"[113]新闻记者作为民国时期"自由职业者"的一员，其发展受到历史、政治、社会认知等多重因素的影响。在特定时期，这些因素的交互作用为报业职业化带来了阻碍或者说困境。据英语世界学者的研究，民国时期新闻业职业化的主要困境有：

缺乏专业的新闻精神与知识素养，且编辑水平低下。徐小群指出，据一位日本记者 1918 年的观察，中国新闻业社会影响甚微的主要原因是中国新闻记者缺乏新闻学专业教育和勤奋的工作精神。在他看来，中国新闻记者的主要目标是寻觅和保持个人社会地位，并利用这种地位来打击政敌。中国新闻记者的这种态度和行为与现代意义的记者之职业操守相违背。[114]不可否认，当时的诸多记者通过报纸开展政治活动，但是他们对于办报寄托的是"济世"的情怀，希望通过办报拯救国民于水火之中，而绝非纯粹的政敌打压。民国时期，新闻从业者没有受过正规新闻学教育，有新闻学知识的学者甚少。虽有少数海外留学的知识分子有涉及这一专业，但他们的思想在国内的传播遭受了重重阻挠。而大部分记者都只接受过初等或中等教育。魏定熙在探讨中国 20 世纪 20 年代新闻业发展时，也指出记者在从事新闻业前基本没有接受过专业培训。[115]换句话说，大多数新闻工作者虽接受过教育，但从未受过新闻专业的训练，更不论学术研究。他们的写作目的与写作方式仍然局限在文人报人的思维中。更为讽刺的是，很多接受大学新闻教育的人并没有成为记者，而大型上海日报中的主编很多都没有接受过新闻专业教育，因此，大学新闻教育与新闻实践在很多方面呈现出背离，理论与实践并未相结合。[116]这种局限性也导致了报纸编辑素养低下，进而影响了报业的职业化发展。林语堂关注到，《申报》和《新闻报》的编辑水平都很低下，有所不同的是，前者编辑很糟糕，后者则完全不加编辑。[117]

113 王毅、向芬《时代记忆：一位美国学者的中国新闻史研究》，载《新闻记者》2019 年 02 期，第 84 页。

114 （美）徐小群《民国时期的国家与社会：自由职业团体在上海的兴起，1912-1937》，新星出版社，2007 年，第 258-259 页。

115 Timothy B. Weston, "Minding the Newspaper Business: The Theory and Practice of Journalism in 1920s China" in *Twentieth-Century China*, Vol.31, No.2, 2006. p. 22.

116 Terry Narramore, "Making the News in Shanghai: *ShenBao* and the Politics of Newspaper Journalism, 1912-1937", Ph. D, University of Canberra, 1989. p. 168.

117 Lin Yutang, *A History of the Press and Public Opinion in China.* Chicago: The University of Chicago Press, 1936. p. 131.

这充分看出，当时新闻从业者的职业素养较为低下。面对这一问题学者须以历史的眼光来看待。国内的政治历史环境决定了办报人多从传统士大夫的文人角度出发，而不是具备职业新闻人的角度开展新闻活动，国内的新学教育尤其是新闻业的专业教育也是渐进的，因此，初期新闻从业者专业水平不高本身也是职业化的必经过程。

另外，报纸的政党化现象严重，新闻从业者缺乏职业道德。如梁启超创办的《时务报》、狄楚青创办的《时报》等，都主要服务于政治，报业职业化过程中所需的客观与自由都难得到有效保障。麦金龙在接受访谈时提到："当时中国的政治氛围和社会环境在很大程度上制约了新闻职业化的发展，那时有很多记者不幸身亡。"[118]受政治时局影响，部分报纸本身的生存受到威胁，只有在上海受租界保护的报纸在印刷、出版、销售、人员聘用上相对稳定，报馆内部的人员分工也相对更为明晰。同时，记者受贿现象严重使记者的职业道德受到了巨大冲击。帕尔默指出，为达到政治目的而收买报社的现象较普遍。民国时期的政治环境不利于新闻报道的客观性，比如政府用金钱收买控制报纸，收买报人掩盖官员收受贿赂的罪行，或发放宣传费给记者等。[119]这一点穆德礼也有关注。北京的记者视贿赂为常事，经常收取宣传费，这严重破坏了记者这一职业的名誉。贿赂的方式多种多样，但钱是最直接的方式。此外，政府还设置一些"荣誉"岗位以顾问等名义发钱给记者。更有甚者，1925 年的中秋节，50 名记者攻占财政部要求发放感谢费。由此看来，记者俨然已是腐败政治的一部分。[120]这些行为严重影响了记者职业道德的建立与规范，使新闻的客观性受到极大挑战。尽管一些学者如徐宝璜已经意识到发展政治无关的新闻业，以推动新闻业的职业化。但事实证明，新闻很难脱离政治。麦金龙指出，1938 年的武汉（汉口）成了中国的办报中心，不仅报界名流齐聚于此，而且报纸审查比之前宽松甚至"无效"。但即使是在最自由的汉口时期，中国报纸依然不能独立于政治之外。[121]当然，必须客观的正视到，报纸的政党化现象并非中国独

---

118 王毅、向芬《时代记忆：一位美国学者的中国新闻史研究》，载《新闻记者》2019 年 02 期，第 84 页。

119 Wesley Samuel Palmer, "Cheng Shewo and Chinese journalism in the 1920s and 1930s", M. A, Arizona State University, 1988. p. 35.

120 Terry Narramore, "Making the News in Shanghai: *ShenBao* and the Politics of Newspaper Journalism, 1912-1937", Ph. D, University of Canberra, 1989. pp. 182-183.

121 Stephen R. Mackinnon, "Toward a History of the Chinese Press in the Republican Period" in *Modern China*, Vol.23, No.1, 1997. p. 18.

有。西方国家如日本、美国的新闻业也被普遍认为具有政治性，并且是理所当然的。报纸为政党服务或是腐败现象的存在并不是当时中国报业独有的困境，直至今日很多国家也仍然存在，并在很长一段时间都无法完全消除。

新闻记者的社会地位不高，而且收入低。清华大学李彬教授指出"我国职业记者出现在民国时期"。[122]由于新闻工作者包括报社中各个职位的人，如记者、抄写员、编辑、总编辑等，因此，他们的收入并不相同。即便是同样的职位，不同的报社支付的酬金也不一样。徐小群指出，作为受薪的自由职业者，上海记者的月收入大概在70-300之间，相比其他"自由职业者"如医生、律师、大学教授是最低的。[123]除却极少数新闻从业者的高收入，大部分记者的收入和上海的普通劳动者相当。因此很多低收入记者都有副业，甚至是新闻工作本身就是副业。

这一问题的弊端就是导致记者职业化水平的下降，对数量的追求和对质量的敷衍大大影响了这一时期新闻记者在职业上的发展。英语世界学者也关注到这一问题。穆德礼指出，虽然报纸在中国政治和社会中越来越重要，但是记者的职业发展前景却并不乐观。记者需要精通很多种写作形式，比如在《时报》工作的包天笑写作新闻、论文和短篇小说。其短篇小说被认为比新闻报道更具价值，这点从他的收入可知。[124]虽然一些经营比较成功的报社如《申报》《新闻报》《大公报》等为职工提供了较好的福利待遇，但整体而言记者这一职业的社会地位和收入与他们所面临的政治风险不成正比。魏定熙尖锐地指出，记者这一职业在20世纪20年代以前地位很低，新闻行业也未获得足够的重视，并非是受人尊敬的行业。甚而大多数报社所谓的新闻报道都是依赖编辑在办公桌前编写故事。就连在报社工作的记者本人也把这一职业看作是不得已而为之的工作。[125]这充分表明英语世界认为此时期新闻记者还没有形成对自己的职业身份的认同感。然而，在笔者看来，记者从"末路文人"成为了"无冕之王"，实际上本身就是对记者这一职业的认同。毛泽东就曾说过："我所愿意做的工作，一是教书，一是新闻工作者"。此时期很多报人对自己所从事的

---

122 李彬《中国新闻社会史》，上海交通大学出版社，2007年，第103页。

123 （美）徐小群《民国时期的国家与社会：自由职业团体在上海的兴起，1912-1937》，新星出版社，2007年，第58页。

124 Terry Narramore, "Making the News in Shanghai: *ShenBao* and the Politics of Newspaper Journalism, 1912-1937", Ph. D, University of Canberra, 1989. p. 74.

125 Timothy B. Weston, "Minding the Newspaper Business: The Theory and Practice of Journalism in 1920s China" in *Twentieth-Century China*, Vol.31, No.2, 2006. p. 22.

职业充满了自豪感，政府、社会民众也意识到报纸的强大力量，报人的职业地位已经比过去有了较大的提高。

虽然民国初期新闻记者这个职业开始起步并逐渐形成规范化，但是受限于民国早期薄弱的商业经济基础和窘迫的政治环境，也由于民国时期报人们思想文化中的传统因素的影响，民国初期的新闻记者职业化仍然是一种非充分的职业化。商业性的不成熟如报业经营状况、招聘流程、技术水平等也是造成非充分职业化的原因，而这些正是英语世界学者所忽视的。麦金龙虽提到，"商业化与职业化，甚至宣传工作之间错综复杂的关系不仅仅在中国是个难解的问题，在西方也依旧如此"。[126]但他并未对商业化对职业化实际影响详细分析。实际上，越是政党化的报纸其职业化程度越低，而越商业化的报纸，其职业化程度越高。民国时期报业职业化的困境充分体现了民国时期社会结构的异样化、不稳定性以及国家与社会关系的复杂化，也微现了中国自由职业者与政府之间的"密切"关系。不过也正是由于这些困境的存在，才促使一大批新闻工作者致力于新闻职业化发展，并最终形成了中国特色的新闻理念。

2. 报界职业化的不懈努力

晚清民国时期办报人尝试创办独立的本土报纸，按照遵循新闻业发展的内部规律，使报纸成为真正的大众传播工具。尽管职业化的过程非常艰辛，报业实际发展走向和知识分子所提倡的理想经营模式有较大的差距，但是新闻从业者在这一时期所做的努力，对于中国新闻业的后续发展仍然是一笔馈赠。

（1）美、日对国内新闻业职业化的影响

此期新闻的职业化既有政治环境的营造和促进，也有西方先进新闻思想的传入和启发，同时也离不开各种报纸活动的积极影响和报人们的孜孜不倦的努力。

报业职业化发展最核心的标志主要体现在两个方面：学术和理论。受西方新闻业职业化影响，新闻记者的专业性逐步增强，"新闻专业主义"的萌芽成为了新闻事业的核心。麦金龙在研究中指出，中国新闻业多受西方影响。许多中国出版人或编辑都有出国游学，在教会学校学习或在外国报纸工作的经历。[127]

---

126 王毅、向芬《时代记忆：一位美国学者的中国新闻史研究》，载《新闻记者》2019年 02 期，第 85 页。

127 Stephen R. Mackinnon, "Toward a History of the Chinese Press in the Republican Period" in *Modern China*, Vol.23, No.1, 1997. pp. 7-8.

由此，中国报业开始追求职业化、客观化、专门化等标准。魏定熙在其两篇文章中强调了美国和日本的新闻模式对中国新闻界产生的重要影响。他指出，中国新闻业的职业化必须在新闻业跨太平洋对话以美国为中心的大背景中理解，与 20 世纪初美国向全世界输出中产阶级思想关系密切。[128]具体而言，20世纪早期东亚一直是美国福音传播的主要目标，当威尔逊总统上台后，其自由国际主义者的思想希望能够参与并且提升整个世界，而中国就是其思想的实验地之一。在时间节点上，美国的报业改革和职业化又与美国对中国作为国家"需要"美国帮助的轨道渐渐重合。美国报界改革中最具有影响力的是沃尔特·威廉姆斯（Walter Williams）。他是美国新闻职业化运动的先锋与领导者，并且把美国的新闻价值观传播到东亚以及世界其他地区。他多次到中国讲学，并接受了中国和日本的学生在密苏里大学学习。在他的带领下，来自密苏里大学的美国人于 1920 年在圣约翰大学设计和开办了中国第一个官方新闻课程。1924 年，燕京大学开设了新闻系。虽然燕京大学以哥伦比亚大学新闻系为模板，但也受到了密苏里大学的影响。密苏里大学的老师与校友都曾到这两所学校授课，这就保证了在中国传播的新闻理念与在美国新闻学院的新闻理念基本同步。这一时期，也有许多国外有名的记者来到中国进行演讲，与中国的新闻业建立了深厚的联系。除了美国学者积极在中国展开新闻理论宣传与实践，有海外留学经历的中国学者也致力于引进并践行美国新闻理念。比如，徐宝璜作为美国新闻思想的积极传播者，通过讲座、期刊和其他方式进行了西方新闻理念的传播。

　　日本在传播新闻业的新思想方面对中国同样起了重要的模范作用，也提供了不少有用资源。魏定熙的研究关注到，梁启超热情推崇的第一本新闻学中文教科书是日本学者松本康平（Matsumoto Kumpei）的翻译版本。松本认为，报纸应该涵盖各种新闻，报社的经营者应当把新闻业视作一门专业的技术，聘请世界各地的记者报道故事。[129]杉村楚人冠（Sugimura Sojinkan）于 1915 年出版《最近新闻纸学》（*Recent Studies on Newspapers*），虽然该著作于 30 年代才被翻译成中文，但是任白涛在编著《应用新闻学》时就是以这本书的框架解释西方新闻准则。1920 年，《新闻与新闻记者》（*Journalism and Journalists*）的

128 Timothy B. Weston, "China, Professional Journalism, and Liberal Internationalism in the Era of the First World War" in *Pacific Affairs*, Vol.83, No.2, 2010. p. 331.
129 Timothy B. Weston, "Minding the Newspaper Business: The Theory and Practice of Journalism in 1920s China" in *Twentieth-Century China*, Vol.31, No.2, 2006. pp. 8-9.

月刊在日本创办,并在很多日本的殖民地区以及希望控制的地区发行,比如韩国、中国台湾、东三省。据魏定熙所述,黄天鹏可能就是其中的一名读者。他书写的《中国新闻事业》展示了日本新闻业对他强烈的影响。而黄在北京建立北京新闻学习社,也是受到日本学习社的影响。1927 年,他出版《新闻学刊》,其内容和目的都与日本的《新闻与新闻记者》相似。[130]留学日本的邵飘萍同样受到日本的影响,回国后出版了《世界应用新闻学》,成为了新闻系学生的标准教材,这些都充分说明了中国新闻业的职业化与日本报业的发展亦是有所关联的。

在西方新闻界尤其是美日对中国的影响下,中国形成了一套阐释新闻业职业理念和特征的"新闻专业主义"即"新闻职业主义"的话语。新闻专业主义适应了现代社会对新闻业发展的要求,成为了判断新闻职业化程度的标尺。但是,关于西方的新闻理念中国新闻工作者也并非全盘接受,而是选择性的学习借鉴,最终形成了中国特有的新闻观。

(2)新闻院校的建立及记者的职业化培训

多名英语世界学者如麦金龙、魏定熙、穆德礼等都关注到这一时期新闻从业者通过在学校开设新闻学院,教授报业专业知识,以及创办各种期刊、成立机构等,为中国现代学术体系中新闻学科的建立与发展打下了基础。魏定熙指出,早期的新闻学院都建立在北京和上海的大学里,后来经过发展,又分别在燕京大学、南方大学、民国大学、复旦大学等学校建立了新闻系,许多新闻界的有名人士也在这些学校的新闻部执教。1930 年,两个和新闻学相关的学术期刊成立:《明日的新闻》和《记者周刊》。与新闻学院在全国的扩展性发展相一致的是相关书籍的发行。据统计,从 20 世纪 20 年代早期至 1937 年中日战争爆发开始,共有 100 多本相关书籍发行。复旦大学新闻系的教授黄天鹏出版了 35 本新闻专业相关的书籍。[131]这些都充分体现出新闻院校及专业新闻教材、学术期刊在国内的兴起。此外,魏定熙还关注到该时期记者的职业化培训。20 世纪 20 年代,国内对记者的专业资格关注不多。在这一背景下,许多进入这一行业的人开始呼吁针对记者的正式培训。到 20 世纪 30 年代,接受过专业且正式培训的记者人数已有明显增长。徐宝璜和邵飘萍作为新闻学研究会的

---

130 Timothy B. Weston, "China, Professional Journalism, and Liberal Internationalism in the Era of the First World War" in *Pacific Affairs*, Vol.83, No.2, 2010. pp. 335-336.

131 Timothy B. Weston, "Minding the Newspaper Business: The Theory and Practice of Journalism in 1920s China" in *Twentieth-Century China*, Vol.31, No.2, 2006. pp. 13-16.

发起者，认为业余的记者不可能打造出好的新闻，新闻业应该被看作是跨学科的一门学问，就像法律和医学那样，因此他们也呼吁新闻行业的职业化。[132]新闻院校的建立及记者的职业化培训为国内培养了一批又一批新闻工作者，且不论他们在实践中是否完全践行了书本所学，接受过专业教育的记者们为中国职业化发展所作出的贡献是不可低估的。

3. 西方新闻理念的有限传播

欧美新闻事业职业化观念的起源，与社会运动或以中产阶级为主的阶级运动紧密相连。而在中国特定的历史背景下，还难以看出这种关系。穆德礼认为，"职业化观念不能适应中国新闻工作者所处的社会和历史条件，他们接受了这种观念之后，并没有能够在某种程度上形成独立观念"。[133]

"自由"、"客观"是西方新闻业的基石，而言论自由和新闻出版自由是新闻记者自始至终的奋斗目标。如果报纸所有者主要出于商业利益要求新闻出版自由的话，那么作为自由职业群体的上海新闻记者则认为，言论自由既是拯救民族的必要条件，更是他们履行职业义务的必要条件。英语世界的学者对于"自由"这一西方新闻观念在中国难以实践的原因进行了追根溯源。西方传教士依靠武力进入中国，以特殊公民的身份传教办报，一开始并不受中国人欢迎，甚至有所排斥。虽然中国政府允许西方传教士在华办报，但是西方人在华办报的权利并非宪法所规定。比如《万国公报》虽有独立的委员会工部局，但并未受到宪法保护。张涛指出，传教士在报纸中大力引入西方民主观念，但未强调"自由观念"是"第四政权"的关键。中国媒体寻求"媒体自由"是被动的。因此，在中国报业的发展过程中，"自由观念"并未深入人心，也未推动中国报业的深层改革，这也是传教士在推动中国报业发展过程中的不足之处。[134]外国传教士帮助中国开创了现代出版事业，却未全力践行自由精神。同时，成为官报而非独立报纸，是传教士鼓励中国人创办改革报的目标，他们并不希望中国报人为报纸独立而斗争。20 世纪初，中国学者亦不再一味依赖西方传教士，转而引入西学，自主办报。梁启超创办了《新民丛报》，并在报中

132 Timothy B. Weston, "Minding the Newspaper Business: The Theory and Practice of Journalism in 1920s China" in *Twentieth-Century China*, Vol.31, No.2, 2006. p. 13.

133 （澳）特里·纳里莫、李斯颐《中国新闻业的职业化历程——观念转换与商业化过程》，载《新闻研究资料》1992 年 03 期，第 189 页。

134 Zhang Tao, "Protestant Missionary Publishing and the Birth of Chinese Elite Journalism" in *Journalism Studies*, Vol.8, No.6, 2007. p. 892.

提倡自由思想和公民平等，然而，正如穆德礼所言，虽然梁是第一个完整论述媒体作为"第四政权"的作家，但是他绝不满足于仅从事实上反映公共意见。他希望能够引导、塑造甚至是创造。[135]因此，不管是传教士报人还是文人报人，他们对于西方新闻理念中的"自由"的传播是不全面、不彻底的。当然，严格的审查制度也是困扰此期出版或言论自由的原因之一，正如徐小群所言，当报人们由文人向自由职业者转变时，或者说当他们终于作为自由职业者而成熟起来时，也就是与国民政府出现冲突之时，因为记者的职业特性——自由言论——是令国民政权极为讨厌的事情。[136]

英国知名报人查尔斯·普雷斯特维奇·斯科特（Charles Prestwich Scott）曾说，"事实不可歪曲，评论大可自由"（Comment is free, but facts are sacred.）。这充分体现了西方新闻界对于事实客观性的追求。作为西方新闻业"舶来品"中的"客观"思想，中国人在接受时也是渐进且有选择性的，其在中国新闻业的传播过程并未完全按照西方新闻业的发展轨迹。魏定熙在"近代知识职业组织与社会变迁"国际学术研讨会尤其强调新闻职业化真正的含义在于新闻应尽可能地客观报道。直到本世纪20年代末，中国的新闻工作者才考虑到采纳客观主义新闻学的模式。这是由于躲避军阀统治时期险恶的政治环境和错综复杂的斗争而导致的结果。因此，他们极力倡导新闻事业的商业化道路，认为只有如此才能养育出客观的职业化的新闻事业。[137]英语世界学者认为，中国改革者对倡导式新闻更加情有独钟。他们认为编辑比新闻更重要，记者不仅是客观的描述者，还应是推进社会发展并鼓励读者积极行动的倡导者。同样，中国编辑有迫切拯救国民的愿望，他们也不愿意争取完全"客观"。国内的新闻工作者如黄远生虽然从某种程度上建立了"硬事实"学派，希望把记者从党派政治中剥离出来，某种程度上确实遵循了现代新闻业只报道客观事实的准则，但在实际操作中，评价和观点仍然交织在他的叙述中。[138]而徐宝璜的主要新闻

---

135 Timothy B. Weston, "Minding the Newspaper Business: The Theory and Practice of Journalism in 1920s China" in *Twentieth-Century China*, Vol.31, No.2, 2006. p. 59.

136 （美）徐小群《民国时期的国家与社会：自由职业团体在上海的兴起，1912-1937》，新星出版社，2007年，第255-256页。

137 （澳）特里·纳里莫、李斯颐《中国新闻业的职业化历程——观念转换与商业化过程》，载《新闻研究资料》1992年03期，第189-190页。

138 Timothy B. Weston, "Minding the Newspaper Business: The Theory and Practice of Journalism in 1920s China" in *Twentieth-Century China*, Vol.31, No.2, 2006. pp. 140-141.

观，进一步发展了黄的"硬事实"以及把新闻从政治中独立出来的思想，强调"新闻"作为记者的基本职责的同时认可报纸中应该有作者自己的意见，但应该有其恰当的位置。[139]这些都充分体现了国内学者虽然强调西方新闻理念中的"客观"，但在实践中经常是事实与评论相互交织，且更加倾向于倡导式新闻。而这一点在英国威斯敏斯特大学新闻学教授戴雨果对中英两国新闻业研究中也有所体现。他认为，英国当时的政治环境塑造了新闻模型和职业准则，并逐步形成了客观，至少是政治独立的新闻观。而在中国，文人有评价事实的传统，这种传统与西方新闻观的传入赋予了新闻业特殊的身份和角色。中西方新闻工作者对于"客观"理念的实践受到本国政治传统、历史背景、从业者专业水平等多方面的影响，中国新闻工作者在大量吸收西方新闻职业化理念的同时，并未全盘接受，而是在实践中选择与发展，最终形成了具有中国特色的新闻观，构建了此期特有的公众舆论，并更好的服务社会和公众。

无论西方新闻理念在中国的传播是否达到了预期效果，不可否认的是，西方新闻理念对中国新闻业的影响是巨大的。而在中国报业职业化的进程中，不管是早期的传教士、文人报人，亦或是后期的职业新闻人，他们都发挥了重要且直接的作用。在英语世界学者眼中，许多中国报人试图为其自身建立职业化模式时，实际上所构建的只是一种类似观念的东西，这种观念追求的是专业性的客观中立，以便在报业难以避免的党派性和政治性中安身立命。事实上职业化模式意味着不向政党政治屈服，而保有政治批评的权力。[140]今日中国有一个至少可以追溯到民国时期，即对一个更自由、开放的报界的孜孜追求。英语世界学者关注到这些群体为报业职业化做出的贡献，但同时也揭示了其局限性，也正是这些局限性导致中国报业职业化进程的缓慢和曲折。事实上，这一阶段新闻业职业化的有限发展还表现在地域或经营规模上：比如城市报业兴盛，农村相对落后；沿海城市发达，内陆地区匮乏；大报规模经营，小报生存艰难。这些不平衡都展现了职业化的巨大差异。报业诞生之时的困境以及发展中的挫折并未阻吓中国的新闻工作者，他们孜孜不倦地向西方学习，并在实践中不断调整和改变，逐渐塑造了今日中国新闻业的全景与独具中国特色的新闻观。

---

139 Terry Narramore, "Making the News in Shanghai: *ShenBao* and the Politics of Newspaper Journalism, 1912-1937", Ph. D, University of Canberra, 1989. p. 155.

140 （澳）特里·纳里莫、李斯颐《中国新闻业的职业化历程——观念转换与商业化过程》，载《新闻研究资料》1992 年 03 期，第 179 页。

本章小结

本章中着重讨论了英语世界有关作为公众舆论平台的现代报纸的特点及发展。此期有关公共舆论平台的研究涉及几大著名报纸的研究，如《申报》《时报》《万国公报》《点石斋画报》等，主要地理区域集中于江浙沪以及东北。英语世界学者避免了对报纸进行简单的历史分类，而是尽力将报纸运动的复杂图像还原，将其还原置本来的历史话语背景中；在研究时，也尽可能多地使用不同的源材料，多维度、客观地研究这一对象。

现代报纸源于西方，最初仅作信息传达之用，且该信息主要限制在生活、商业方面。英语世界学者认为早期报人们将其包装在中国本土文化之下，待中国民众完全接受后便显露这一新兴媒介的本来作用，最终成为中国迈向民主政治之路的助推手。可以说，通过对不同的阶层产生的影响，报纸深刻影响了晚清民国时代政治思想的形成。

据英语世界学者研究，晚清民初报纸极具复杂性。为此，英语世界学者在研究时，尽力将报纸还原至其本来的社会历史语境，多维度考察晚清民初报纸、报人与社会阶层、社会变革的关系。由于实行闭关锁国政策，清朝处于相对闭塞的情境中，即使是本国内的消息都不甚畅通，更不用说来自西洋的消息。西洋报纸的到来为闭塞的晚清传来了西方、以及中国各地的消息，打开了曾经由官方牢牢把握的信息渠道。尽管最初的报人小心翼翼地将其包裹在中国传统文化之中，但最终，报纸还是发挥了和其在西方一样的作用。报纸传达信息，这种传达不是单纯的"上"至"下"，也包括将"下"的声音传递至"上"的耳中。"上下"信息在报纸的催化下愈加畅通。通过报纸，"下"的声音第一次如此响亮地出现在公共舆论领域。伴随报纸广泛被接受而来的是它所构建的这个舆论平台越来越深入民众生活中，形成了巨大的舆论场，它向社会各阶层开放。在这个领域内，公共意见能很迅速地形成、传递、接受。在这个舆论场中，讨论话题从民生到社会热点再触及到社会核心——政治。报人们在接受了西方新式思想后意识到只有进行政治改革才能挽救陷入深刻危机的中国，于是，他们利用手中的武器——报纸向社会传达新思想，扩大自己的同盟军——"中间人"，并用新式的西方思想启发中下阶层，普及教育，培养新式国民，鼓动这些阶层联合起来向清政府施压，进行政治改革。他们希望全面向西方学习，灌输西方的民主思想，在中国建立君主立宪制，但当发现立宪制在中国确实走不通时，转而走向革命，希冀着革命能为中国带来新的希望。在这个巨大的公共领域中，民权、官权、宪政、宪法、民主等观念也得以普及。正是在晚清时期报纸的影响下，中国从社会阶层到政治思想层面都发生了巨大的变化，报纸所构建的公共舆论领域使得社会各个阶层都能在其中得到相关信息，英语世界学者认为这是后期革命的重要前期铺垫。英语世界学者还关注到公众舆论形成的物质条件和人文条件。西方印刷技术的引进提高了印刷效率，降低了成本，间接促使了公众舆论的形成，推动了新闻业的发展。而职业化进程虽然曲折而缓慢，但中国报人群体的形成及其为报业拼搏的职业自觉意识，为公众舆论的形成创造了人文条件，并逐步形成了具有中国特色的新闻观。

第三章　英语世界对晚清民国报纸
与民族意识构建的研究

　　英语世界学者对中国报纸与民族意识构建的研究是以国外对"民族主义"的研究为基础的。西方学者对中国民族主义的研究起于 20 世纪初期，在 50 年代之后逐渐深入。1948 年哈佛大学出版社出版的费正清（John King Fairbank）著作《美国与中国》（*The United States and China*）中，作者针对中国政治与文化关系提出的"文化民族主义"、"新民族主义"等概念为之后有关中国民族意识的研究奠定了基础。1968 年列文森（Joseph R. Levenson）在其著《儒学中国及其现代命运：历史意义问题》（*Confucian China and Its Modern Fate: The Problem of Historical Significance*）中提出的文化主义（culturalism）概念促使"民族主义"（nationalism）逐渐成为学者研究中国近代社会的主要议题之一。20 世纪 80 年代后，中国民族主义再度受到国际学术界的关注。

　　西方学者对中国民族主义的研究中存在历史原生论（primordialism）、族裔象征论（symbolism）和建构论（constructionism）的认识论对立。原生论者认为民族主义源于人类社会固有的原始存在，如奥布莱恩（Conor Cruise O'Brien）的"人性论"认为民族主义是基于人性的自然需求，是一种不会轻易消逝的力量。无论政治、经济生活如何变化，民族主义都将以积极或消极的形态与人类社会长期共存。[1]相反，建构论者将"民族主义"视为现代性产物，认为它或真实地存在于现代语境中，或"非真实"地被某种聚合力量"建构"

---

1 Conor Cruise O'Brien, "The Wrath of Ages: Nationalism's Primordial Roots" in *Foreign Affairs*, Vol.72, No.5, 1993. p. 148.

着。如埃里克·霍布斯鲍姆（Eric J. Hobsbawm）认为只有当经济、技术发展到特定阶段才会出现民族主义现象，而民族语言的形成便是佐证之一。且如果脱离出版印刷技术的进步，民族语言是不可能出现的。[2]捷克斯洛伐克社会学家卡尔·多伊奇（Karl W. Deutsch）指出现代社会的传播体系塑造了现代式的民族认同，这些体系承载着精英阶层的观念与利益，跨越时空影响数量更庞大的民众。[3]本尼迪克特·安德森（Benedict Anderson）更是将多伊奇的观点进一步深入，认为现代民族实际上是一种"想象的共同体"，在这个过程中，报纸和小说的作用不可忽视。[4]可见，报纸不仅参与了文本记录、历史记录的过程，在学术研究中更是作为思想、意识形态的载体和推动因素之一而存在。

晚清民国时期，中国遭遇了李鸿章所谓的"数千年未有之大变局"。在外侮内衰与持续的战争中，中国的民族意识通过报纸、杂志、电台的传播逐渐形成，最终成为"中国近代史上一个最重要的主导力量"。[5]中国学者曹磊认为，"清末民族主义思潮与大众媒介结合的思想运动，显示出了报纸这种大众媒介的强大"。[6]本章将聚焦于英语世界学者对此时期报纸中民族意识构建的研究，从他者视角看晚清民国报纸中民族意识的内涵、主要特征及其相互关系。

第一节　报纸中的民族意识研究

民族意识不仅是中国近现代社会发展的一个重要关键词，也是全球近两百年来的热点议题之一。埃里克·霍布斯鲍姆在其著作《民族与民族主义》导论中便提及"若想一窥近两世纪以降的地球历史，则非从'民族'（nation）以及衍生自民族的种种概念入手不可"。关于民族意识的研究尽管已汗牛充栋，但作为民族意识研究领域的核心问题"民族主义"，其定义及如何定义却久未

2　Eric J. Hobsbawm, *Nations and Nationalism Since 1780: Program, Myth, Reality*. New York: Cambridge University Press, 1992. p. 10.

3　Karl W. Deutsch, *Nationalism and Social Communication: An Inquiry into the Foundations of Nationality*. Cambridge: The MIT Press, 1966. pp. 71-78.

4　Benedict Anderson, *Imagined Communities: Reflections on the Origin and Spread of Nationalism*. London: Verso Editions & NLB, 1983.

5　余英时《中国现代的民族主义与知识分子》，李国祁等编《近代中国思想人物论：民族主义》，台北时报出版公司，1981年，第558页。

6　曹磊《清末报刊与民族主义思潮——媒介作用下共同体意识的产生和流变》，载《北方民族大学学报》2017年第06期，第37页。

达成共识。如安德森提及，"和大多数其他主义不同的是，民族主义从未产生它自己的伟大思想家：没有它的霍布斯、托克维尔、马克思或韦伯"。[7]持不同观念的学者对于民族主义的诠释工具及性质定义也大不相同。在众多研究中，民族主义作为文化建构的思想影响深远。这些建构论者认为民族主义的出现与印刷技术的出现紧密相关。"用于印刷图书和报纸的语言为新的认知方式的出现奠定了基础。新的认知方式使民族意识得以出现。"[8]

　　报纸这一媒介方式兴起之后，迅速成为学者对中国此期民族意识研究的重要材料。通过对报纸中的新闻文本、广告文本、图像等分析，英语世界学者对晚清民国时期报纸中民族意识的定义多在"检讨自身"、"反帝"、"反清"、"排外"四个主题上展开讨论。

一、上海商报中的民族意识

　　德国海德堡大学"中国公共领域的结构与发展"研究小组受哈贝马斯公共领域理论的启示，将哈贝马斯所提到的报纸杂志对欧洲公共领域形成的重要作用运用到中国早期（主要是晚清民国时期）公共领域的研究。其中最主要的项目便是在前文评述过的梅嘉乐教授的《一份为中国而生的报纸？》。此书对于《申报》等上海商业报所作的"文本"解读为我们认识晚清民国时期"纸上"民族意识提供了另一种视角。上海是中国早期报纸最集中的城市，上海之所以在中国民族意识发展史上具有如此重要地位，其中一个关键因素即上海是当时中国的新闻中心，是许多著名报人和重要报纸的主要活动区域。这座城市不仅促进了中国近现代民族意识的形成，还在民族意识发展的几个阶段都分别发挥了重要作用。

　　梅嘉乐在其专著中有专章来讨论民族意识的性质。梅嘉乐主要通过对晚清民国时期中国发生的一系列有关中西冲突的标志性事件来解析中国报纸的民族意识话语嬗变，并借此探究报纸是否反映了现实情况，或影响了民族意识认同。作者认为这些中文报纸中的民族意识话语很少具有反帝（anti-imperialist）、排外（anti-foreign）、仇视外国人（xenophobic）的性质。相反，民国早期上海报纸的民族意识的性质可以用"检讨自身"（idiophobic）来概

7　（美）本尼迪克特·安德森《想象的共同体》，吴睿人译，上海人民出版社，2003年，第5页。

8　（英）奥利弗·齐默《欧洲民族主义，1890-1940》，杨光译，北京大学出版社，2013年，第25页。

括。[9]虽然受到外国民族意识模式的启发，但是中国报纸还是在晚清时期构建了中国特有的民族意识模式——中国报纸中的民族意识带有典型的"闭关自守"特征，并且责难自身多于攻击他人，[10]与当代学者所强调的"排外"情绪并不相符。

在梅嘉乐眼中，在民族意识活动开展方面，报纸在此时的力量远不如上海街头的游行活动。报纸通过对重大事件的记载和评论以宣示自己的民族意识，从问题的症结反观自身，从中国社会内部来思索失败的缘由。梅嘉乐以义和团运动、反美爱国运动、武昌起义、五四运动、五卅惨案等重要中西冲突事件为节点，将民族意识历时性地串联起来，并描述阶段性的特征和发展情况，以此总结出晚清民国时期民族意识的性质——"检讨自身"。这种通过历时性描写事件的方法可以避免对民族意识的性质做孤立的抽象定义，同时也比较符合中国近代复杂多变的历史局面，反映出一种民族政治学的研究方法。[11]

（一）报纸的"沉默"——1900 年义和团运动

报纸对民族意识的表达强弱在于主体是否利用报纸的工具性延伸报纸的公共性力量。英语世界学者如周锡瑞（Joseph W. Esherick）、柯文（Paul A. Cohen）等指出，在 1900 年的义和团运动中，中国首次出现了真正的民族意识，首次在中国民众的脑海中出现了反帝国主义和排外的思想[12]，但梅嘉乐并不赞同这样的观点。这一点与美国学者白瑞华的观点一致，后者在书写《中国近代报刊史》时也认为"媒体不是义和团运动的帮凶"。[13]

首先，虽然当时报纸已经广泛地被知识分子、官员接受，但发行范围仅限于经济发展较快的大城市，然而义和团的主要成员多来自受教育程度低的中下层劳动人民，且其势力范围并没有深入大城市内部，无法有效地利用新兴媒介的斗争作用；其次，中国报纸通常创办于外国势力范围内的通商口岸。在这些地区，报纸发行即使有相当程度的自由，背后却仍处于外国势力掌控之中，

9　Barbara Mittler, *A Newspaper for China? Power, Identity, and Change in Shanghai's News Media, 1872-1912*. Cambridge: Harvard University Press, 2004. p. 363.

10　Barbara Mittler, *A Newspaper for China? Power, Identity, and Change in Shanghai's News Media, 1872-1912*. Cambridge: Harvard University Press, 2004. p. 362.

11　胡涤非《近代中国政治变迁中的民族主义》，博士学位论文，复旦大学，2004 年。

12　Joseph W. Esherick, *The Origins of the Boxer Uprising*. Berkeley: University of California Press, 1987. p. XIII.；Paul A. Cohen, *History in Three Keys*. Columbia: Columbia University Press, 1998.

13　（美）白瑞华《中国近代报刊史》，苏世军译，中央编译出版社，2013 年，第 III 页。

更何况《申报》这类外国人创办的报纸。因此国内大部分报纸只是单纯地报道事件，并对义和团运动持"旁观者"姿态。梅嘉乐指出，《北华捷报》和《申报》的社论共同认为："我们目前唯一的任务就是维护国家的安定。"[14]报纸不仅没有支持义和团运动，相反一些报纸对义和团运动进行了批判。这些报纸不仅批判中国政府的"昏庸缪妄"，还公开控诉中国政府的排外，并警告政府不要伤害外国人。[15]此期报纸本身所体现出的民族意识相对于社会现实所表达出来的民族主义情绪是有滞后性的，或者体现为下文即将讨论的报纸被动性。

（二）报纸的"被动"——1905 年反美爱国运动

报纸的被动性体现在 20 世纪初"中美关系"的报道中。其中最著名的便是 1905 年的反美爱国运动。这次抵制美货运动发轫于上海，由商人发起、学生民众积极参与，并迅速蔓延到全国其他主要城市。在参与者的共同努力下，美国最终被迫放弃了与中国续约的无理要求。这次运动义声所播，震惊全球，被马格丽特·菲尔德（Margaret Fields）认为是中国民族意识形成的早期标志[16]。在顾德曼（Bryan Goodman）看来，这是第一次"真正"意义上民族情绪在中国民众中产生。[17]一些西方学者如费侠莉（Charlotte Furth）认为报纸在此过程中发挥了重要的作用。[18]然而梅嘉乐通过研究发现，报纸并非成为促成这次抵制运动的煽动性媒体。她指出，1905 年《申报》中有关反美爱国运动的报道都只述事实，并没有对事件做过多评价。《申报》中有些新闻直接转载于英美报纸，更甚，一些报道还为美国在中国的行径辩护。而其余报道虽然略带讽刺，但没有排外的愤怒，也没有故意煽动情绪。[19]此时期真正独立于外国势力的报纸不多，报纸中并没有明显的民族主义色彩。

14 Barbara Mittler, *A Newspaper for China? Power, Identity, and Change in Shanghai's News Media, 1872-1912*. Cambridge: Harvard University Press, 2004. p. 367.

15 Barbara Mittler, *A Newspaper for China? Power, Identity, and Change in Shanghai's News Media, 1872-1912*. Cambridge: Harvard University Press, 2004. p. 366.

16 Margaret Fields, "The Chinese Boycott of 1905" in *Papers on China*, No.11, 1957. p. 88.

17 Bryan Goodman, *Native Place, City and Nation: Regional Networks and Identities in Shanghai, 1853-1937*. Berkeley: University of California Press, 1995. pp. 183-184.

18 Charlotte Furth, "May Fourth in History" in Benjamin I. Schwartz and Charlotte Furth eds. *Reflections on the May Fourth Movement: A Symposium*. Cambridge: Harvard University Press, 1972. p. 60.; Margaret Fields, "The Chinese Boycott of 1905" in *Papers on China*, No.11, 1957. p. 64.

19 Barbara Mittler, *A Newspaper for China? Power, Identity, and Change in Shanghai's News Media, 1872-1912*. Cambridge: Harvard University Press, 2004. pp. 372-373.

此外，梅嘉乐认为报纸编辑对于"中美两国对外方针"的表态有浅层事实性叙述和深层隐喻意义。文字表达上，早在 1902 年，《申报》多次在报道或社论中提到美国排华法对中美两国的影响。如 1902 年 1 月 14 日《申报》的社论认为中国人尊重美国来华者，履行签署国的义务，中国人在美国理应受到同样的礼遇。然而事实是，很多中国人连入美国国境都遭到了拒绝。因此有记者强调，外国虽然表面上希望中国改变与进步，但内心却希望中国变得越来越弱。传教士认为中国有很多陋俗，因此美国拒绝中国人入境是因为害怕鄙陋的中国人践踏美国先进文明。评论家针对这一观点批评到，"既然美国人没有践踏中国风俗，为什么认为中国人会践踏美国风俗呢？"[20]文章的情绪慷慨激昂，但是梅嘉乐审视性地指出，文章即使持批判态度，但保持了"礼"的距离。最终落脚点不在煽动抵制美货，而在于两国人民道德和合法义务的原则履行上。相对于美国排华报道的"歇斯底里"、极力激起美国民众的反华情绪，中国报纸对于反美抵制运动的报道语气可谓是相当"平缓"了。有的报道甚至认为抵制美货损害的是中国人的利益。这些都足见报道仅仅是针对中美关系中的不平等因素，而不是为了激起民众的反美情绪。[21]尽管如此，外国人如美国驻华公使柔克义（William W. Rockhill）和外文报纸如《北华捷报》仍然歪曲事实地认为，是煽动性的媒体造成了中国此次抵制美货运动。[22]

在这一时期，梅嘉乐通过分析指出，报纸文本中的民族意识表达在讽刺时局的文章中以"自我批判"与"自我揭露"的形式表现出来。这些表达中"检讨自身"的情感色彩浓烈，大多在批判中国民众反抗强敌时消极与怠慢，"排外"意识较弱，同时还警醒中国民众关注国家命运，多为国内民心涣散，民族意识缺乏担忧。

（三）报纸作为"革命武器"——1911 年武昌起义

西方学者如法国教授白吉尔（Marie-Claire Bergère）认为武昌起义的性质"首先是民族主义的"（nationalist, first and foremost）。[23]由于武昌起义本身

20 Barbara Mittler, *A Newspaper for China? Power, Identity, and Change in Shanghai's News Media, 1872-1912*. Cambridge: Harvard University Press, 2004. p. 370.

21 Barbara Mittler, *A Newspaper for China? Power, Identity, and Change in Shanghai's News Media, 1872-1912*. Cambridge: Harvard University Press, 2004. p. 376.

22 Barbara Mittler, *A Newspaper for China? Power, Identity, and Change in Shanghai's News Media, 1872-1912*. Cambridge: Harvard University Press, 2004. p. 372.

23 Marie-Claire Bergère, *La Bourgeoisie Chinoise et la revolution de 1911*. Paris: Mouton, 1968. p. 12.

"反满"的性质，报道中对此起义的说法也是左右岐出。有的给起义者扣上"乱党"的帽子，而有的称起义者为"革命人"。认可革命的报纸编辑、记者不仅没有指责起义者的暴力行为，而是把矛头指向了镇压者。他们认为国力衰弱，革命反而会为中国带来先进文明，并直接喊出了"呼吁民众支持革命者及革命事业"的声音，成为革命在传播中正面的媒介"武器"。所以，梅嘉乐说："并不是报纸制造了革命，而是革命创造了报纸。"[24]革命者的无畏足以启迪民众，激发大众对于民族复兴的责任感。报纸在这一过程中，将革命时况在短期内大量传递给民众，进一步在舆论及民心处建立了新政权的合法性和基础。报纸在这一时期并不具备煽动革命的力量，但其编辑与记者已明显有了关切民族危亡的主体性意识。

然而这种民族意识仍是针对于自身的革命，"排外"思想在这一时期并不鲜明。梅嘉乐以上海最具影响力的《申报》为例展开论证。《申报》在武昌起义发生两天后才开始进行相关报道，且报道内容非常谨慎，并强调了起义过程中革命者践行"不仇外人不扰商务"的原则，所以武昌的外国传教士并没有受到起义的影响，依旧安宁。[25]中国的民族意识在初期的特征是"检讨自身"，起义的爆发与这一情绪的积累相关联。报纸在武昌起义过程中仍然是针对自身的革命，大众革命情绪远高于"反帝"、"排外"的声音。

（四）报纸中的"排外"——1919 年五四运动

美国加州圣费尔南多谷学院学者陈曾焘（Joseph T. Chen）指出，五四运动是"现代中国民族主义走向成熟"的标志。[26]在这一过程中，一些西方学者如陈曾焘、麦金龙认为报纸发挥了至关重要的作用。[27]《申报》文章开始公开批评外国的失约行为，《北华捷报》（North-China Herald）认为"民族愤怒的爆发"和示威都已显露出"排外"情绪。

梅嘉乐的研究特点在于她善于寻找报纸发声的最终"落脚点"，以"落脚

24 Barbara Mittler, *A Newspaper for China? Power, Identity, and Change in Shanghai's News Media, 1872-1912*. Cambridge: Harvard University Press, 2004. p. 383.

25 Barbara Mittler, *A Newspaper for China? Power, Identity, and Change in Shanghai's News Media, 1872-1912*. Cambridge: Harvard University Press, 2004. pp. 379-381.

26 Joseph T. Chen, *The May Fourth Movement in Shanghai: The Making of a Social Movement in Modern China*. Leiden: Brill, 1971. pp. 198-199.

27 Stephen R. MacKinnon, "Toward a History of the Chinese Press in the Republican Period" in *Modern China*, Vol.23, No.1, 1997. p. 18.; Joseph T. Chen. *The May Fourth Movement in Shanghai: The Making of a Social Movement in Modern China*. Leiden: Brill, 1971. pp. 29-30.

点"来辩证性地看待报道情绪。她不止步于文字呈现的状态,而是深入报纸本身以及报纸背后的权力观念来辨析报纸所表达的民族意识性质。她指出五四运动期间的报纸文本虽然有"排外"的言语表达,但是其中对中国现状的同情明显强过对外国政府的批判,批评对象也多指向不断镇压民众的政府和"私利至上"的中国民众。呼吁政府真正做到"口心相符",聚集"民气"……报纸的语气依然比较温和且抑制排外报道。[28]语言虽然充满了"运动"带来的压迫感,但是文章的中心却是批判中国人"易受骗"、沉溺现状和胆怯的性格。五四运动的爆发激起了对外国行为的强烈批判,但同时,对于国民劣根性的揭露与反思也更为深刻。梅嘉乐因此认为,报道实际上依旧在反思自身。

关于纸上民族意识与街头民族意识,经梅嘉乐考察,两者虽有不同但也相互关联。街头民族情绪更为激化,时效性较短,针对性较强。"纸上民族"意识由于保存于文字,其时效性更长,传播范围更广,但受控因素也较多。五四时期,报纸自身已有民族意识的另一倾向——"排外",在面对族与族,国与国之间关系混乱的时期,报纸的表现也照应了此期民族意识界限的"不确定性"。然而,梅嘉乐在"小民族主义"[29]与"大民族主义"[30]情绪的对比中发现,无论在哪种历史语境中,报纸的内容虽然陈述着不同的事件,但对民族自身的检讨与国民性的反思始终贯穿于晚清民国报纸的文本涵义中。

(五)报纸中的"反清"——1925 年五卅惨案

五四运动中的"排外情绪"在 1925 年的五卅惨案中达到了真正意义上的"报纸书写"。一些西方学者如理查德·里格比(Richard Rigby)、华志坚(Jeffrey Wasserstrom)认为这次运动促使民众普遍认识到帝国主义的罪恶。[31]梅嘉乐观察到,《申报》定义这次运动为"惨剧"。报道如实记录了惨案发

---

28 Barbara Mittler, *A Newspaper for China? Power, Identity, and Change in Shanghai's News Media, 1872-1912*. Cambridge: Harvard University Press, 2004. pp. 385-389.

29 小民族主义:指革命派以"排满"、"革命"为政治目标,处理满汉关系的民族理论。

30 大民族主义:指在国内压迫其他民族,谋求并维护本民族的特权,推行民族歧视政策,镇压其他民族的反抗;在国外则谋求民族扩张,征服和奴役其他民族,镇压被压迫民族的反抗。在这里指的就是西方帝国主义在中国寻求扩张,对中华民族的侵略。

31 Richard W. Rigby, *The May 30 Movement: Events and Themes*. Canberra: Australian National University Press, 1980.; Jeffrey N. Wasserstrom, *Student Protests in Twentieth Century China: The View From Shanghai*. Stanford: Stanford University Press, 1997. pp. 121-122.

生的现场状况：外国人首先开枪、学生游行造成重大交通堵塞等。但是新闻报道用语明显带有爱国情绪。[32]梅嘉乐认为《申报》等上海商业报纸本身的指向性多在于清政府，报纸中的文章饱含爱国情绪，但文本只停留在记录这场悲剧，却忽视了制造这场惨案的主人公。因此，梅嘉乐强调即使是在完全因他者而起的民族主义运动中，报纸的态度仍停留在对自身的检讨上。

　　民族意识是塑造 19 世纪末 20 世纪初中国政治、经济和社会面貌的重要因素之一，同时也影响着中国报纸的言论。梅嘉乐通过五次"标志性历史事件"勾勒出报纸报道中民族意识的概貌。相较于"排外"、"反清"等主题，她更倾向于考察报纸中"激烈语言"下的"隐含心态"。梅嘉乐认识到，报纸"检讨自身"的情绪，"反省自我"的态度总是存在于国力衰弱、民族危亡的背景之下，因而唤醒民众意识，寻求改革图强是这一时期中国报纸最重要的一个主题。在租界创办的报纸，一者，如《申报》等本身不具备民族主义参与者的身份认同且处于外国创办者的掌控之下，报道便不具备主体意识，甚至在报道中更多流露的是维护创报方的利益；二者，上海地区发行的报纸由于外国居民较多，"排外感"较弱，因此对西方传入的政治理念、生活方式、异域风俗接受度较高；三者，因租界的外国政权对媒体的审查制度相当严格，报纸中过于排外的言论禁止出版。[33]

　　梅嘉乐此书中挑战了两种普遍说法——"晚清新兴媒介是一种充满力量的工具"以及"报纸影响了中国民族意识的产生"。在她看来"中国没有煽动排外的民族主义……相反，报纸中的民族主义与街头民族主义背道而驰"[34]。这些观点也遭到学界质疑。例如，美国教授洪长泰（Chang-tai Huang）指出，梅嘉乐低估了衡量媒体影响力的难度，若想证实媒体对社会的影响仅限于"检讨自身"，必须拿出更令人信服的数据来支撑结论。[35]依笔者所见，相对于以往对报纸制度与历史背景的研究来看，梅嘉乐运用的方法以及结论都是对报纸民族意识"语境化"的一种反驳。她从"文本本身"探讨这一时期的民族意

32　Barbara Mittler, *A Newspaper for China? Power, Identity, and Change in Shanghai's News Media, 1872-1912*. Cambridge: Harvard University Press, 2004. p. 392.

33　Barbara Mittler, *A Newspaper for China? Power, Identity, and Change in Shanghai's News Media, 1872-1912*. Cambridge: Harvard University Press, 2004. pp. 400-401.

34　Barbara Mittler, *A Newspaper for China? Power, Identity, and Change in Shanghai's News Media, 1872-1912*. Cambridge: Harvard University Press, 2004. p. 406.

35　Chang-tai Huang, "A Newspaper for China? Power, Identity, and Change in Shanghai's News Media, 1872-1912（book review）" in *China Review International*, Vol.12, No.1, 2005. pp. 203-205.

识，并得出报纸没有促进"反帝"、"排外"行动的结论。这虽引起了争议，但提供了一种研究报纸文本的新方法。文本本身提供的信息量并不能像洪教授所说的单以数量计，反而应以质量计。全面覆盖这一时期的报纸本身是难以实现的研究。梅嘉乐选择《申报》这一"大报"的主要原因是它的发行量与覆盖面皆具备一定的典型性。对中国学界而言，梅嘉乐研究的重要性不在于对材料的扩充，而在于其独特视角，即中国民众在当时"求变""强国"的民族心理成促成了中国民族意识的构建，而民族意识的形成又极大影响了当时中国人的世界观与价值观。

二、上海小报中的民族意识

如果说梅嘉乐选择了上海当时最著名的《申报》等商业"大报"作为研究对象，那么哥伦比亚大学出版社于 2012 年出版的普渡大学王娟副教授的专著《嬉笑怒骂：上海小报，1897-1911》则针对的是早期《申报》的余绪——小报（篇幅较小，多为八开或小八开的小型报纸）作为研究对象。小报产生于民间，长期以来，"由于上海小报一直被指认为旧时代低级恶俗的读物，而尘封在历史的角落里，无人问津"[36]，"恶俗"的印象令学者止步。王娟的这一大胆取材能够从最具民间概念、最具市民性、最具生命活力的话语中寻找到不同报纸经历同一时代、同一事件的"差异"和"互文"关系。她将上海小报市场分为报纸和杂志，并对小报的定义作了说明——"小报是以娱乐为主要目的，与严肃、重要的'大报'相对。小报内容多是关乎市民的日常起居、生活情趣、风俗习惯等等，琐碎庸常的消遣性内容占据了小报的大部分版面，而王娟在这些充满市民文化的文字中嗅到了浓烈的民族意识属性。然而，由叙述世俗转而放大到整个民族是一个动态的过程，王娟将"想象民族"放在第三章（最中心位置）以叙述小报或隐或显的民族意识——对清政府的控诉，反帝却不排外的原则。

（一）反清话语娱乐化

小报的特点有二：一为"小"，二为"休闲"。王娟通过"捧妓"，即花选以及当时盛行的"文字游戏"来分析"小报文人"以及"小报社区"的形成。这一社会网络交集的特征，不仅开启了一种新的娱乐文化，更是表达着对"清政府公共管控能力衰弱"的睥睨。

---

36 李楠《晚清民国时期上海小报插图本》，人民文学出版社，2006 年，第 1 页。

　　小报能成为晚清时期上海市民阶层生活的"活化石"便在于其"市民性"。因此，报纸、城市、文人、市民四者构成了一个"城市空间"，其中文人是这一空间最活跃的核心。这些文人非普通的市民，他们有着士大夫传统文化根系，不过由于科举制的废除断绝了其传统文人仕进之途。新的历史局面使他们首要解决的是谋生问题。而近代上海文化市场的空前繁荣、稿费制度的建立为他们提供了生存的基本空间。这一文人群体的网络建构也为上海小报的兴盛提供了人才基础。他们依靠小报作为表达价值观念的工具，挑战禁忌、触犯法规，在清政府管控最严格的领域进行极端的娱乐化，使清政府体会到权力的丧失。小报的主体多为文人。他们将本属于"私人"的事件搬到了公共舞台上，将公共空间"娱乐化"。王娟指出这正说明晚清娱乐超越了政府管控，在大众眼中合法性渐增。[37]如被称为第一份小报的《游戏报》（Fun）主笔李伯元便通过小报组织"花选"比赛，由小报读者选出最漂亮的妓女成为"花魁"，引起了公众前所未有的兴趣。也因如此，《游戏报》的销量在两个月内急速上升，宣布结果当日，5000 份报纸销售一空，之后又加印 3000 份满足市场需求。[38]之后花选风靡一时，成为小报当时最重要的销售手段，娱乐也占据了小报媒体以及小报社区中的主要地位。早期清朝建立时为了维持公共道德和社会秩序，对性的控制是政府控制机制的重要组成部分。1656 年，江南地区的一位文人就因组织花选而被清政府斩首。[39]然而，李伯元对他办小报的意义是这样解释的："《游戏报》之命名，仿自泰西。岂真好为游戏哉？盖有不得已之深意存焉者也。"[40]小报文人对于清政府的控诉不能是直面的，而只能通过游戏人生对清政府的无能进行反讽。王娟也认为《游戏报》将社会地位低下的"妓女"捧为"明星"反而照应了清政府社会控制力的减弱。1905 年，清政府甚至开始合法对妓女收税并对妓院进行管理。[41]清政府管控无力相反会助长市民对其敌对的态度。小报文人在建构公共文人娱乐的同时，有着将私人情绪公共化的趋势，而王娟将这一公共化的情绪作为民族意识爆发前的蓄积，认为晚清时期的

---

37 Wang Juan, *Merry Laughter and Angry Curses: The Shanghai Tabloid Press, 1897-1911*. Vancouver: UBC Press, 2013. p. 51.

38 Wang Juan, *Merry Laughter and Angry Curses: The Shanghai Tabloid Press, 1897-1911*. Vancouver: UBC Press, 2013. p. 32.

39 Wang Juan, *Merry Laughter and Angry Curses: The Shanghai Tabloid Press, 1897-1911*. Vancouver: UBC Press, 2013. p. 51.

40 《游戏报》，1897 年 8 月 25 日。

41 Wang Juan, *Merry Laughter and Angry Curses: The Shanghai Tabloid Press, 1897-1911*. Vancouver: UBC Press, 2013. p. 51.

小报文学在滋养反叛情绪上更加敏捷和直接。[42]小报的作家和读者形成了一个阅读空间。在这一空间中,每天出现在小报上的反清言论与对政府的谴责,建构着嘲讽官场的叛逆语境。小报文人反清的民族主义情绪充斥在市民化、娱乐化的文字中,逐渐在读者中侵蚀了清政府的权力,并成为1911年辛亥革命的文化基础。

(二)反帝话语运动化

美国汉学家费正清(John King Fairbank)所奠定的"冲击—回应"说[43]也影响了王娟。王娟指出,晚清民国时期中国的民族意识是中国对强势帝国主义世界秩序的回应,同时也是西方政体、西学在中国传播的产物[44]。不少学者如冯客(Frank Dikötter)、朱浤源(Hong-Yuan Chu)和沙培德(Peter Zarrow)等都认为20世纪的前十年中国民族意识中的情绪是"排外"、"反帝",形成了强烈的民族认同。[45]然而,事实是在回应中国与外国势力的冲突中,小报社区同梁启超以及其他受教育的中国人一样,采取了反帝国主义的立场,并提供了反帝的具体措施——维护中国单一民族国家(nation-state),甚而呼吁这可能是对抗外国侵略的唯一路径。

王娟在书中指出,小报由娱乐性而政治化是源于甲午中日战争中国的溃败。中国的战败激起了小报记者的民族主义情绪,从而产生了第一次公共情绪表达。如早期的《游戏报》开始表达对民族的担忧——国家贫穷,人民疲惫,官员、学者道德缺失。[46]直至甲午中日战争后,小报开始关注战争动态,并大篇幅刊登外国入侵及争夺中国势力范围的新闻与评论。反帝国主义情绪慢慢地从文人群体向小报积累的读者群蔓延。

作者选取了两篇《游戏报》中比较有代表性的文章进行分析,其中一则文章报道大量俄国士兵进入西伯利亚,威胁中国领土主权;另一篇文章则关于

---

42 Wang Juan, *Merry Laughter and Angry Curses: The Shanghai Tabloid Press, 1897-1911.* Vancouver: UBC Press, 2013. p. 54.

43 John King Fairbank, and Ssu-yu Têng, *China's Response to the West: A Documentary Survey, 1839-1923.* Cambridge: Harvard University Press, 1979. p. 1.

44 Wang Juan, *Merry Laughter and Angry Curses: The Shanghai Tabloid Press, 1897-1911.* Vancouver: UBC Press, 2013. p. 85.

45 Hong-Yuan Chu, and Peter Zarrow, "Modern Chinese Nationalism: The Formative Stage" in *Exploring Nationalisms of China: Themes and Conflicts*, 2002. pp. 3-26.; Frank Dikötter, *The Discourse of Race in Modern China*, Stanford: Stanford University Press, 1994. pp. 61-125.

46 Wang Juan, *Merry Laughter and Angry Curses: The Shanghai Tabloid Press, 1897-1911.* Vancouver: UBC Press, 2013. p. 86.

《游戏报》的创始人李伯元描述外国人如何讥讽中国，并把中国人比喻成西瓜（任人鱼肉）……中国如果不改革，命运就会像马戏团的动物一样，卑躬屈膝，讨主人（外国）欢心。[47]李伯元可称得上是晚清小报的开风气者。他虽然将小报极力引入娱乐之途，但是他认为国家大事应为人人心中所系，"是犹聚喑聋跛躄之流，强之为经济文章之务，人必笑其迂而讥其背矣。故不得不假游戏之说，以隐寓劝惩，亦觉世之一道也"[48]。这并非一家之言。1900年，《申报》编辑撤销俄国强迫清政府接受不平等条约的新闻。《休闲报》（Pastime）编辑发表了一系列文章嘲讽、羞辱《申报》编辑对俄事件的沉默。[49]王娟指出，随着反帝情绪的高涨，小报作家开始一针见血地、毫无保留地对外国势力侵略中国领土进行批判，他们在各种反帝活动中发挥了重要作用。如吴趼人不仅是《采风报》（Anecdotes）、《寓言报》（Allegories）等小报的编辑，也是1901年反俄运动和1905年反美运动中的积极分子。通过报纸，吴趼人呼吁政府策划抗议行动，协调城市之间的运动，告知公众运动进展，获取公众支持等。[50]作者将小报与《申报》比较研究后，发现以《申报》为代表的商业报在1900年前并没有强烈的民族立场。由于权力的控制，《申报》在诸多问题上保持中立，仅仅将关注点放在"检讨自身"上，而由于小报与外国无利益关系，故而在民族问题上更加直接、激进。

　　然而，特别需要指出的是，王娟认为"反帝"并不意味着激进的"排外"。[51]普通民众常常把反帝与排外相联系，然而王娟认为小报文本虽然有反帝国主义情绪，但并没有排外思想或民族优越感。反帝情绪的展露并不意味着对外国人的仇恨。这体现在小报编辑很少用贬低或鄙夷的词汇（比如倭人、夷人等）形容外国人。相反，他们经常使用的是中性词（比如西人、洋人、日人等）以示尊重。王娟指出小报作家强烈反对义和团运动，认为他们是无知的野蛮人，批判他们包围外国公馆的行径，并且支持清政府对义和团运动进行镇压。[52]小

47　Wang Juan, *Merry Laughter and Angry Curses: The Shanghai Tabloid Press, 1897-1911*. Vancouver: UBC Press, 2013. p. 86.

48　《游戏报》，1897年8月25日。

49　Wang Juan, *Merry Laughter and Angry Curses: The Shanghai Tabloid Press, 1897-1911*. Vancouver: UBC Press, 2013. p. 87.

50　Wang Juan, *Merry Laughter and Angry Curses: The Shanghai Tabloid Press, 1897-1911*. Vancouver: UBC Press, 2013. p. 110.

51　Wang Juan, *Merry Laughter and Angry Curses: The Shanghai Tabloid Press, 1897-1911*. Vancouver: UBC Press, 2013. p. 86.

52　Wang Juan, *Merry Laughter and Angry Curses: The Shanghai Tabloid Press, 1897-1911*.

报作家对外国人持中立态度，不盲目排外，也不支持暴力行为，甚至在小报中也不乏对外国人爱干净、管理高效等优点进行称赞。

王娟还对"大民族主义"和"小民族主义"进行了阐发。她认为小报媒体不仅没有排外的种族主义，对满族也无特别敌意。王娟把小报作家与梁启超进行对比，指出两者在"小民族主义"思想上有很大差异。1896 年，梁启超批判清政府执行种族政策。1902 年以前，梁启超是坚定的反满主义者，直到步入20 世纪，他才开始把自己从激进的反满思想中解放出来。1903 年，他阐述了"小民族主义"与"大民族主义"，建议以汉为中心的"小民族主义"应该向反帝的"大民族主义"让步。[53]因此，在英语世界学者眼中，虽然小报作家批判清政府及官员，但是这种批评话语从来没有超越种族，他们并不希望看到清朝的终结，而是希望能够建设一个单一民族国家。

（三）社会道德批判话语

晚清民国时期，在西方观念、文化传入中国后，诸多中国传统道德观遭到了质疑。以传统中国政治和哲学原则为基础的小报文人开始对当时社会道德缺失进行批判，构成民族意识话语的重要组成部分。王娟在书中谴责民众对娱乐无尽的追求，奢华的消费以及视金钱为首的品行。作者描述到，穷人也开始追求奢华的生活，超出了本有的消费水平，试图扮演富人的角色。[54]小报作者认为与外国人相比，中国人更热衷于钱财，对国家的富强关心甚少，缺乏爱国心、公德心。小报作家写文抱怨女性违背基本道德准则，违背家庭传统美德。[55]这与梅嘉乐所认为的"自省式民族主义"相似，但梅嘉乐所选择的报纸有很大的政治因素，而小报本身的自主性较高，小报作家直接揭露社会现状，并发自肺腑地痛惜中国民众的愚昧，同时也提出"自我觉醒"的希冀。

与梅嘉乐不同的是，小报作家认为清政府是终极罪犯，转而攻击清政府官员。[56]王娟指出，小报话语中虽批判民众的旧思维——对新观念与改革不感兴

Vancouver: UBC Press, 2013. p. 90.

53　Wang Juan, *Merry Laughter and Angry Curses: The Shanghai Tabloid Press, 1897-1911.* Vancouver: UBC Press, 2013. p. 91.

54　Wang Juan, "Imagining Citizenship: The Shanghai Tabloid Press, 1897-1911" in *Twentieth Century China*, Vol.35, No.1, 2000. p. 39.

55　Wang Juan, "Imagining Citizenship: The Shanghai Tabloid Press, 1897-1911" in *Twentieth Century China*, Vol.35, No.1, 2000. p. 40.

56　Wang Juan, *Merry Laughter and Angry Curses: The Shanghai Tabloid Press, 1897-1911.* Vancouver: UBC Press, 2013. p. 88.

趣，但是小报话语将此症结归因于中国政治体制、文化和官员。从地方官员给最高政府的信中可知，大约只有十分之一的民众知道政府即将实施的改革，而在这些民众中，十个人大约七、八个不支持改革。[57]例如，《笑林报》（Grove of Laughter）的一篇文章讽刺地方官员"只准州官放火，不准百姓点灯"……外国政府努力保护其公民，而中国公民却任意被政府宰割。[58]小报中的民族意识同样针对自身进行检讨，希望政府提升治理能力，提高社会道德水平。这一点与梅嘉乐的观点不谋而合。

此外，小报作者常常在报道中把不受尊重的群体捧为英雄，比如赞扬妓女在抵制侵略运动中发挥的作用，批判那些尸位素餐的高贵的"社会角色"。[59]小报对于清政府及其官员、中国民众社会道德的批判与揭露在深度、广度比其他类型的报纸都更胜一筹，它们对于倡导民族情绪的影响力较"大报"而言反而更加持久。

王娟敏锐地将小报作家社区与民族意识关联起来，将以往小报研究中居于主流的文化性、市民性、通俗性向更高一层升华，在民族意识构建的背景下为我们重现了晚清民国期间小报在推动民族运动方面的贡献。小报自诞生之日起，便面临着巨大的生存压力，边缘化的位置，与大报的竞争，以及寻求报纸独特的风格使得大部分小报寿命短暂，只有部分小报依靠吸引读者的噱头维持生存。然而，小报文人却也在以一种独特的话语方式参与着这场民族运动，并为之付出了巨大努力。小报的研究在国外长期处于"学术盲区"，王娟将研究对象聚焦于上海小报，认为小报通过三方面表达了现代中国民族意识：情绪、话语、运动，而这三方面共同维护中国作为独立的单一民族国家，为中国社会提供统一身份，与同一民族的"我们"，[60]并重点强调了小报影响晚清主要政治和历史发展的重要性。这对于英语世界学者的报纸研究提供了别样的选材和阐释视角，将"报纸—报人—城市—革命—民族意识"贯通在一个时空叙事中，令人耳目一新。

57　Wang Juan, "Imagining Citizenship: The Shanghai Tabloid Press, 1897-1911" in *Twentieth Century China*, Vol.35, No.1, 2000. p. 42.

58　Wang Juan, "Imagining Citizenship: The Shanghai Tabloid Press, 1897-1911" in *Twentieth Century China*, Vol.35, No.1, 2000. p. 43.

59　Wang Juan, *Merry Laughter and Angry Curses: The Shanghai Tabloid Press, 1897-1911*. Vancouver: UBC Press, 2013. p. 107.

60　Wang Juan, *Merry Laughter and Angry Curses: The Shanghai Tabloid Press, 1897-1911*. Vancouver: UBC Press, 2013. p. 85.

三、女性报纸中的民族意识

在众多英语世界学者研究中，美国莫瑞州立大学学者夏洛特·彼罕（Charlotte L. Beahan）[61]的论文《中国女性报刊中的女性主义和民族主义，1902-1911》（Feminism and Nationalism in the Chinese Women's Press, 1902-1911）较为独特。该文将民族意识话题中报刊中经常被忽视的"女性报刊"提到了中心位置，认为女性群体本身的崛起与解放与民族意识的构建息息相关。彼罕选取了 7 本报刊与其创办者：陈撷芬与《女报》（The Journal of Women's Studies）、丁初我与《女子世界》（Women's World）、秋瑾与《中国女报》（The Chinese Women's Journal）、陈如瑾[志群]《女子世界》续办（The Second Women's World）、燕斌与《中国新女界杂志》（The Journal of The New Women of China）、张展云与《北京女报》（The Peking Women's News）、何震与《天义报》（Tianyi），通过剖析这 7 位创办人的人生足迹、民族意识的形成引申出报刊的民族意识性质。彼罕认为女性期刊所表达出的民族意识话语纷纭，但是其主题本质上不离"反满"（anti-manchuism）、"女性改造"的主题。[62]也就是说这些女性坚信她们的女权主义是民族主义的组成部分。

（一）民族主义与女性教育

觉醒的中国女性逐渐开始注意到报纸的力量，自 1898 年《女学报》问世以来，"新女性"报刊成为新式媒介的一个独特群体。新女性意识到每个人无论男女都应关心中华民族的命运，国家命运不再是严格意义上的男性问题，男性理应将保护国家安全的工作分摊给女性，因为中国衰弱的原因在于人才的缺乏，人才的补充不能仅仅依靠男性，中国女性也应像欧美女性一样受到同等的教育。

上海既是女性报纸的集中地，也是建立女性教育的先锋城市。1897 年，第一所现代女子学校便在上海成立，截至 1904 年，上海大约有 25 所政府资助的女子学校，共有 468 名学生；到 1907 年，女子学校已经增加到 391 所，共11396 名学生[63]。1907 年，清政府正式建立了全国女子小学系统，直至 1908

---

61 夏洛特·彼罕（Charlotte L. Beahan）：美国莫瑞州立大学教授，专注于研究东亚文化、中国历史和中国女性权利问题。代表作：《中国文学中的女性及与身体观研究近况》（Recent Scholarship on Women in Literature and on the Concept of the Body in China）等。

62 Charlotte L. Beahan, "Feminism and Nationalism in the Chinese Women's Press, 1902-1911" in *Modern China,* Vol.1, No.4, 1975. p. 393.

63 Charlotte L. Beahan, "Feminism and Nationalism in the Chinese Women's Press, 1902-1911" in *Modern China,* Vol.1, No.4, 1975. pp. 380-381.

年，北京有 20 所女子学校，而邻近的天津地区的教育委员会已经建立了 20 所学校。除了北京之外，还有 121 所女子学校由政府或学者私人赞助。彼罕在引出各期刊之前，使用大量数据试图重建女性报刊的创刊背景，即女性将中国濒临灭亡归因于中国缺乏受教育的女性，而西方国家的强盛在于它们女性的优势地位[64]。民族意识在这一过程中成为女性教育的必要内容。从最初的"教育始于家庭"到后来的"中国缺乏'民族精神归咎于妇女的无知'"，[65]她注意到女性期刊文章的思想都可以由"民族主义"统一起来……而归根究底，在所有情况下，（女性报刊）都是在争取一种平等的体面教育的权利。[66]在中国传统社会，女性无法参与国家政事，但是在新女性报刊中，报刊文字极力将民族精神与女性解放，女性教育与国家强盛融为一体，寻找话语言说的合理性、合法性。

（二）"反满—革命"话语

彼罕也注意到，在这些女性期刊中充满了"反满—革命"话语。如陈撷芬的民族意识就经历了这样一个转变——由法律改革转为"反满—革命"。1903 年夏天，清政府决定制裁《苏报》案涉事人员，她与其父逃亡至东京后出版了《女报》第四期。报刊中对清政府的尖锐批判可见陈撷芬思想的进一步激化，甚至还出现了"反男性"的痕迹。"女性具有孕育仇恨的特殊能力，以此对抗清政府。相反，男性每天接受外国人的毒药，早已不知憎恨为何物了。""如果女性意识到满族是异族人，残害我们的同胞，掠夺我们的土地，那我们就要坚定地反对他们。"[67]彼罕在这一段激进的民族主义情感之下也清晰地探讨了陈撷芬作为传统女性本身身份认同的矛盾。她早年是反对男性纳妾的，但其父要求她做他人的妾时，她却想要屈服，后来受到秋瑾等其他女性的支持，才拒绝了其父要求。这一事件说明，早期女性只有在一个大的团体中才能对抗传统的压力。

彼罕在分析丁初我的《女子世界》期刊时，用了"直言不讳"（rather

64　Charlotte L. Beahan, "Feminism and Nationalism in the Chinese Women's Press, 1902-1911" in *Modern China*, Vol.1, No.4, 1975. p. 384.

65　Charlotte L. Beahan, "Feminism and Nationalism in the Chinese Women's Press, 1902-1911" in *Modern China*, Vol.1, No.4, 1975. p. 385.

66　Charlotte L. Beahan, "Feminism and Nationalism in the Chinese Women's Press, 1902-1911" in *Modern China*, Vol.1, No.4, 1975. p. 384.

67　Charlotte L. Beahan, "Feminism and Nationalism in the Chinese Women's Press, 1902-1911" in *Modern China*, Vol.1, No.4, 1975. p. 393.

outspoken）一词来形容此刊在反满和支持革命运动方面的语言情绪。"两亿男性成为满洲异族的奴隶，使得处于弱势的女性成为奴隶的奴隶"，[68]反满情绪不仅在丁初我的文章中有多体现，在张楠和王忍之编辑的《辛亥革命前十年间时论选集》中也很常见。但是彼罕提出，丁初我的民族意识中不仅有反满情绪还有反帝思想。她在文章中呼吁女性携起手来支持"反美抵制运动"，呼吁大家站起来推翻满清政府，消灭异族。彼罕在文末对《女子世界》作了一番意味深长的评述：不管是丁初我的《女子世界》还是其他的女性期刊以及男性报刊，他们的目标是模糊的，他们的文章往往能迅速地找到旧社会存在的弊端，但是谁也无法找到替代弊端的新方法，最终话语本身成为了一个口号。[69]

同样的问题亦存在于秋瑾所主持的《中国女报》中。秋瑾本身以革命人的身份参与了一系列的革命活动，《中国女报》也强调反满与革命，但是它缺乏具体的革命内容。在秋瑾的发文中不能找到证明她行为的政治语言，即使有，也是"矛盾和模糊的"[70]，只有诗歌《恢复我们的河山》表现着一种传统的反满话语。彼罕认为秋瑾其实并未将革命或任何形式的政府行为视为解决中国女性问题的方法。[71]作者观察到，燕斌在创办了《中国新女界杂志》后，继而成立了一个海外女子协会（革命联盟的一个分支），但较奇怪的是杂志既不支持联盟也不支持其领导人。彼罕认为女性在革命中的地位实际上并未受到革命者或政治团体的重视。之后《中国新女界杂志》因被日本警方关停而沦为女性报刊史中平淡的一员。最后一份较为重要的报刊是何震的《天义报》。在所有女性报刊强调妇女应接受教育、经济独立时，《天义报》提出了新的方案——"中国女性的解放可能需要对中国社会结构进行基本改变，而不仅仅是现代教育的应用"；[72]"进行社会革命必须从男女革命开始。同样，如果我们希望改革中国，我们必须从驱逐满族开始。"[73]

---

68 Charlotte L. Beahan, "Feminism and Nationalism in the Chinese Women's Press, 1902-1911" in *Modern China,* Vol.1, No.4, 1975.p. 396.

69 Charlotte L. Beahan, "Feminism and Nationalism in the Chinese Women's Press, 1902-1911" in *Modern China,* Vol.1, No.4, 1975. p. 398.

70 Charlotte L. Beahan, "Feminism and Nationalism in the Chinese Women's Press, 1902-1911" in *Modern China,* Vol.1, No.4, 1975. p. 402.

71 Charlotte L. Beahan, "Feminism and Nationalism in the Chinese Women's Press, 1902-1911" in *Modern China,* Vol.1, No.4, 1975. p. 402.

72 Charlotte L. Beahan, "Feminism and Nationalism in the Chinese Women's Press, 1902-1911" in *Modern China,* Vol.1, No.4, 1975. p. 411.

73 《天义报》1907 年 6 月，第 43 页。

结语中，彼罕再次强调了民族意识是当时中国女性报刊出现的缘由之一，救国救民是她们心系之大事。女报人通过中西对比得出中国人缺乏"民族精神"或"群体凝聚力"，只有通过女性教育才能将这一缺点补足。然而，女性期刊的民族主义情绪激昂，她们巧妙地利用报刊等现代媒介，却忽视了社会平民妇女大多是"文盲"，所有的呼吁最终只能成为报刊上的黑字，无法传达到"两亿姊妹"中去。彼罕的论文由于篇幅限制只选取了各个区域（包括上海、东京、北京）的 7 本较典型的女性期刊，一一做了文本解读。此文的架构优点在于提供了大量的背景信息，有利于英语世界读者理解中国女性期刊。其次将创办人的思想凸显点与矛盾点一并写出，较真实地还原了中国早期新女性的心理状态。然而彼罕的研究也具有其局限性：局限一在于作者对于这些期刊所造成的社会影响没有进行详细的考究，没有足够的材料和数据而断然下"这些话语最终沦为口号"的结论；局限二在于作者未将女性期刊作为一个整体，而是简单地以创办人来区别各个女性期刊的性质，而女性期刊之间的关系联结以及它们构成的一个"整体生态"未得到分析，实是遗憾。

四、香港报纸中的民族意识

英国爱丁堡大学学者费南山在《有用的知识和正确的交流：19 世纪晚期的新闻作品》（Useful Knowledge and Appropriate Communication: The Field Journalistic Production in Late Nineteenth-Century China）中通过对香港报刊包括《华字日报》《循环日报》（Universal Circulating Herald）以及《德臣报》（The China Mail）的研究中发现不论是中国人创办的报纸还是西方人创办的报纸，"本土观点"在新闻市场竞争中皆非常重要，但同时作者也指出此类报纸虽持本土化观点，但并不排斥外来理念，也不抗拒全球化。费南山通过对《华字日报》《循环日报》在《德臣报》上的广告对比得出，前者强调报纸的"本土性"，后者呈现了报纸的"不排外"。

《循环日报》的英文译名"Universal Circulating Herald"表明了该报在视野、报道以及受众上的国际化。费南山强调创始人王韬把外国人纳入报纸潜在读者的范围，报纸中诸多文章代表了在港外国人的观点而非中国官员的观点，[74]这可以充分表明王韬的立场：即使一直标榜"民族"、"本土"的报纸并

74 Natascha Vittinghoff, "Useful Knowledge and Appropriate Communication: The Field of Journalistic Production in Late Nineteenth Century China" in Rudolf G. Wagner, ed. *Joining the Global Public: Word, Image, and City in Early Chinese Newspapers, 1870-*

没有排外的政治主张。相反，类似《循环日报》这类本土报纸对待外来观点持积极态度。此外，费南山补充到，早期的中国记者在跨民族环境中工作，多层次的社会阶层为报纸的跨民族倾向奠定了基础。虽然所有报纸的跨民族特征都以"纯中国人"的方式呈现，强调其爱国义务，然而，这种民族利益的表征仅仅只是销售言辞，并不意味着排外态度。[75]因而费南山眼中晚清民国时期报纸是中西方观点并存的场域，其中不存在排外的现象。

这一观点在费南山的论文《"英国蛮夷"与"中国辫"？19世纪香港和上海跨民族环境中的跨语言实践》（"British Barbarians" and "Chinese Pigtails"? Translingual Practice in a Transnational Environment in Nineteenth Century Hong Kong and Shanghai）得到了进一步证实："从更广阔的历史视角出发，通过印刷资本主义的蔓延而引发的民族主义情绪的高涨并不是首先针对外国人的。当民族主义升格为政治运动时，它首先反对的是满清政府。"[76]然而，需要厘清的是，反对满清政府并不意味着以反满为主要目标的"小民族主义"。通常外国报纸、中国报纸等报纸性质的定义并不是以报纸中使用的语言而是报纸的所有者界定。在对报纸性质的划分中隐藏的假设是：外国报纸维护外国立场，而中国报纸保持排外情绪。但费南山不赞同这样的界定。首先，正如上文所述，记者的实践及其教育、社会背景、国际关系、跨民族属性等与这种传统论述相矛盾。其次，报纸文本本身也不满于这些报纸的单纯国界分类。比如外国人创办的《申报》强调其维护中国利益，中国人王韬的《循环日报》在社论观点中又效仿了英国媒体等。[77]因此，报纸外在的限制性条件并不足以代表民族身份，"爱国"也并不意味着他们代表了"纯中国人利益"或是对外国政策的偏见。费南山认为，区分报纸所有者的民族身份仅仅只是市场策略，并没有民族偏见。[78]费南山打破传统对报纸的界定，反对脱离报纸的对话语境而片段

1910. New York: State University of New York Press, 2008. p. 91.

75 Natascha Vittinghoff, "Useful Knowledge and Appropriate Communication: The Field of Journalistic Production in Late Nineteenth Century China" in Rudolf G. Wagner, ed. *Joining the Global Public: Word, Image, and City in Early Chinese Newspapers, 1870-1910*. New York: State University of New York Press, 2008. p. 82.

76 Natascha Vittinghoff, "'British Barbarians' and 'Chinese Pigtails'? Translingual Practice in a Transnational Environment in Nineteenth Century Hong Kong and Shanghai" in *China Review*, Vol.4, No.1, 2004. p. 48.

77 Natascha Vittinghoff, "'British Barbarians' and 'Chinese Pigtails'? Translingual Practice in a Transnational Environment in Nineteenth Century Hong Kong and Shanghai" in *China Review*, Vol.4, No.1, 2004. pp. 31-33.

78 Natascha Vittinghoff, "'British Barbarians' and 'Chinese Pigtails'? Translingual Practice

化地孤立地采用单一的论证方式对报纸进行分类，重视报纸的跨民族性。这一观点丰富了中国早期报纸的研究内容，为其与公共领域及民族意识构建的关联性研究开辟了新的路径。

由以上分析可见，英语世界学者对报纸中民族意识的研究关注度极高。首先，学者选取的材料较丰富、全面，商业报、上海小报、女性期刊、香港报纸都囊括于其中。其次，英语世界学者对于研究时间选取也趋于一致，都集中在19世纪末20世纪初。再者，从研究结论而言，几名学者的观点并非大相径庭，而是同中有异。在针对清政府的立场上，不管是梅嘉乐、王娟、彼罕还是费南山都认为，报纸作家大都倾向于批判清政府的腐朽与无能，同时也鼓励民众检讨自身，树立强烈的公德心。特别需要指出的是，英语世界学者认为女性报刊中的民族意识具有革命特征。它们呼吁女性进行革命，以此改变民族国家的命运。这一点在英语世界对其他三类报纸的分析中并没有明确指出。

在晚清民国报纸民族意识话语是否反帝、排外这一问题上，学者们的观点各有不同。梅嘉乐通过对《申报》的文本分析明确表明该时期民族意识没有反帝、排外的性质，费南山通过对上海报纸的解读认为虽然中外报纸都以"本土"视野吸引读者，但同时也接受外来观点，认为即便是本土报纸从编辑方针到受众皆没有排外的性质，而王娟认为小报虽然不排外，但是反帝性质较明显。彼罕也通过对女性期刊尤其是丁初我创办的《女子世界》分析论证了报刊的反帝特征。正如前文所析，虽然王娟论述中的小报社区并没有基于种族基础的排外情绪，他们却有强烈的反帝情绪。究其原因，王娟指出，梅嘉乐认为《申报》没有排外情绪，是由于他把排外与反帝混为一谈，同时王娟还否认了报纸在宣扬民族意识中的作用。因此，王娟认为鉴于梅嘉乐对民族主义的狭隘定义，上海媒体发挥的作用远比梅嘉乐认为的大很多。[79]笔者认为造成两者观点不同的原因可能是两者选取的报纸性质本身不一。《申报》是外国商人创办的商业报纸，20世纪20年代以前在政治上一直都保持比较中立、谨慎的立场。而《小报》是社会转型中"失意文人"创办的文学报纸，其本意就是娱乐大众、迎合市场、发泄怨恨等。再者，梅嘉乐选取的时间是1872-1925年，而王娟选取的是1897-1911年，前者的时间更长，后者只选取了其中的一部分，这也可能是

---

in a Transnational Environment in Nineteenth Century Hong Kong and Shanghai" in *China Review,* Vol.4, No.1, 2004. p. 34.

79　Wang Juan, *Merry Laughter and Angry Curses: The Shanghai Tabloid Press, 1897-1911.* Vancouver: UBC Press, 2013. p. 109.

造成他们对报纸中民族意识性质的认识有所差异。但是无论英语世界学者对民族意识的性质如何定义，晚清民国时期报纸在滋养民族主义情绪，引发民族主义革命，以及促进抗日战争中全民族的团结统一发挥了不可小觑的作用。

第二节　报业的跨民族性与民族意识的关系

英语世界学者在对中国清末民初的各类报纸进行民族意识性质研究的同时，对民族意识的特征也进行了思索。鸦片战争之后，清朝的城市系统受到西方的影响，1842 年依照《南京条约》清政府被迫开放上海、广州、厦门、福州、宁波等五个沿海商埠，并允许外国人在通商口岸居住，至 1894 年增至 35 处。通商口岸的开放促进了城市化的进程，也大幅度地影响了人口的流动，使得晚清民国时期的港口城市形成了多民族聚集的形态，出现了"接触区"、"移民"的特殊社会空间和特殊群体，其中西因素、跨民族（transnational）特征表现得尤为突出。有学者指出，清末的中国新闻业多"与外国势力串通一气"[80]。尽管这种说法带有贬低含义，但是从侧面可知当时报业环境下中西交汇融杂的情景。英语世界学者对这种"跨民族"现象表现出了浓厚兴趣，并认为这种环境的多民族性、跨民族特性恰好与民族意识紧密相连，并体现在了报业的每一环节上——报纸的所有者、记者、读者乃至文本。在这样的环境中，"跨民族"的特征反而促成了中国民众对民族身份、民族文化的构建。

一、报业生态圈的跨民族特征

"跨民族"是晚清民国时期整个时代的大标题，它不仅是报业产生的背景，也印记在报业中的每一角落。英语世界学者们对报业所有者、记者、读者的跨民族身份以及文本的跨民族特征进行考察，表现了他们对这一研究领域的浓厚兴趣。从相关研究的细致全面程度可见学者们在厘清报业身份与民族意识构建间复杂关系方面的努力。

（一）报业所有者

自 1822 年巴波沙（Artur Tamagnini de Sousa Barbosa）在中国澳门创办的第一份境内外文报——《蜜蜂华报》（*Abelha da China*）开始，外国人在中国

---

80 Wah Kwan Cheng, "Contending Publicity: The State and Press in Late Qing China" in *Asian Thought and Society*, Vol.23, No.69, 1998. p. 179.

创办报纸的潮流逐渐从澳门、广州、香港转向上海。这些外报在构筑中文新式报纸模式上影响深远。由于天然的地理优势，上海自 1842 年成为通商口岸后至 1931 年，人口较前激增十倍，从一个只有 25 万人口的港口镇成为拥有 300 万人口的中国最大城市，故而，外商办报逐渐将视线转移到了上海。在上海创办的第一份外商报纸是《北华捷报》(*The North-China Herald*)，由来自爱德华王子岛的拍卖行商人奚安门 (Henry Shearman) 于 1850 年创刊。后来《北华捷报》出版增刊《每日航运和商业新闻》(*The North-China Daily Shipping and Commercial News*)，即后来的《字林西报》(*The North-China Daily News*)，而若论及上海报界执牛耳者，便只称《申报》了。《申报》自身的特殊性与重要性，成为英语世界学者研究中国报纸不可不提的一环。

澳大利亚学者穆德礼就在其博士论文中以《申报》为研究对象，在耙梳大量的史实材料后分析其在中国的发展历程。作者认为《申报》所有者本身就经历了不同民族的切换。该报由英国商人美查创办，后几经辗转被报业大亨史量才收购，最终成为中国历史上最重要的报纸之一。报业所有权经历了由西至中的过程。在美查管理期间，他雇佣大量的中国学者、文人在申报馆工作，而史量才接管之后，同样雇佣外国人员为其提供新闻服务。中西跨民族成员的混合搭配使得英语世界学者在《申报》的民族归属问题上也颇有争议。瓦格纳认为《申报》在开办的前几十年，其所有权是属于外国的。[81]但具有民族倾向的史书则强调它为中国所拥有，在中国出版便是中国所有，在外国领土出版便归外国所有[82]。这些争议也从侧面展示了报纸所有者的身份确认在学者的研究中占有一席。实际上，简单地以出版地点来界定一份报纸的属性并不明智。将如《申报》影响这样大的报纸归属于某一民族概念下本就不妥，其跨民族特性才是它记录历史的真实身份。认清这一点比无休止的争论要更有价值，诸多其他报纸亦然。

谈到报纸所有者的跨民族性，晚清时期唯一可以与《申报》相提并论的是《新闻报》。《新闻报》在创办之初便由中外商人合资兴办，共同组织公司经营；后被美国人福开森 (John Calvin Ferguson) 收购，朱葆三、何丹书、苏宝森等人为董事。可见在报纸所有者的变更中其跨民族性特征始终存在。英语世界学

81　Rudolf G. Wagner, "The Role of the Foreign Community in the Chinese Public Sphere" in *The China Quarterly*, Vol.142. 1995, pp. 423-443.

82　（美）顾德曼《上海报业文化的跨国性与区域性》，王儒年译，载《史林》2003 年 01 期，第 18-19 页。

者还观察到，跨民族特征也表现在某些报纸的投资人为中国人而参与者为外国人，创办者为中国人而注册地却在外国租界。如顾德曼提及的在近现代研究中并不受重视的《商报》。《商报》投资者主要是上海商人，但它却是在其创办者汤节之与俄裔美国记者索克思（George Sokolsky）的合作上建立起来的。[83] 作者在论述中特别强调了美国记者在《商报》创办与发展过程中所发挥的作用。当时中外合作办报的现象已成平常，外国人在与中国人合办的过程中有迎合中国市场、吸引中国读者、赢取最大化利益的商业目的，而《申报》的成功让更多的报纸效仿其后，使得跨民族报纸进一步扩展。

顾德曼谈到一个特殊的"跨民族"现象——很多中文报纸为了躲避当局的审查，选择在外国租界地注册报纸。根据英国 1918 年的情报报道，9 家较大的中文报纸中，有 7 家（《申报》《时事新报》《时报》《神州日报》《民国日报》《中华新报》《亚洲日报》）在日本领事馆注册登记，即使这些报纸的大股东是中国人。比如，《大陆报》（*China Press*）就是一个中国人办的美国报社，它在美国领事馆登记注册的表象隐藏了中国官方持股的事实。[84]顾德曼提到，这种做法实际上隐藏了报纸的所有权，使得实际的报纸所有者能够控制舆论机构，损害了治外法权的优惠政策。顾德曼对报纸所有者的严格界定背后隐藏着报纸本身属性的区分。她认为，大部分西方所有的中文报纸都是商业性的而不是政治性的，美国所拥有的《新闻报》就是一个例子。[85]福开森更关注报纸的商业价值，而不是新闻报道的政治立场。顾德曼的这一论点与梅嘉乐对商业报纸如《申报》的看法有所不同，因梅嘉乐透过《申报》表面的"政治沉默"发现了深层的"检讨自身"民族意识话语。

（二）编辑

报纸的编辑是一份报纸的核心组成，报纸的风格与编辑的风格息息相关。前文中的彼罕在分析女性期刊时，较多的笔墨都倾注在了期刊主笔人身上。英语世界学者对报业的主体——编辑研究较多，其中"跨民族编辑"成为学者研究的重要群体。

---

83 （美）顾德曼《上海报业文化的跨国性与区域性》，王儒年译，载《史林》2003 年 01 期，第 21 页。

84 （美）顾德曼《上海报业文化的跨国性与区域性》，王儒年译，载《史林》2003 年 01 期，第 23 页。

85 （美）顾德曼《上海报业文化的跨国性与区域性》，王儒年译，载《史林》2003 年 01 期，第 24 页。

　　19 世纪末 20 世纪初，报业中的一大特殊现象便是中外编辑共同工作。大部分中国编辑既懂中国传统文化，又接受过西式教育，而到中国工作的外国记者也多是"中国通"。费南山以《循环日报》为例，指出创始人虽然是中国人王韬，但他接受过西方教育，曾经长时间在西方报业工作。又如民国三大记者黄远生、邵飘萍、林白水，他们都曾到日本留学，对新闻报道、报业管理等的认识来自于西化的日本教育。这些记者回国后，将自身所学传与后人，进一步影响了中国新闻理论以及中国现代新闻业的形成。

　　在华工作的西方编辑亦然。他们来华后精研汉文，深入了解中国传统文化。比如传教士林乐知、李提摩太（Timothy Richard）、马礼逊等，他们不仅因为传播福音与中国民众产生联系，而且他们熟知中国国情。他们不仅创办报纸，与中国政府建立密切联系，而且他们的文章还被用作参政议政的材料。英国诺丁汉特伦特大学学者张涛在其专著《现代中国报刊的起源》中谈到，马礼逊创办的《察世俗每月统纪传》"虽然当时没有引起巨大社会轰动，但现在回顾来看，确实对中国新闻发展产生了重大影响"。[86]此外，张涛详细分析了传教士创办的《万国公报》对中国精英学者的影响，对中国民主思想的启蒙，以及对促使以王韬《循环日报》为开端的中国独立本土报纸创办的积极作用。由此可见，西方传教士是此时期报业发展的一股重要力量，对中国新闻事业产生了巨大影响。传教士在中国报业的活跃也意味着报业参与者的跨民族特征。除了传教士这类特殊的报人，很多在华工作的外国记者也具有跨民族的身份背景。顾德曼在其文中指出，美国记者索克思在中国建立了复杂的关系网，他不仅与有中国血统的女性结婚，更与宋庆龄、汤节之等建立了密切联系，获取了诸多新闻信息，甚至还卷入了政治事件。[87]这些作为跨民族环境下的报纸编辑在多元文化的熏陶下也在深入了解各个文化。他们自身的文化多样性也都出现在他们的笔墨之下，从而影响到他们所主笔的报纸、订阅报纸的读者，甚而在不知不觉中影响着民族主义运动的发生。

（三）读者

　　晚清民国时期出现了读者多语言身份的现象。由于外国人创办的报纸在刚开始时以外文为报纸语言，这就要求中国读者具备阅读外文的能力；为了满

---

86 Zhang Tao, *The Origins of the Modern Chinese Press: The Influence of the Protestant Missionary Press in Late Qing China*. London: Routledge, 2007. p. 35.

87 Bryna Goodman, "Semi-Colonialism, Transnational Networks and News Flows in Early Republican Shanghai" in *The China Review*, Vol.4, No.1, 2004. pp. 69-73.

足中外经济生活、文化生活的交流，生活在通商口岸及中外交流频繁的城市居民只有掌握多种语言才能在与外国人的交流中赢取合作机会。语言的"巴别塔"在全球化进程中逐渐被打破，"要想富，学洋文"也成为当时人们的口头禅。单语读者向双语、多语转变的这一过程引起了众多学者的研究。这一转变凸显了读者多语言性与跨民族性。

英语世界的学者观察到，此期报纸读者的身份不只局限在中国人群体中，更包括精通中文的外国人。晚清民国时期多种语言报纸并存，其中以英语和中文为主导，葡萄牙语、德语、日语、俄语等其他语言的报纸也定期出版。一方面，正如学者瓦格纳所言，民国时期中国媒体所处的公共空间是多语言和跨文化的，这一空间容易被特定的商业利益、宗教、语言、政治、文化所影响。虽然某些报纸仅仅只是针对本国侨民，母语占据主导地位，比如德语的《德文新报》(Ostasiatische Lloyd)，日语的《中国》(Shina)，但是不管是从读者的角度还是投稿者角度，语言并不决定国家或种族，尤其是在有大量的双语读者的东亚地区。[88]换言之，外文报纸的阅读群体并不一定仅仅只是本国侨民，仍然有一部分读者可能是海外留学或是有一定外语基础的中国文人，甚至包括一部分中国政府高官。这与美国学者顾德曼的观点基本一致。她认为，大体上讲，外文报为各外国管区服务，而中文报为中国管区服务，但上海外文报与中文报的相互依赖性比人们通常认为的更紧密。[89]经历过留学教育的中国民众，他们定期阅读来自上海外文报上的文章，或为学习语言，或为了解中国与世界的动态，或对政治以及以英美人为主的工部局的观点感兴趣。另一方面，外国人需要阅读中文报纸了解中国政治、经济等方面的消息。很多西方国家的政客、商人精通中文，并且擅长分析中文报纸中的观点，及时调整自己的政治倾向或商业策略。

读者的多语身份本身伴随着跨民族特征，他们或是单纯地为了语言学习，或是通过报纸时事了解中国社会各方面的动态，而归根结底在于使自己的利益最大化。这一利益驱动下的读者将会主动性地突出并深化自身的跨民族标志，以寻求在他族社会主流中达到最高的接受度。

---

88 Rudolf G. Wagner, "Don't Mind the Gap! The Foreign-Language Press in Late-Qing and Republican China" in *China Heritage Quarterly*, Nos.30/31. 2012. p. 18.

89 （美）顾德曼《上海报业文化的跨国性与区域性》，王儒年译，载《史林》2003 年 01 期，第 22 页。

（四）文本

语言的互通不仅体现在读者身上，更直接表现在报纸文本中——中文报纸中出现外文，外文报纸中登载中文内容。中国早期报纸的成长离不开外文报纸创办的经验，并且中文报纸的内容很大一部分是从外文报纸上翻译转载而来，如《字林西报》《密勒氏评论报》（*Millard's Review*）《大陆报》（*China Press*）和《文汇报》（*The Shanghai Mercury*）。克劳曾为了证实这一结论，对比中外报纸的报道内容最后得出结论：实际上《密勒氏评论报》上所报道的每件事都被翻译到中国的报纸上，并广为出版。上海的外国居民……每天也可以看到从中国报纸上翻译过来的新闻。[90]中国人在中文报纸上阅读外国新闻、医学常识、科学技术已是常态，甚至很多外文单词直接出现在中文报纸中，有的还被纳入中国字典。而外文报纸也时常刊登一些中国国事新闻，尤其是宫廷新闻。

此外，在具体的论述方式及修辞上，报纸文本也凸显了跨民族性。费南山列举了三个例子，一是《申报》创始人美查在论证"夷"字的合理使用时从《尚书》《孟子》两书追根溯源，认为"夷"仅仅是地理术语。他具体论证了"夷"在《尚书》中仅仅代表了离君王的首都 300 里的区域。《孟子》中论述舜来自"东夷"便可足证"夷"仅仅是中性地理术语，并无贬低色彩；二是一位中国读者论述了"pigtail"一词的中西意义。外国人用"pigtail"指代中国人的辫子，而中国人在字面上理解其为"猪的尾巴"，有贬低之意。该读者查阅了词源字典（*Bailey's Etymological Dictionary*），通过推测，确认其意思为小猪，与中国人衍生出的"猪的尾巴"意义并不一致。费南山认为，关于"夷"或"pigtail"的解释是否合理并不是最重要的，重要的是美查能够引用中国传统经文，中国读者也接受通过查阅外文字典来纠正误会，这些行为意识充分说明中外人士在修辞模式与权威资料的运用上并无严格的民族界限。[91]三是中英媒体关于英国维多利亚女皇加冕印度的称谓的讨论。英国报纸认为"帝"这一称谓可能有专横之意，但费南山指出这一称谓仅仅只是"尊称"，以表尊重，出现这种差异是由于翻译引起的。[92]唯一防止出现这种文化误解的方式就是保留其原本的

90　（美）顾德曼《上海报业文化的跨国性与区域性》，王儒年译，载《史林》2003 年 01 期，第 22 页。

91　Natascha Vittinghoff, "'British Barbarians' and 'Chinese Pigtails'? Translingual Practice in a Transnational Environment in Nineteenth Century Hong Kong and Shanghai" in *China Review,* Vol.4, No.1, 2004. p. 39.

92　Natascha Vittinghoff, "'British Barbarians' and 'Chinese Pigtails'? Translingual Practice in a Transnational Environment in Nineteenth Century Hong Kong and Shanghai" in

称谓，比如中国皇帝就称"Huangdi"，普鲁士皇帝就称"Kaiser"，这也表明了在跨文化交流中翻译的文化价值，翻译本身就是一种文化交流。因此，跨民族特征不仅存在于文本的内容中，也存在于各民族文献资料的使用中。中外民族在多语报纸中了解语言、获取新闻信息、熟悉文化多样性，更是自觉性地运用跨民族语言文献解决文化交流中的理解误差与鸿沟。

英语世界学者对于晚清民初的"报纸所有者"、"编辑"、"读者"、"文本"的跨民族特性进行了深度阐释，讨论了报业生态圈中每一环节的跨民族属性所带来的社会变化，文化交流的深入和背后的政治、商业策略等。在下一节中，笔者将具体讨论报业的"跨民族"性与民族意识的关系。

二、跨民族特征对民族意识构建的推动

英语世界的学者不仅从报业生态圈中所有环节——报业所有者、记者、读者、文本多个角度详尽探究了其"跨民族"特性，而且试图从各种不同角度对报纸的跨民族特性与民族意识产生的关系进行辨析。学者将跨民族特征与报纸相关联的研究溯源至民族研究专家康奈尔大学国际研究院讲座教授本尼迪克·安德森。1983 年，他出版了著名的《想象的共同体》[93]，其中对"想象的民族"的论证以及"印刷资本主义"的议题引发了西方学者对"跨民族媒介"的研究，报纸便是其中最为重要的一部分。印刷媒介通过公共传播成功将民族意识传递给每一位跨民族、跨时空的读者，也正是这一原因，英语世界学者更加注重"跨民族想象"中民族意识的构建。

（一）"接触区"（Contact Zone）中的跨民族主义双重性

美国著名汉学家，杜克大学、俄勒冈大学教授德里克（Dirlik Arif）[94]在论文《20 世纪中国的跨民族主义、报业与民族假象》（Transnationalism, the Press, and the National Imaginary in Twentieth Century China）用"跨民族主义"概念界定 20 世纪中国的情况，并以此探讨中国的报业。在这一过程中，他强调了"接触区"在报业成形与发展过程中的重要作用，以及跨民族活动对中国民族

China Review, Vol.4, No.1, 2004. p. 45.

93　（美）本尼迪克特·安德森《想象的共同体》，吴睿人译，上海人民出版社，2003 年。

94　（美）德里克（Dirlik Arif）：美国学者，俄勒冈大学耐特社会科学客座教授（Knight Professor of Social Science），美国杜克大学历史系教授、香港中文大学教授，长期致力于中国近代史尤其是中国革命史研究。代表作：《中国革命中的无政府主义》（*Anarchism in the Chinese Revolution*）等。

意识形成的重要意义。

　　"接触区"这一概念来源于美国人类学者普拉特（Mary Louise Pratt）。普拉特将"接触区"定义为"不同文化相互接触、进行碰撞乃至发生冲突，且往往充斥着高度不对称的支配地位和从属关系的社会空间"[95]。"接触区"往往指的是出现殖民遭遇的空间，在这个空间里，以往因地缘、历史被分开的人开始相互接触，建立起持续的关系，但这种关系通常包涵着胁迫、极度的不平等和难以调和的矛盾。德里克指出中国出现的"接触区"便不是单纯的文化交流区，而是不同文化交融、冲突和斗争的接触地带。这一地带中充斥着极度不平等的统治关系和从属关系（常通过政治、军事力量获取），如殖民主义、奴隶制或拒绝全球化。中国的"接触区"虽不是殖民地，但同样存在着不平等现象，也正是它们点燃了中国民族意识的星火，以革命运动反抗社会的不平等，让新兴文化朝着现代化的形式与方向发展。[96]

　　另一方面，德里克阐述了"跨民族主义"的双重性。清政府时期，各种通商口岸（即"接触区"）的建立为跨民族交流互动提供了新的契机，促进了西方现代文化、思想、观念在中国的传播进度与广度，也加快了中国现代报业的建立；而随着跨民族活动的增多，人们自然而然地开始关注自我民族的利益，民族意识觉醒，积极思索改良途径、救亡图存……跨民族身份者一边跨越民族界线、一边深化本民族边界意识。[97]例如上海作为中国最早的"接触区"之一，是中西方文化交流、思想碰撞最激烈的区域，也是中国报业的核心城市。这一跨民族性质在上海报业中体现的非常明显——报纸承载了西方思想的涌入及西方现代报纸模式的双重影响。与之同时，跨民族主义使得多民族的交流加深，民族间的物理界限越来越模糊，这种交流或为和谐的，或为冲突的，而民族意识往往在民族危机加深的情况下才会表现得更明显。

　　德里克还指出：报业与政界息息相关，报刊和民族意识的关系亦十分复杂。"接触区"内的跨民族报刊强化了民族意识，民族意识塑造民族报刊，而民族报刊的最高目标又归结到根除跨民族成分上。这就形成了一条极为矛盾的反应链：始于跨民族，终于消除跨民族。这种关系实际体现了跨民族主义本

95　Mary Louise Pratt, *Imperial Eyes*. London: Routledge, 1992.

96　Dirlik Arif, "Transnationalism, the Press, and the National Imaginary in Twentieth Century China" in *China Review*, Vol.4, No.1, 2004. p. 18.

97　Dirlik Arif, "Transnationalism, the Press, and the National Imaginary in Twentieth Century China" in *China Review*, Vol.4, No.1, 2004. p. 17.

身存在的矛盾性，正是跨民族过程中的种种不平等现象，导致了人们民族意识的增强，最终，跨民族逐渐向本民族（民族自治）过渡，而民族主义又难以避免跨民族的色彩。[98]概言之，"接触区"内的跨民族报纸在民族主义意识的构建上发挥了特有的作用——它使民众逐步意识到"我族"和"他族"的差异性与异质性，民族意识逐步增强。民族意识、文化身份的巩固，又进一步促进了中国文化一体性的发展。在顾德曼看来，德里克阐释的"跨民族主义"是"民族—国家"（nation-states）边界范围的延伸，而不是边界的消除。"跨民族主义"不断与边界范围内的内容进行对抗，并在此过程中创造了属于自己的空间。[99]

"接触区"跨民族报纸的双重性伴随着它们的发展历程长期存在。本民族报纸一方面受西方报纸的影响，尝试接受其先进技术、文化、思想，另一方面又抵抗西方的统治支配意图，希望保留自我文化的优势。此外，跨民族报纸主动将外国的思想文化引入中国，报纸持续不断地受各种随之而来的新生资本主义力量与意识形态影响，但是在跨民族活动的过程中，民众的民族意识并未轻易被其他意识思想影响。跨民族报纸构成的"民族共同体"想象在人们心中召唤出强烈的历史宿命感使民众对"民族"产生了强烈的归属感——在面临民族危机时无可选择的"宿命"也使人们在"民族"想象中感受到一种真正无私的大我与群体生命的存在。"接触区"使各民族达到了真正的"跨越边界而不失边界"[100]，成为一个多种身份与文化，跨民族主义双重性得以共存的空间。

（二）移民群体与民族意识

英语世界学者在讨论中国跨民族主义与跨民族报刊时，也考虑到一个特殊的群体——中国的海外移民。鸦片战争之后，中国出现了海外移民热潮，这一热潮持续到20世纪初。这一阶段，大规模海外移民的主体是"华工"，原因多在于"劳动力贸易"的结果，西方文献中出现的"Indentured Labour"一词便指的是"华工"。"华工"在当时的地位非常低下，常常被视为奴隶。至1912年中华民国发布官方文令，此种苦力贸易移民高潮才结束。在之后的时间里，

---

98 Dirlik Arif, "Transnationalism, the Press, and the National Imaginary in Twentieth Century China" in *China Review*, Vol.4, No.1, 2004. p. 19.

99 Bryna Goodman, "Networks of News: Power, Language and Transnational Dimensions of the Chinese Press, 1850-1949" in *The China Review*, Vol.4, No.1, 2004. p. 5.

100 Dirlik Arif, "Transnationalism, the Press, and the National Imaginary in Twentieth Century China" in *China Review*, Vol.4, No.1, 2004. p. 15.

中国仍然存在大规模的移民外迁。这主要是由于民国时期中国政治多变、社会不稳、经济衰退、自然灾害频繁，有一定的经济基础的国人选择移居海外。但与"华工"不同，他们不再是为了谋生而移居他国，而是为了追求更高的生活质量。德里克指出，与在中国的"接触区"生活的民众接受了很多来自欧美国家"移民"的影响类似，中国的海外移民也在他国建立了大大小小的"接触区"，亦对其他国家产生了一定影响。从这群海外移民的角度来看，跨民族报纸的跨民族性与民族性也存在着矛盾关系：一方面，跨民族报纸令海外移民认识到了自己新的文化身份，他们会萌生更强的自我意识和集体意识，从而疏离自己与祖国（源民族）的关系；另一方面，这些报纸又会激发移民心中强烈的爱国情怀，尤其是在危难时刻，他们会更加坚定自己本来的民族身份。[101]

海外移民经历了跨文化的语言环境、风俗环境、人文环境以及思想环境。拥有多重身份的他们在阅读跨民族报纸时，不同的事件报道会唤醒不同身份的认同和不同的文化、民族情绪。例如，在抗日战争时期，海外移民虽然远离祖国，但心系祖国。他们竭尽所能帮助国家争取独立，捐赠钱财甚或付出生命。

与德里克的观点相似，学者冼玉仪同样承认了跨民族媒体在海外移民群体创造想象的"民族共同体"和投射跨国界、跨民族身份中的角色。作者强调居住在海外的移民身上存在着强大的籍贯纽带，这种籍贯纽带随着距离和时间的增加反而变得更加紧密。例如，香港《中外新闻七日报》是一个典型的海外华人聚集的跨民族刊物，它博得了一个海外华人的全民族性包容共同体称谓，形成了能够代表海外华人的民族政策。[102]《中外新闻七日报》也刊登一些西方的先进理念，但是其始终站在华人的立场上为华人争取利益。虽然报纸由外国主体创办，内容也掺杂了诸多西方元素，但是这种跨民族性不但没有削弱民众的民族身份认同，反而强化了华人移民群体的自我、民族意识。

英语世界学者通过"接触区"以及"移民群体"将多重身份下的跨民族主体所具有的矛盾性、双重性进行了深度剖析。跨民族环境可以模糊物理界限，但是不会模糊根源性的民族主义，反而有了其他族群的对比能更强化自我意

---

101 Dirlik Arif, "Transnationalism, the Press, and the National Imaginary in Twentieth Century China" in *China Review*, Vol.4, No.1, 2004. p. 21.

102 Elizabeth Sinn, "Beyond 'Tianxia': The "*Zhongwai Xinwen Qiribao*"（Hong Kong 1871-1872）and the Construction of a Transnational Chinese Community" in *China Review*, Vol.4, No.1, 2004. pp. 112-113.

识中的民族概念。一方面，报业的跨民族因素必然造成中国民众文化身份的冲击，另一方面，正是由于多民族相互碰撞，民众的自我民族意识才得以塑造，统一民族身份得以构建，民族意识得以在中华土地上孕育滋长。

概言之，英语世界学者对晚清民初报纸中显著具有的"跨民族"特征从宏观的"接触区"、"移民群体"至微观的"报业所有者"、"编辑"、"读者"、"文本"等各个方面进行了阐释。学者们重点关注了跨民族现象对于"接触区"及移民群体对于"民族主义"所引起的矛盾性心理以及双重性认知，以及报业生态圈中每一环节的跨民族属性所带来的社会变化，文化交流的逐步深入和背后的政治、商业策略。这种跨民族特性对民族意识构建的影响主要由于我族在与他族的交锋中受到侵略而意识到自身的落后与贫弱，但也正是这种交锋使我族的民族意识反而更加明显地存在于报纸建成的公共领域空间。

第三节　报纸的民族意识表达

报纸本身所表达出的民族意识会在报纸受众中形成一种"阅读效应"，这种阅读效应成为民族情绪后，会进一步激化，成为现实效应，比如民族运动、国货运动等。本尼迪克特·安德森认为，现代媒体和印刷资本的兴起是现代民族运动广泛开展的催化剂。[103]随着中国城市中民族意识的抬头，民族意识表达的合法性以及中国政府对租界控制权的丧失，报纸杂志等出版物开始大量涌现。汉学家李欧梵和黎安友提到，1895 年甲午中日战争后，中国的溃败加深了民族危机，激发了民众通过新闻进行政治讨论的欲望，使报纸销量突增。[104]汉学家陈细晶（Sei Jeong Chin）指出，20 世纪中期《立报》的成功证明了印刷媒体的商业化和民族危机的爆发促使了政治化读者群体的拓展、大众民族主义的产生。[105]报纸的兴盛一方面是中国广泛开展民族运动的有利条件，报纸民族意识的传播也促使民众树立强烈的民族意识，民众开始自觉组织或参与民族事件。另一方面，英语世界学者也注意到民族意识提升了报纸销量，并促

---

103 （美）本尼迪克特·安德森《想象的共同体》，吴睿人译，上海人民出版社，2003 年。

104 Leo Ou-fan Lee and Andrew J. Nathan, "The Beginnings of Mass Culture: Journalism and Fiction in the Late Ch'ing and Beyond" in David Johnson, Evelyn S. Rawski, and Andrew J. Nathan, eds. *Popular Culture in Late Imperial China*. Berkeley: University of California Press, 1985. pp. 363-364.

105 Sei Jeong Chin, "Print Capitalism, War, and the Remaking of the Mass Media in the 1930s China" in *Modern China*, Vol.40, No.4, 2014. p. 393.

进报纸受众群体迅速增长。民族主义革命性开始混合着报纸广告商的消费性，又进一步迎来创报的高潮。

对于报纸创办者身份的多样性变化，美国学者麦金农（Stephen R. MacKinnon）这样写道，20 世纪初中国沿海城市独立媒体的出现对中国政体革命性的影响可以和法国媒体 1789 年事件对法国的影响相提并论。如梁启超的《时报》，不仅登上了历史舞台，而且还定义了辛亥革命的目的和性质，最终间接推翻了满清王朝。[106]由于世人都注意到了报纸对于政体和民族运动的重要性，五四运动前后，中国出版的各类报刊多达 500 多种。同时，媒体在特定历史时期对民族主义的宣传使社会各阶层都无法置身事外，积极参与到民族运动中。报纸的影响范围越来越大，从早期的知识分子扩大到后来的普通民众，报纸逐渐成为民族意识传播的主要媒介。

英语世界不仅集中探讨了报纸对城市民众民族意识构建的作用，也关注到了报纸与农村地区民族意识构建的关系。沈艾娣（Henrietta Harrison）[107]的《中国农村的报纸与民族主义，1890-1929》（Newspapers and Nationalism in Rural China, 1890-1929）对农村报业发展尤其与民族主义的关系展开探讨。她提到，在报纸进入农村前期，人们获取报纸信息往往是通过口头新闻，也就是能够阅读报纸的读者一字不漏地把报纸的新闻读给乡民，并对报纸中的内容加以解释。因此，早期农村的民族意识构建是通过新闻内容而不是新闻的载体报纸而形成的。五四运动改变了这种关系，报纸开始表达民族情绪，并且民族主义也成为各类媒体的中心。相比以前，报纸新闻信息更加准确，报纸能够第一时间到达村民手中，村民掌握了基本的自主阅读能力，增添了除口头传播以外的新方式。在英语世界学者看来，农村的新闻网是由口头新闻和报纸新闻共同构建的。[108]由于城市与农村新闻传播方式的差异导致两者的民族意识发展未能同步。农村人民在这种模式下接受并构建了现代民族意识，最终与城市人口形成统一的中国现代民族主义思想。

在晚清民国时期内忧外患的局面中，知识分子、商人或资本家、政治家都

---

106 Stephen R. MacKinnon, "Toward a History of the Chinese Press in the Republican Period" in *Modern China*, Vol.23, No.1, 1997. p. 4.

107 沈艾娣（Henrietta Harrison）：美国哈佛大学历史系教授，主要致力于清代以来的中国社会文化史研究，代表作：《梦醒子：一位华北村庄士绅的生平，1857-1942》。

108 Henrietta Harrison, "Newspapers and Nationalism in Rural China, 1890-1929" in *Past & Present*, Vol.166, No.1, 2000. p. 204.

希望借助印刷市场激发民众的民族意识，但不同的身份伴随着不同属性的目的。知识分子希望通过媒体引导大众树立民族意识，增强民族自信。资本家则希望通过报纸等媒体倡导国货运动，抵制进口商品，提升国货销量，从中获取经济利益。正如英语世界学者葛凯[109]（Karl Gerth）在讨论国货运动中所言，资本家通过提倡国货运动为民族意识在中国的构建做出贡献，同时符合自身对经济利益的追求。政治家通过媒体倡导民族主义以获取民众支持，提升所属政党的政治地位，最终实现其救国救民的终极目标。从媒体传播者角度而言，民族主义的倡导是符合了当时各方的利益需求，是共同面对民族危难下各方的一致诉求。因此，报纸与民族意识间的关系不能单向地理解，需要将两者看作一个动态的整体，一方的变化必定影响另一方。学者们也在报纸的文本和广告阐发中探寻着民族意识的表达模式。

一、报纸民族意识的文本式表达

文本是报纸的主体，也是民族意识传播最直接的表达载体。本质上，民族意识是一种集体意识，在工具主义观学者的眼中，报纸为阅读个体提供了一个空间集合，报纸能够将个体意识集中到文本描述的空间中，通过感受文字表达出的不同的民族意识内涵而在一个想象的民族共同体中将个人融入到集体之中。具体而言，英语世界学者对于报纸文本表达的关注点主要在三方面：民族意识构建中关键人物报道研究、民族主义事件的报道研究以及有关民族意识的主题论述。

（一）民族意识构建活动中典型人物的塑造

报纸通常倾向于记录人的言论和行为来还原生活，这种真实性提高了报纸的可信度和"想象人物"与受众之间的相似性联系。普渡大学副教授王娟关注的是小报创作人吴趼人在民族意识构建活动中的事迹。吴趼人积极参与了 1901 年的反俄运动和 1905 年的反美运动。他不仅亲自参与民族运动，而且积极创办小报宣传民族主义。由于小报所受的内容管控较少，作者往往文辞激进，态度鲜明。就如吴趼人曾在《新石头记》中公开表达对中俄条约的反对，维护公众对国家政治发表意见的权利。"政府和俄国签署秘密条约。这对国家来说是件大事……我们都是中国人，所有的民族事件与我们息息相

---

109 （美）葛凯《制造中国：消费文化与民族国家的创建》，黄振萍译，北京大学出版
社，2007 年。

关。"[110]这一言论被各类小报多次转载。吴趼人试图通过报纸调动民众参与民族主义运动，关注民族事件，唤醒民众的民族意识，力争将民族意识大众化、社会化。再如，政府缺乏资金欲借外贷修建铁路时，他强烈阻止。他赞扬一名普通民众尚且能为修铁路而典当财产、节衣缩食、捐赠钱财。这正是王娟研究中的一个引证：一名乞丐捐赠本来准备买冬衣的一美元给铁路基金的故事。这名乞丐解释道，在俄国军队占领东北铁路后，他的家产被没收，六万同胞无家可归，自己沦为乞丐。当被问及没有冬衣该如何过冬时，他回答："如果浙江的铁路也沦落敌手，即便有冬衣也会自惭而死"。[111]报纸文本通过叙述平凡人的民族情，传达着一种信息：每个人在民族面前都是平等的，民族主义不是一个人或某一群人的责任，而是应该拥有"天下兴亡、匹夫有责"的民族精神。王娟认为吴趼人在利用报纸媒介动员全社会成员，呼吁政府积极行动，实施抵制策略，告知公众民族运动进展，获取公众支持等方面做出了很好的表率。1907 年吴趼人在主笔的《月月小说》（All-Story Monthly）中发表文章极力呼吁中国民众和商人共同抗议英国政府干预中国内务与主权，抗议英国助长"中国灭亡"的言论。他批判清政府的妥协，表扬江西和上海商会对英国的抵制，鼓励政府和民众团结起来为民族事业而奋斗。报纸所塑造的民族人物在性格上都充满了民族情绪。这种性格突出的人物形象更加容易融入大众的阅读想象中，从而投射到自己身上，对自身的行为和心理起到了潜移默化的作用。

（二）民族意识构建活动的事件报道

报纸最先兴起的原因之一便在于记录时事新闻。民族意识在报纸上的传播主要是通过报纸对于各类民族运动的即时性报道。晚清民国时期处于战争阶段，战争往往关系到一个国家、一个民族的危亡。英语世界学者注意到，20 世纪 30 年代，面对日益严峻的民族危机和抗日战争的惨烈战况，许多读者都渴望获得更多战事信息以及国内外政治动态，而报纸也在尽力满足读者这一需求。英国学者拉纳·米特（Rana Mitter）在其专著《东北神话：现代中国的民族主义、抵抗与合作》（The Manchurian Myth: Nationalism, Resistance and Collaboration in Modern China）中记录了报纸对民族运动事件的报道，并研究了报纸如何发挥作用，帮助中国人在 1931 年日本侵占东北地区后展开一系列

---

110 吴趼人《新石头记》，海风编《吴趼人全集》（第六卷），北方文艺出版社，1998 年。

111 Wang Juan, *Merry Laughter and Angry Curses: The Shanghai Tabloid Press, 1897-1911.* Vancouver: UBC Press, 2013. pp. 108-109.

的反抗活动。澳大利亚学者穆德礼指出,九·一八事变后,《申报》在栏目中刊登了许多本报通讯记者收集的现场报道,并发表社论《假好人》批评国民政府眼睁睁看着国土被侵无动于衷,反而欺负"姐妹"。[112]正如前文所述,这种对中国内部的自我检讨也是民族意识的一种表达形式。对国民政府"不作为"的报道无疑激发了国人的愤恨,而记者生动却残酷的现场报道又触动到民众内心的痛楚,进而激起了民众的民族主义情绪,甚至团结起来投身于民族运动中。又如《立报》不惜与国民政府作对,也要及时报道关于日本在中国北方的军事活动以及抗日反日运动的发展情况。陈细晶谈到,由于一二·九抗日救亡运动在全国展开,国民政府严格审查全国报道,禁止刊发任何激发反日情绪的内容,而《立报》却敢于表达自己的立场,积极报道救亡运动。[113]报纸有自身的立场才能在国民政府的压制下仍然坚持时事的报道与更新。《立报》的反抗意识充分体现了报纸在面对民族事件时,其本身便带有民族危亡感,拥有自主意识,主动发挥强大的舆论导向,实质性地加入救亡图存的行列。

(三)民族意识文章的刊发

公众性的情绪不仅通过文本中的人物事迹、要事报道来传递,还借由著名文章来发挥影响。"鼓天下之动者,存乎辞!"文章所具有的启迪性力量往往是无穷的,尤其是在报纸阅读群体迅速扩张的情况下,其读者效应从精英知识分子、中产阶层逐步扩展到工人阶级和更多的阶层。报纸的舆论力量也是学者关注的一大要点。著名报人成舍我发表《"纸弹"亦可歼敌》,提出报纸就像子弹一样,可以歼灭敌人。学者洪长泰就此还发表了以"纸弹"为题的论文——《纸弹:战时的范长江和新新闻学》(Paper Bullets: Fan Changjiang and New Journalism in Wartime China),讨论报纸在战争时期对中国民族意识产生的重大影响。此文重点关注的是报人范长江在其中所发挥的作用,认为其生动、富有激情且可读性强的新闻报道在民众中接受度很高。范长江的写作风格意在民族危难关头唤醒民众的自觉性,建立起全民族团结一致对抗外敌的意识基础。洪长泰指出,抗战时期,范长江的报道带有明显的爱国主义色彩,他对前线的所有报道,不管是激战、胜利或是失败的场景,都毫不掩饰地表达了强烈的爱国热情。这种用新闻语言描述战争的真实、惨烈甚至恐怖的场景,不仅抨

---

112 Terry Narramore, "Making the News in Shanghai: *ShenBao* and the Politics of Newspaper Journalism, 1912-1937", Ph. D, University of Canberra, 1989. p. 323.

113 Sei Jeong Chin, "Print Capitalism, War, and the Remaking of the Mass Media in the 1930s China" in *Modern China*, Vol.40, No.4, 2014. p. 414.

击了日本帝国主义的恶劣行径，也成为战时动员民众加入中华民族反抗日本侵略的最成功手段。范长江认为在战争期间，报纸不仅仅是提供信息的平台，更是宣传民族主义的重要工具。[114]他鼓励沦陷区办报，而不仅仅局限在国统区，这样能够团结更多民众，激发民众民族意识。对此，范长江认为，自己首先是一名中国人，其次才是一名记者。事实上，一旦记者参与到政治中，他的报道就无法避免主观选择和个人偏见的嫌疑。[115]洪长泰以1938年的一则报道为例，详述了范长江如何描述民众苦难的场景。"最近，日本飞机每天都在保定上空盘旋。日本人拿着机枪扫射，成千上万的群众受伤。只有野蛮的日本人才能毫不犹豫地射杀赤手空拳的、无辜的普通百姓。"[116]战争年代不仅是民众的生命安危受到威胁，更为重要的是国家的命运危在旦夕。叶文心（Yeh Wen-hsin）在《进步杂志和上海小市民：邹韬奋和〈生活周刊〉，1926-1945》（Progressive Journalism and Shanghai's Petty Urbanites: Zou Taofen and the Shenghuo Enterprise, 1926-1945）谈到，在抗日战争时期，他高举"抗日救国"的旗帜，建立起以宣传团结抗战、谴责投降卖国为中心内容的舆论阵地，其中关于民族意识文章刊发便是最为重要的。战争年代，报纸所登载的一切文字都被赋予了特殊意义，无以计数的报道引起的不是茶余饭后的闲谈，而是民众对帝国主义的反感和参与民族运动的热情。至此，报道已经不再是纯粹客观的新闻事实而是穿插着作者主观情绪的民族呼吁录。

　　文本表达思想是最为直接的形式，虽然英语世界对报纸文本中民族意识的表达并没有单章论述，但是他们的研究多围绕在人物、事件、主题论述之中。这是因为文本对于民族意识的激发和促进已经是英语世界学者们的"共识"。另外，报纸中广告作为民族意识特殊的表达方式，也吸引了一大批学者的关注。

二、报纸民族意识的广告式表达

　　早期报纸广告的主要对象是新兴事物，尤其是洋货品牌的日常消费品，例如牙膏、花露水、洗衣粉、雪花膏等。这些新兴事物需要通过宣传媒介介绍、推广，而报纸中的广告成为了最好的宣传载体。20世纪初的中国掀起了洋货大潮，在抗日战争之前，上海三大主要的百货公司——永安、先施、新新的库

---

114 Chang-Tai Hung, "Paper Bullets: Fan Changjiang and New Journalism in Wartime China" in *Modern China*, Vol.17, No.4, 1991. p. 445.

115 Chang-Tai Hung, "Paper Bullets: Fan Changjiang and New Journalism in Wartime China" in *Modern China*, Vol.17, No.4, 1991. p. 460.

116 范长江《卢沟桥到漳河》，生活书店，1938年，第30页。

存中百分之八十是进口货，"购买国货"常常淹没在"崇尚洋货"的口号中。这引发了制造商、销售商乃至知识分子的焦虑，国货的生存空间受到极大的威胁。这时，国货品牌也开始一方面学习洋货品牌的先进之处，另一方面利用报纸广告的宣传作用，运用多种形式的图片、文字与情绪相结合的广告手段促使普通消费者接受国货、了解产品，最终掀起国货购买热潮。在这一方面表现得最突出的是烟草公司。

（一）国货运动与广告阵地

相对于文本表达，广告结合了不同的设计以及文字渲染，对民族意识进行了视觉转译——在报纸构成的想象空间中给予读者强烈的视觉冲击，将销售商品与引导读者的民族情绪有效地联系起来，国货运动即是如此。这一全民性运动引起了诸多学者的兴趣。在英语世界中，"国货运动"（National goods movement）被定义为由于清政府主权的丧失和民族资本家的觉醒，20 世纪初中国主要城市连续发生了一系列抵制外来侵略的民间爱国运动，而这一运动的主要阵地便是广告领域。[117]据统计，五四运动后"广告中诉诸爱国、救国、反抗外辱、抵制日货、提倡国货等民族主义内容的比前后各个月份都要多很多"，"民族主义成为压倒一切的主流话语"，民族主义的广告宣传于是与其他各种表征民族主义的文化符号一起，满足并激发了民众的爱国热情。[118]正如叶文心所说："国货运动……是使用民族主义的语言来推销中国制造的产品，在中国报纸上以及其他媒体中大肆宣传，旨在将排外运动和购买国货结合在一起"。[119]葛凯也着重论及了"国货运动"民族主义化现象："'国货'……这个术语……表明运动的参与者渴望把他们的产品与民族主义联系在一起"，[120]消费本是个体行为，但是在洋货大潮之下，消费又必然成为民族行为、群体行为。在这一环节中，报纸广告起着连接消费者和民族意识的桥梁作用。葛凯在其书中提出了"民族主义商品展示"（nationalistic commodity spectacles）的概念，

117 （美）高家龙《中国的大企业：烟草工业的中外竞争（1890-1930）》，樊书华等译，商务印书馆，2001 年，第 104 页。

118 刘丽娟《简论近代中国报纸广告的政治功效——以〈申报〉广告为例》，载《学科新视野》2017 年 10 期，第 131-132 页。

119 （美）叶文心《上海繁华：都会经济伦理与近现代中国》，王琴等译，台北时报出版公司，2010 年，第 99 页。

120 （美）葛凯《制造中国：消费文化与民族国家的创建》，黄振萍译，北京大学出版社，2007 年，第 7-8 页。

这不是一个实际的展览会，而是指代的"20 世纪 20 年代与 30 年代期间分布在时装周到普通报纸杂志上刊登的描写产品民族性的寓言故事中的活动"。[121]葛凯在这一现象中得出中国消费文化发展过程中出现的细致微妙的改变——"国货"与"民族"的连接创造了民族消费文化。这种规模浩大且影响广泛的社会运动得到了来自政治、经济和社会的各种力量，给消费行为施加了一种文化上的强制感。这种强制感集中表现为商品"民族化"的广告形式。例如 1931 年，《申报》登载了一则宣传烟台啤酒的广告。啤酒公司列出了四个选择烟台啤酒的理由。前三项都与啤酒相关，包括泉水酿造、价格低廉，优质配送服务，最后一个原因强调了对国货的推崇。广告中认为推崇国货和夺回中国的权利是整个民族的义务。[122]这种义务感通过广告无形地传递到每一位消费烟台啤酒的民众心中。

英语世界研究者认为不管阅读报纸广告的人相距多远，读者群体对同一时间、同一地点、同一物品产生了想象。他们通过阅读报纸中的广告形成了购买国货与民族意识紧密相连的逻辑，构建了民族群体的共同利益，使之意识到自己的日常消费与中华民族群体的集体利益息息相关，并逐步从盲目崇尚洋货转变为支持国货。英语世界学者通过研究报纸广告发现，报纸的广告比新闻报道更具排外性，行动更激进，言辞更犀利，对民族意识的提倡也更大胆。例如，《申报》大部分的收入来自于日本广告费，但在 1919 年 5 月中旬，他们宣布不再刊印日本广告。[123]这个现象一方面说明报纸的管理者已经有了明确的民族立场；另一方面也说明报纸广告逐渐倾向于国货宣传。实际上，"在国货运动萌芽之初，运动参与者就开始利用广告宣传国货"。[124]

（二）民族意识的广告研究——以烟草公司为例

20 世纪初，中外烟草公司的激烈竞争可以看作是民国时期中外商业竞争的缩影，广告则是竞争的第二战场。香烟广告在中国报纸的广告市场中占据了

121　（美）葛凯《制造中国：消费文化与民族国家的创建》，黄振萍译，北京大学出版社，2007 年，第 209 页。

122　Weipin Tsai, *Reading Shenbao: Nationalism, Consumerism and Individuality in China, 1919-37*. New York: Palgrave Macmillan, 2010. pp. 104-105.

123　Barbara Mittler, *A Newspaper for China? Power, Identity, and Change in Shanghai's News Media, 1872-1912*. Cambridge: Harvard University Press, 2004. pp. 398-399.

124　（美）葛凯《制造中国：消费文化与民族国家的创建》，黄振萍译，北京大学出版社，2007 年，第 215 页。

重要地位。中国香烟公司的广告策划者把民族意识渗透到了民众消费中，构建了特有的民族主义消费文化。本土烟草公司为了与英美烟草公司竞争，获得更大的市场份额，还特意成立了广告部，希望通过民众对民族特有的共同情感引发与本土产品的共鸣。

本土烟草公司利用民族主义广告的举措可谓一箭双雕。它们一方面通过引导消费文化来强化民众的民族意识，为民族独立与复兴助力，另一方面以此增加公司商品的销量，获取商业利润。基于这样的历史背景，很多中国烟草公司的名字都与中国传统形象和现代民族救赎有关。多数广告也都通过描述中国传统习俗、刻画标志性建筑以及勾勒重要的民族事件来加深民众的民族认同感，以此重塑民众对国货的认识。比如泰山牌香烟、长城牌香烟、统一牌香烟等，这些名称都与中国传统文化的标志或民族独立息息相关。英语世界的学者认为，泰山为"安若泰山"之意，表明环境稳定和难以改变，也有"死有重于泰山或轻于鸿毛"之说，强调民族的责任感。这个品牌的延伸意义就包含了潜在的香烟客户与可以为民族利益牺牲的中国勇士之间的关联。"长城牌香烟"暗示着吸烟者应像长城一样勇敢保卫中国，同时也提醒其他爱国者用一种更积极的方式联合对抗敌人。[125]"统一牌香烟"，顾名思义便是希望国家能够完成统一大业，不受外敌侵扰，全国人民能够团结一致为民族统一大业做贡献。

这些烟草公司创立的品牌从正面促进人们直接把个人喜好与民族意识联系起来，增强品牌的民族性，而有些公司则更直接，通过"抵制洋货"创立品牌，直接使民众的消费观与民族意识相连。例如，1932 年由天津人赵子贞主导创立的东亚毛纺品股份有限公司别出心裁地将其公司产品命名为"抵羊"，它不仅是其品牌英文"Dear Young"的音译，而且与"抵洋"（抵制洋货）谐音。同时，其注册商标以山海关长城和两只正在抵头的公羊为背景图案。[126]这样的品牌命名策略间接表达了其产品的民族情节，借用民众的民族意识帮助构建创造产品的品牌符号与价值。

蔡维屏在《阅读〈申报〉：中国民族主义、消费主义和个人主义，1919-1937》（*Reading Shenbao: Nationalism, Consumerism and Individuality in China, 1919-*

---

125 Weipin Tsai, Reading Shenbao: *Nationalism, Consumerism and Individuality in China, 1919-37.* New York: Palgrave Macmillan, 2010. pp. 24-25.

126 （美）葛凯《制造中国：消费文化与民族国家的创建》，黄振萍译，北京大学出版社，2007 年，第 183 页。

37）中充分阐释了广告中的民族意识表达。作者首先以"泰山牌香烟"的一则广告（图3.1）为例阐释了民族意识在商业广告中的运用。这则广告刊登于五四运动后，以一盒香烟的图片、一名手持剑和盾的士兵图以及若干文字构成。士兵的衣着是中国传统风格，说明当时战斗装备落后、观念陈旧。姿势呈防御性说明中国人并没有侵略性，而是抵御外敌、保全自身。盾牌上面的狮子头像寓意强大的战斗力。在士兵图片的上方写着"提倡国货一致御敌"的标语，点明这则广告以民族意识为主要出发点的策略思想。横标从右到左为："时急矣救国诸君请勿将金钱输出国外"，竖标为"替代外货唯一之国货特品出现了"和"吸烟诸君挽回权利售烟宝号提倡国货"。这些文字都带有明显的民族主义特征。除了文字本身带有强烈的民族主义色彩外，还精心挑选字体使其显得刚劲有力、富有激情。广告设计者通过对文字、图片的设计，再次激发了民众的爱国情绪。从书法角度看，这种书法看上去像随笔手写，这让读者联想到在五四运动中人们所使用的横幅标语，亦再次勾起了民众对民族存亡紧迫性的记忆。在香烟图片的两侧，分别印着"请吸最高等"、"泰山牌香烟"，表明该广告的主要目的是销售香烟。

图3.1

　　作者认为，这则广告中使用的传统中国士兵的形象，是大众民族意识的关键人物。五四运动以后中国士兵很少穿着这类服装，也很少使用剑、盾这类武器。广告中特意放大的民族特征——落后的装备与战斗方式，容易激发读者联想到近代中国在武器装备方面的落后。烟草公司通过广告暗示消费者，泰山牌香烟对于民族意识的态度是与中国民众站在同一战线上的；鼓励消费者购买泰山牌烟，同时也提醒读者应从吸烟这样的小事做起，为民族独立贡献自己的力量。

蔡维屏指出，这种策略被广泛运用在国货运动的广告中。除了图片，还有很多相关词汇多次出现在广告中，如救国、国货、外国、外货、洋货、金钱、利权、提倡、挽回权利、御敌等。这些术语在激发民众的爱国情绪上起了非常关键的作用。这些词汇在柯泽勒克（Reinhardt Koselleck）所说的"不对称的反概念"（asymmetric counterconcept）[127]中扮演的就是"朋友和敌人"这种最基本的矛盾关系，比如"中国和外国"、"国货和洋货"、"反抗和背叛"。这种所谓的"不对称的反概念"显示了中国人如何理解发生在他们身上的事情和他们现在所处的环境。这些词语的使用与义和团士兵的形象似乎在告诉中国人应该"斗争和抽国烟"。[128]

图 3.2

除了使用上文中提到的国货、洋货、爱国等一些基本词汇，烟草公司还通过描述日本在中国的暴行激发人们的爱国热情。蔡维屏以国华烟草公司的广告（图3.2）为例阐述了民族意识在广告中的另一种形象。广告中的这幅图针对的是震惊国人的济南事件。图片中躺着很多穿着传统中国长袍的尸体，一些日本士兵拿着来福枪和刺刀正在挖坑埋尸，还有众多日本公民在一旁观看埋葬过程。图片的左边写着"埋尸灭迹"四个大字，随后解释到："日军杀死我同胞后，将所有尸体完全埋灭，意图藏灭杀人之罪，此种狡猾手段，岂能掩尽天下人之耳目耶！"这则广告的尺度大到令人震惊，在社会上引起了巨大轰动，激起了民众对日本的憎恶，并激发了民众的民族情绪。蔡维屏认为这则广告成功地把对日本人的仇恨、中国士兵的死、中国消费者的爱国主义和国华烟

127 Reinhart Koselleck, *Futures Past: On the Semantics of Historical Time*. Trans. Keith Tribe. Cambridge: The MIT Press, 1985. pp. 159-197.
128 Weipin Tsai, *Reading Shenbao: Nationalism, Consumerism and Individuality in China, 1919-37*. New York: Palgrave Macmillan, 2010. p. 24.

草公司本身的经济利益融合为一体，对商业支持的渴求戏剧性地转变为道德需求。[129]也就是说，国华烟草公司通过描述日军对中国士兵的暴行激发民众的民族情绪，继而宣传国华牌香烟。

图 3.3

英语世界的学者注意到，文本策略也是民族情绪运用到商业广告中的一种。蔡维屏以图 3.3 为例阐述了文本策略在商业广告中的运用。这类广告中心的图片背景通常是一群人在围观公告。公告中的语言通常是口语而不是书面语，以直接或非正式的方式呼吁爱国。[130]这则统一牌香烟的广告便是这种策略的典型代表。林语堂在《中国新闻舆论史》中提到，在中国书面文字的地位远远高于口语。他认为，中国作家"拿起笔首先想到的是炫耀他们的学问"、"很少有人敢用口语体写作"，因为用口语写作可能会被嘲笑为粗俗。[131]然而，晚清以后口语成为传播政治意见的最重要形式。口语表达、道德驱使、时事评论都使商业产品与爱国思想相关联，报纸商业广告中对于"口语表达"的运用更是凸显了这一变化。在这则广告中，广告中心一群人围观公告的热闹场景容易引起人们对公告中文字的兴趣，而这些文字能够被读者仔细阅读，这样读者就能在广告文字中停留较长时间。对于文化程度较低的读者而言，这种广告策略效果就相对较差。右侧"统一牌香烟乃是国土统一国语统一的先锋请诸君特别注意"揭示了这则广告的真正目的。购买统一牌香烟帮助中国实现国土统一，

---

129 Weipin Tsai, *Reading Shenbao: Nationalism, Consumerism and Individuality in China, 1919-37.* New York: Palgrave Macmillan, 2010. p. 26.

130 Weipin Tsai, *Reading Shenbao: Nationalism, Consumerism and Individuality in China, 1919-37.* New York: Palgrave Macmillan, 2010. p. 27.

131 林语堂《中国新闻舆论史》，王海、何洪亮译，中国人民大学出版社，2008 年，第131 页。

由此把民众的爱国热情和商业利益有机结合起来。采用这种方式的重要前提是中国人习惯从头到尾阅读报纸或公告[132]，读者通过思考公告内容，把香烟品牌与公告内容相关联。公告中的民族精神与统一牌香烟有机结合，促使消费者建立"正确"的民族意识，消费国货产品。

图 3.4

蔡维屏认为"民族觉醒"的心理暗示是烟草公司在广告中采用民族主义和商业主义结合的又一策略。在 1920 年的一则广告（图 3.4）中，一头雄性狮子笔直地坐着，旁边写着大大的"觉悟"二字。正文写道："人生在世最可怕的就是没有觉悟。若是已经觉悟了就应该实行爱国。爱国的最好方法就是提倡国货、挽回利权。所以我要奉劝诸君从前穿外国衣的现在都要穿中国衣，从前用外国货的现在都要用中国货，从前吸外国烟现在都要吸中国烟。顶顶优美的就是南洋兄弟烟草公司的美女、大喜、双喜、长城、鸳鸯、飞艇各种香烟，已经觉悟的同胞千万不要忘记了。"这个狮子可以解释为代表了"个人"和"中国"的希望。盲目崇尚洋货被认为是最可怕的事情。"觉醒"依靠的是个人内心的反思，使之对自己国家的国际现状感到羞辱，并把国家的耻辱折射到个人的失败上。觉醒的狮子张开的嘴巴表明决心已下，不再茫然。国家的耻辱和个人愧疚促使人们为国货而战，把民族主义运用到香烟国货运动之中。蔡维屏认为"耻"在国货运动中可以分为两个层面。首要的是民族的耻辱。在这个层面上，"耻"把整个中华民族团结起来与西方列强相抗争。其次就是把"耻"和"愧疚"运用到个人的日常生活。"愧疚"缩小了个人社会背景的差距，使每个公民都得到"公民权"。[133]由于缺乏内外政治凝聚力和政府松散的管理体制，个

---

132 Henrietta Harrison, "Newspapers and Nationalism in Rural China, 1890-1929" in *Past & Present*, Vol.166, No.1, 2000. p. 198.

133 Weipin Tsai, *Reading Shenbao: Nationalism, Consumerism and Individuality in China, 1919-37*. New York: Palgrave Macmillan, 2010. p. 126.

人耻辱和愧疚被认为是"社会契约"，捆绑于整个社会并且给予其集体身份。[134]
"羞耻"已经超过原本"面子"的范围，和"愧疚"紧密相连，提升了个人作
为民族一员的自我意识。因此，民族耻辱和民族觉醒经常运用于报纸广告中，
"提示"民众通过购买国货证明他们的爱国情怀、证明他们是已经觉醒的中国
人。

报纸销量的激增以及国货销售额的提升证明了广告在"提倡国货"中扮演
着重要角色，但是值得一提的是，广告对于新式生活的态度并不是一味的否
定，有时还倡导"新生活"。民族意识对于新理念、新生活持包容心态，现代
的"优质"生活也是中国民众所欣赏、效仿的。国货制造商也抓住了这一新民
族心理，将国货与新式生活相结合，更容易让读者接受。

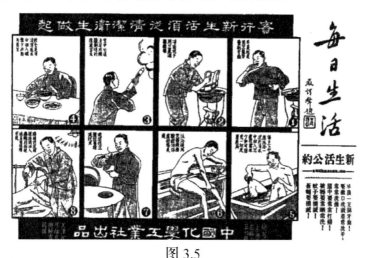

图 3.5

葛凯在研究消费文化与民族意识的关系时用了《申报》一则倡导实践新生
活，废除旧日陋习的广告（图 3.5），但是广告中提倡使用的商品全部是中国制
造。这幅广告被国货倡导者用来表达消费国货是获得"新生活"方式的观念。
广告提示人们每天都应该使用国货，如早起刷牙用三星牙刷，沐浴预防皮肤疾
病用三星花露水，晚上预防蚊虫叮咬燃三星蚊香……这则广告清楚地把日常
生活与国货运动联系起来，希望民众成为"民族主义性"的消费者。此外，购
买家庭日常消费品通常是女性，广告的作用也把家庭妇女的角色和救国者的
角色融合起来，开展由妇女主导的民族商品战场，同时也把民族主义纳入了女

---

134 Weipin Tsai, *Reading Shenbao: Nationalism, Consumerism and Individuality in China,
1919-37*. New York: Palgrave Macmillan, 2010. p. 120.

性审美和时尚中。[135]可见，民族意识已经融入民众价值观念、消费行为以及生活日常当中，使新公民、消费主义、民族意识有机结合起来。

　　报纸广告所携带的消费主义民族化成为推崇国货的主要策略，并且产生了良好成效。一方面，人们出于爱国购买中国香烟，另一方面，通过广告，大量现代生活方式的信息被传递给消费者。英语世界学者强调，使用民族产品并不意味着排斥现代性。相反，更多的国货与洋货竞争时，会强调具有进口产品的先进特质。这是所谓的商业民族主义，中国对西方化的另一种阐释方式。[136]

　　学者们也发现这一特殊的民族主义形式的"纯粹性"值得考究，即国内公司运用各种广告策略表达民族意识的最终目的是刺激国民消费，获取商业利益。比如在一则美国儿童牛奶的广告中，左边写着"美国制造"，右边却写着"强国必先强民，强民必先强儿"，一方面公司强调国富民强的重要性，激发民众的民族主义情绪，另一方面却光明正大地销售着包装过的"洋货"。这一现象反映当时广告商、大众的文化情绪——他们一则希望中国强大不受外来凌辱，另一方面对于"进口产品"的崇拜一直存在于大众的无意识中。这种暗含着国民情绪的矛盾性以及广告中民族主义的非纯粹性也成为当时报纸广告中民族意识表达的一大特征。

本章小结

　　英语世界晚清民国时期报纸中民族意识构建的研究涉及商业报、小报、女性期刊以及香港报纸等多种研究对象。笔者对不同刊物所表现出来的民族意识作了专题式讨论。"民族"的概念虽然源自现代西方学界，但是本章涉及的英语世界对中国民族意识的研究并未按照西方对民族的定义展开，而是基于"中华民族"的概念，把中国各民族视作一个整体以探究报纸媒体在民族意识兴起中的助推角色。晚清民初出现的"接触区"、"移民群体"以及报纸所具有的跨民族性也深深影响了民族意识的特征。跨民族报纸既让民众在"自我"与"他者"的对比中滋生了自我意识，又促使他们在多重身份中更加坚定地持有民族立场。

---

135 （美）葛凯《制造中国：消费文化与民族国家的创建》，黄振萍译，北京大学出版社，2007年，第295-298页。

136 Weipin Tsai, *Reading Shenbao: Nationalism, Consumerism and Individuality in China, 1919-37*. New York: Palgrave Macmillan, 2010. p. 35.

　　据英语世界学者研究，报纸中的民族意识大致有以下几个特点。第一，西方列强被视为学习对象，报纸呼吁以检讨自身的方式求得自强。第二，检讨自身与"反帝"共存，民族主义与民主主义在满清的异族统治下也产生了某些契合。第三，"不排外"成为民初报纸中民族意识的典型特征。民族意识构建运动的目标从"自强"转为"救亡图存"。民族意识发展中各阶段的变化在时间和空间上都不存在明确的分界线。从时间上看，报纸中民族意识并非直线式发展。民族意识在报纸中的表达与国内政治局势息息相关的。一般而言，国内发生重大中西冲突的前后，报纸中的民族意识会出现短暂的高潮。从空间上看，各报纸办报宗旨不一使报界的民族意识未形成同步发展，且城市与农村之间因为新闻传播方式的差异导致民族意识发展亦未能同步。相比城市而言，农村在传播速度、接受程度、订阅参数上都明显滞后。

　　报纸本身在文本与广告两条途径中积极参与了民族意识建构过程。学者注意到报纸文本作为民族意识表达的主体，通过对人物事迹、要事记录以及民族主义呼吁类文章激发读者的民族主义情绪，使得民族主义大众化、公众化。而报纸中的广告更是一种民族意识构建运动，尤其是国货运动的主要战场。学者所关注的是广告透露出的消费主义民族化这一特殊趋向。他们指出，消费文化是民族意识的重要体现，而民族意识也通过消费观念的改变显现。然而，特别值得注意的是，英语世界学者在研究晚清民国时期报纸中的民族意识时都不约而同地将报纸的"工具性"扩大化，甚而多数观点将报纸传达民族意识的行为"利益化"，认为民族意识是报纸销售的手段之一。笔者认为，在晚清民国时期，国家危亡、民族危难之际，我们必须意识到报纸的民族意识也有其自身的纯粹、自发与自觉。他山之石，可以攻玉，然而对于他者，也要仔细审视其本身局限的条件与视野，"取其精华，去其糟粕"对于学术研究而言依旧有效。